Un jour, une application Facebook a informé **Jesse Petersen** qu'elle ne survivrait pas plus d'une journée en cas d'épidémie de zombies, mais elle a refusé d'y croire. Premièrement, elle tire très bien ; deuxièmement, elle déteste les fluides corporels et n'irait jamais s'amuser à patauger dans de la bave de zombie. En attendant l'Apocalypse, elle vit dans le Midwest avec son mari et ses deux chats.

Pour plus d'informations :
jessepetersen.net (site en anglais).

Du même auteur, chez Milady :

*Zombie thérapie*
*Zombie business*

www.milady.fr

JESSE PETERSEN

# ZOMBIE THÉRAPIE

Traduit de l'anglais (États-Unis) par Isabelle Troin

Milady

Milady est un label des éditions Bragelonne

Ce livre est une œuvre de fiction. Les noms, personnages, lieux et événements sont les produits de l'imagination de l'auteur ou utilisés de manière fictive. Toute ressemblance avec des personnes, lieux ou événements existants ou ayant existé serait purement fortuite.

Titre original : *Married with Zombies*


Suivi d'un extrait de : *Flip this Zombie*


Illustration de couverture :
Noémie Chevalier

Illustrations intérieures :
Giorgetta Bell McRee



ISBN : 978-2-8112-0533-1

Bragelonne – Milady
60-62, rue d'Hauteville – 75010 Paris

E-mail : info@milady.fr
Site Internet : www.milady.fr

## Remerciements

Écrire ce livre fut pour moi un voyage étrange autant que passionnant, et je suis ravie de le voir enfin sur les étagères des librairies. Mais rien ne serait arrivé sans les personnes suivantes.

Tout d'abord, je dois remercier Josh et Drea Fecht qui nous ont emmenés au cinéma un soir, faisant jaillir une étincelle déterminante dans mon imagination. Vous êtes des amis fantastiques et nous avons de la chance de vous avoir. Je dois également remercier mon frère et ma belle-sœur, Bill et Melissa Cerise-Bullock. Quand je vous ai demandé si vous vouliez diriger un culte, vous avez répondu « oui » sans hésitation. Je ne sais pas trop si ça devrait m'inquiéter ou non, mais j'apprécie votre dévouement sans bornes.

Merci aussi à mon formidable agent, Miriam Kriss. Non seulement tu m'as aidée à tenir le coup pendant une année difficile, mais tu as lu les trente premières pages de ce roman et tu m'as ordonné de le finir. Ton enthousiasme pour mon travail, l'amitié et le soutien que tu m'as témoignés sont des choses rares et merveilleuses. Impossible d'oublier Devi Pillai et toute l'équipe d'Orbit, qui s'est jetée sur ce projet avec une telle passion pour le porter jusqu'à la publication. Vous avez assuré, les gars !

Enfin, je dois remercier mon mari, Michael. Tu es mon roc et j'ai totalement confiance en toi pour me sortir vivante d'une apocalypse zombie, même si je te rendrais sans doute dingue tout du long. Je t'aime.

*Pour Miriam et Michael,*
*sans qui j'aurais peut-être complètement renoncé.*

# Chapitre 1

## Tuer ensemble, ça soude un couple.

David et moi sommes devenus des guerriers le premier jour de l'épidémie de zombies. Mais n'allez pas en déduire que nous étions des soldats et que nous appartenions à une quelconque avant-garde. En vérité, nous avons pris part à la bataille parce que c'était tout simplement une question de survie. Jamais je n'aurais deviné que, contrairement à notre thérapie conjugale et à tous les bouquins de développement personnel éparpillés dans notre appartement à l'époque, buter des zombies sauverait notre couple.

Mais laissez-moi revenir en arrière. Tout a commencé le 10 août 2010. Le mercredi était le jour de notre séance de thérapie conjugale – et ce, depuis six mois. Je commençais à croire que toutes les confessions et tous les jeux de rôles préconisés par le docteur Kelly n'étaient qu'un ramassis de conneries. Malgré ses conseils, malgré nos visites hebdomadaires à son cabinet, David et moi étions au bord de la rupture.

J'avais même consulté, sur Internet, la liste des avocats du coin spécialisés dans les affaires de divorce. Le problème, c'est que quand j'avais tapé « avocat divorce » dans le moteur de recherche… Disons que je n'avais pas eu besoin d'aller jusqu'au bout : le système avait gardé cette recherche en mémoire.

Ce jour-là, alors que nous roulions sur l'I-5 Sud en direction du centre-ville de Seattle où se trouvait le petit bureau aseptisé et impeccablement rangé du docteur Erica Kelly, j'en étais arrivée au stade où je me livrais machinalement à la gymnastique de la thérapie, dressant dans ma tête une liste de tout ce que je n'aimais plus chez mon mari.

La chose que j'ajoutai à la liste en ce 10 août fut les CD. Je vous explique. David et moi partageons notre voiture, et comme le chargeur du lecteur peut seulement en contenir six, nous avions convenu que chacun de nous en choisirait trois. Mais lorsque je fis défiler les titres tout en gardant un œil sur la route, je m'aperçus que tous les albums étaient à lui.

Tous. Les. Putain. De. CD.

Vous pensez sans doute que c'est un détail et, rétrospectivement, c'en était un. Mais ça montre bien à quel point notre relation avait déraillé.

J'éteignis la stéréo d'une pichenette et jetai un regard peu amène à David. Comme d'habitude, il était tellement absorbé par sa console de jeu portable qu'il ne remarqua même pas mon agacement. Ou peut-être n'en avait-il plus rien à faire. Dans les deux cas, ça craignait un max.

— On dirait qu'il n'y a pas trop de circulation, commenta-t-il sans lever les yeux.

Je pris la bretelle de sortie et regardai autour de moi. Même si je détestais l'admettre, il avait raison. Nous habitions Seattle depuis notre mariage, cinq ans plus tôt, et les bouchons étaient l'un des trucs qui me rendaient dingue dans cette ville. À toute heure du jour ou de la nuit, on aurait dit que des milliers de bagnoles encombraient les voies rapides. Parfois, je me demandais d'où diable elles sortaient.

Mais ce jour-là, à quatre heures et demie de l'après-midi, alors que nous aurions dû rouler pare-chocs contre pare-chocs avec les autres voitures et que des tas de camions klaxonnants auraient dû bloquer les rues, il ne semblait pas y avoir plus d'une poignée de véhicules.

Haussant les épaules, je m'arrêtai au feu rouge au bout de la bretelle et regardai à gauche avant de m'engager sur le croisement pour tourner à droite. Comme j'appuyais sur l'accélérateur, une ambulance passa dans un hurlement de sirène. J'enfonçai la pédale de frein en hoquetant et évitai de justesse la collision, d'abord avec l'ambulance qui venait de faire un brusque écart, puis avec les cinq voitures de police qui la suivaient.

— Et merde, Sarah ! aboya David en se retenant au tableau de bord et en me foudroyant du regard. (Sa ceinture de sécurité lui mordait l'épaule.) Fais gaffe !

— Si tu voulais conduire à ma place, il fallait prendre le volant, répliquai-je sèchement.

Mais je ne pouvais pas lui en vouloir d'avoir eu peur. Jamais encore je n'étais passée aussi près d'un accident et mon cœur battait à tout rompre. Sans rien ajouter, j'attendis que le feu passe au vert avant de vérifier deux fois qu'aucun autre véhicule n'approchait et de rouler enfin.

Quelques pâtés de maisons plus loin, nous pénétrâmes dans le garage souterrain de l'immeuble de bureaux où nous nous rendions une fois par semaine depuis le mois de février. Je poussai un soupir en m'approchant de la guérite pour prendre un ticket. Mais lorsque la voiture s'arrêta, je vis que Mack, le gardien habituel, n'était pas à son poste.

Vous trouvez peut-être ça bizarre que je me sois rappelé son nom, mais j'avais une bonne raison. Chaque fois que nous arrivions, Mack nous demandait qui nous venions voir, et lorsque nous répondions « Le docteur Kelly », il nous jetait toujours le même regard plein de pitié. Quand un parfait inconnu hoche la tête avec une mine compatissante comme pour dire « Votre mariage est fichu ; c'est bien triste », et ce, une fois par semaine, c'est difficile de l'oublier.

Le silence qui remplaça cet échange avec le gardien fit lever la tête à David.

— Il n'est pas là ? Bizarre…

Je jetai un rapide coup d'œil à mon mari et reportai mon attention sur la guérite vide.

— Il ne doit pas être bien loin. Sa télé est allumée ; je vois la lumière clignoter sous le guichet.

— Il est peut-être parti pisser, suggéra David en haussant les épaules. On n'a qu'à se garer. On ne va rester qu'un peu plus d'une heure. Si on a une amende à notre retour, on la lui apportera pour qu'il la fasse sauter. Il se souviendra de nous. Je suis sûr que ça ne posera pas de problème.

Je scrutai de nouveau la guérite vide et frissonnai. Ça me perturbait qu'après vingt-quatre visites absolument identiques, ma routine soit soudain bouleversée.

— Tu as raison.

Je repassai la marche avant et entrai très lentement dans le parking. David ricana en rangeant sa console dans la poche ventrale de son sweat à capuche et en défaisant sa ceinture de sécurité.

— Wouah. Ça, c'est un truc que je n'entends pas souvent !

Je me garai sur une place proche des ascenseurs et freinai brutalement pour le forcer à se rattraper une deuxième fois au tableau de bord.

— Sympa, marmonna-t-il en me foudroyant du regard avant de descendre.

D'accord, ce n'était pas très subtil, mais je ne pus réprimer un sourire tandis que je le suivais dans le parking désert.

L'ascenseur mit une minute à arriver. Comme nous n'avions manifestement rien à nous dire, nous restâmes plantés là, écoutant les bruits de la rue qui se réverbéraient autour de nous – seul accompagnement sonore de notre rancœur muette. Des voitures klaxonnaient, des sirènes hurlaient ; j'entendis même le bourdonnement d'un hélicoptère qui survolait le centre-ville à basse altitude. Mais ce fut à peine si j'y prêtai attention. Aujourd'hui, je le regrette presque, même s'il n'est pas certain que j'aurais été capable d'additionner deux et deux à ce moment-là. À ce moment-là, ce n'étaient que des bruits urbains ordinaires, mais amplifiés au énième degré.

Lorsque l'ascenseur arriva enfin, nous montâmes en silence, séparés l'un de l'autre par un bon mètre, jusqu'à ce que la cabine s'immobilise au quatorzième étage avec un léger « ping ! » Nous étions tellement bien rodés qu'aucun de nous n'eut besoin de lever la tête pour trouver le bureau de notre thérapeute.

« DR ERICA KELLY, PSYCHOTHÉRAPIE, THÉRAPIE CONJUGALE ET FAMILIALE »

Je détestais cette inscription si nette gravée sur la porte. Je ne suis même pas capable d'écrire droit ; du coup, j'avais l'impression que ces foutues lettres impeccablement alignées me jugeaient.

Le silence régnait à l'intérieur lorsque nous entrâmes. Une fois, le docteur Kelly nous avait expliqué en long, en large et en travers qu'elle s'efforçait de créer un environnement « zen » pour ses patients. Je m'étais retenue de lui demander pourquoi, dans ce cas, elle nous infligeait des versions muzak [1] de Nirvana qui serraient mon cœur d'amatrice de musique et me retournaient l'estomac. Mais ce jour-là, la muzak ne massacrait pas la production d'un bon groupe. Il me sembla reconnaître un morceau de Miley Cyrus, ce qui était probablement pire.

Je pivotai vers la porte vitrée coulissante derrière laquelle siégeait généralement Candy, la secrétaire du docteur Kelly.

1. Muzak : musique d'ascenseur (c'est-à-dire une version aseptisée de morceaux connus).

Mais comme la guérite du parking, la réception était vide, malgré le pull rose drapé sur le dossier de la chaise à roulettes et la bouteille de Coca Light à moitié vide que j'apercevais sur le bureau.

— Candy ? appelai-je tandis que Dave se laissait tomber sur le canapé de la salle d'attente. Vous êtes là ?

En l'absence de réponse, je signai la feuille posée sur le comptoir. Il y avait un smiley dans un coin, et le nom et les qualifications du docteur Kelly joliment calligraphiés en haut. Si je dessinais des cornes au smiley, Candy le remarquerait-elle ? Si oui, je devrais sans doute m'en expliquer au docteur Kelly. Comme je n'étais pas vraiment d'humeur à discuter lequel de mes « sentiments » pouvait m'inspirer un geste aussi provocateur, je me retins et reposai le stylo.

Avec un soupir, je m'assis à côté de Dave. Le canapé était inconfortable.

— Où sont passés tous les gens aujourd'hui ? grommelai-je en m'emparant d'un numéro de *Cosmo* dont un des gros titres clamait : « Faites plaisir à votre homme… au lit et ailleurs ! »

Au lieu de lire l'article correspondant, j'allai directement à la page de l'horoscope, en fin de magazine.

— Détends-toi, Sarah, me conseilla Dave en sortant sa console de sa poche. (Quand il l'ouvrit, le petit écran s'alluma.) Je suis sûre qu'elle va revenir dans une seconde.

— Je suppose.

Je jetai un nouveau coup d'œil à la réception déserte.

— Les Merveilleux Wilson ont signé la feuille de présence ? interrogea Dave d'une voix chantante.

Je laissai échapper un grognement involontaire. Les Wilson étaient le couple qui avait rendez-vous juste avant nous le mercredi. Et Dieu seul savait pourquoi. Sérieusement : ils se tenaient la main en sortant du bureau et roucoulaient à qui mieux mieux. C'était limite écœurant.

Une fois, j'avais demandé au docteur Kelly pourquoi ils venaient la voir. Elle avait penché la tête, l'air de dire : « Et que ressentez-vous exactement à ce sujet, Sarah ? » Ses cheveux blonds s'étaient balancés autour de son visage en forme de cœur et son sourire si paisible m'avait donné envie de lui envoyer mon poing dans la figure. Très fort. Deux fois. Puis elle avait répondu :

— Ils viennent ici pour l'entretien. Ne vous en faites pas, Sarah. Un jour, vous aussi, vous en serez là avec David.

« L'entretien ». Comme si notre couple était une bagnole. Le pire était que, comme je claquais cent cinquante dollars par semaine pour cette thérapie, je n'avais plus les moyens de me payer une révision et ma voiture faisait un drôle de « clunk » chaque fois que je tournais à gauche.

Je jetai un regard agacé à la pendule. Il était presque 17 heures et Candy n'était toujours pas revenue.

— Tu crois que Candy Raton a démissionné ? demandai-je à voix basse.

David rit sans lever les yeux de sa console. Franchement, qui appelle sa gosse Candy sans se douter que les gens vont faire ce jeu de mots débile ? En plus, je pense que c'était bien son vrai prénom, et même pas le diminutif du plus acceptable « Candace ».

— Hé ! Il est plus de 17 heures, dis-je en regardant l'aiguille des minutes dépasser le douze.

— Dix-sept heures une, tempéra Dave en levant brièvement les yeux. Les Wilson avaient peut-être un vrai problème aujourd'hui. Tu veux vraiment faire dérailler leur existence parfaite ?

— Leur seul vrai problème, c'est ce balai qu'ils ont dans le cul, répliquai-je en laissant tomber mon magazine et en me levant. Et maintenant, ça fait deux minutes, Dave. Le docteur Kelly ne nous a pas fait tout un discours sur la ponctualité et le fait que c'est une preuve de respect envers autrui ?

— Ce que tu peux être chiante ! aboya Dave en refermant sa console et en la fourrant dans sa poche. Tu veux vraiment faire irruption dans le bureau de cette femme pour lui réclamer le remboursement de deux minutes de thérapie ?

Je le dévisageai. Il était avachi sur le canapé, et curieusement, cela me rappela pour quelle raison il m'avait plu quand je l'avais rencontré. Parce que, comme en ce moment même, il avait l'air… d'un mauvais garçon. Dans le bon sens du terme. Vous voyez ce que je veux dire : hirsute et imparfait. Je trouvais ça sexy.

Mais il me foudroya du regard et cet instant passa. Aussitôt, je me remis à dresser l'inventaire de ses défauts. *« Ne me soutient pas »*, ajoutai-je mentalement à ma liste.

— Je paie pour ces conneries, dis-je avec force. (Dave frémit. Je n'en tins pas compte.) Je veux en avoir pour mon argent. Ça me paraît normal. (J'ouvris la porte du fond et m'engageai dans le couloir menant au cabinet du docteur Kelly.) Avec deux minutes à cent cinquante dollars de l'heure, je pourrais m'acheter…

— Une bouteille d'eau minérale et pas grand-chose d'autre, coupa sèchement Dave en m'emboîtant le pas. Tu exagères, Sarah. Tu ne vas quand même pas jouer les emmerdeuses pour un pauvre retard de deux minutes !

— Tu m'as traitée d'emmerdeuse ? Non mais je rêve ! m'exclamai-je en le regardant par-dessus mon épaule, tandis que j'ouvrais la porte du bureau à la volée. Docteur Kelly, que pensez-vous du fait que mon mari vient de me traiter d'… ?

Je pivotai vers le bureau et m'arrêtai net à la vue de notre thérapeute. Comme toujours, elle portait un tailleur-pantalon noir impeccable avec un débardeur en soie. Cette fois, le haut était bleu vif, assorti au joli pendentif qui se balançait à son cou. Comme nous le soupçonnions, elle recevait les Merveilleux Wilson.

Mais au lieu d'être assise derrière son bureau en train de griffonner sur son bloc-notes et de regarder ses patients par-dessus le bord de ses lunettes – lunettes dont j'étais persuadée qu'elle n'avait aucun besoin – le docteur Kelly était à genoux par terre, les vêtements couverts de sang. Mme Wilson (je crois qu'elle s'appelait Wendie, avec « ie » à la fin) gisait près d'elle, une énorme trace de morsure sanguinolente au cou. Ses yeux étaient fixes et voilés.

Quant à M. Wilson – Mark, me semblait-il, mais je n'en étais pas certaine… Le docteur Wilson lui prêtait une attention toute particulière. Penchée sur lui, elle tenait sa main flasque et lui dévorait goulûment l'épaule.

# CHAPITRE 2

LES TÂCHES DOIVENT ÊTRE ÉQUITABLEMENT RÉPARTIES DANS LE COUPLE. CHACUN SON TOUR DE TUER LES ZOMBIES.

Je dévisageai le docteur Kelly, trop choquée pour piger vraiment que notre thérapeute diplômée de l'Université pacifique luthérienne était en train de bouffer deux de ses patients. Et elle le faisait avec appétit, chose d'autant plus étonnante qu'étant donné l'extrême minceur de cette petite garce, je l'avais toujours crue anorexique. Mais apparemment, ce n'était pas d'un sandwich qu'elle avait besoin, comme je l'avais souvent marmonné en sortant de son bureau – c'était d'un homwich.

Je sais. David n'a pas ri non plus quand je lui ai sorti mon jeu de mots foireux un peu plus tard. Mais dans ce genre de situation, que voulez-vous faire d'autre ? Vous avez le choix entre rire et pleurer, pas vrai ?

Ce jour-là, je ne fis ni l'un ni l'autre. Je continuai à fixer bêtement la scène surréaliste qui se déroulait sous mes yeux. Une partie de moi s'imaginait sans doute que si je la regardais assez longtemps, une explication logique finirait par émerger de cette folie. Par exemple : tout ça constituait en fait une thérapie expérimentale. Ou un gag. N'importe quoi.

— Putain, mais que… ? chuchota David en regardant, par-dessus mon épaule, le docteur Kelly et les Plus-Si-Merveilleux Wilson.

Entendant sa voix, le docteur Kelly leva la tête du cou de M. Wilson, qu'elle avait commencé à ronger avec des craquements et des bruits de mastication humides qui me retournaient l'estomac.

La première chose que je remarquai, c'est que ses yeux n'étaient plus bleus mais rouges, avec des pupilles énormes qui ne semblaient se focaliser sur rien de particulier, même quand elle nous regardait en face. Sa peau avait pris une teinte grisâtre et malsaine. Franchement, elle aurait eu l'air d'un cadavre sans la substance noire qui maculait ses lèvres et ses dents. Son menton était rouge vif de sang et tout poisseux de la chair fraîche qu'elle venait de dévorer.

— Euh, docteur Kelly ? lançai-je d'une voix étranglée. Docteur Kelly, tout va bien ?

Elle poussa un grognement sourd et hideux, comme celui d'un chien enragé. Puis elle se leva maladroitement. Quand elle pivota vers nous, je vis que la manche gauche de sa veste de tailleur était déchirée, révélant une blessure entre l'épaule et le coude. Le sang avait séché autour du trou béant, qui laissait voir ses muscles sous sa peau lacérée.

Comme le choc commençait à se dissiper, je pris conscience de la réalité de notre situation et fus prise d'un haut-le-cœur.

— Sarah, dit David derrière moi.

Mais sa voix me parut déformée et presque lointaine, parce que mon attention était accaparée par la femme qui se tenait devant moi. Le docteur Kelly fit un pas vacillant, tordit le cou selon un angle des plus étranges, puis renifla l'air comme un chien.

— Sarah ! répéta David un peu plus fort.

Je ne parvenais pas à détacher mon regard du docteur Kelly. J'étais presque hypnotisée par ses yeux rouges monstrueux. Puis elle sourit et du sang dégoulina de ses lèvres.

— Sarah !

Cette fois, David avait hurlé. Sa voix retentit dans mes oreilles et je frémis.

— Quoi ?

— Bouge ! s'exclama-t-il en me projetant sur le côté à l'instant où le docteur Kelly poussait un cri guttural et chancelait vers moi à une vitesse remarquable pour une femme portant des escarpins à talons de dix centimètres.

Je tombai sur un des canapés et roulai sur moi-même juste à temps pour voir le docteur Kelly percuter David de plein fouet. Il tituba en arrière dans le couloir, la tenant par les épaules pour s'efforcer de la maintenir à distance. Elle agita les bras, griffant l'air de ses ongles parfaitement manucurés et vernis de rose, tordant la tête et faisant claquer ses mâchoires ensanglantées tandis qu'elle tentait de se rapprocher de lui. Comme elle grondait et crachait, la substance noire bilieuse qui jaillissait de sa bouche éclaboussa sa poitrine et le sweat-shirt jusqu'alors blanc de David.

Voyant l'homme qui était mon mari depuis cinq ans lutter pour sa vie face à une conseillère conjugale apparemment atteinte de la rage, je m'arrachai enfin à mon hébétude.

— David ! hurlai-je.

— Et si tu me donnais un petit coup de main ? grogna-t-il en forçant pour repousser le docteur Kelly.

Laissez-moi vous dire un truc : David n'est pas un freluquet. Il mesure dans les un mètre quatre-vingts, et à force de jouer à la console toute la journée au lieu de bosser, il a fini par faire du lard. Le fait qu'il doive se donner tant de mal pour tenir à distance une créature d'un mètre cinquante-cinq et environ quarante-cinq kilos me terrifiait.

Je regardai autour de moi, cherchant un objet avec lequel frapper le docteur Kelly. Mais les canapés étaient beaucoup trop lourds, et même son fauteuil à roulettes ne me semblait pas facile à soulever.

— J'essaie ! criai-je en me dirigeant vers le bureau.

L'ordinateur portable était du genre ultraléger et tous les livres étaient des poches dépourvus d'arête dure.

— Merde, elle est costaud, gargouilla David depuis le couloir.

— Je crois qu'elle fait du Pilates, dis-je en ouvrant un tiroir d'un geste brusque.

Un coupe-papier luisait faiblement à l'intérieur. Je levai les yeux au ciel en voyant l'inscription sur le manche : « Dr Erica Kelly, Psychothérapie, Thérapie conjugale et familiale ». On pouvait dire que cette femme était douée pour se faire de la pub.

J'empoignai le coupe-papier et bondis par-dessus le bureau. Hurlant comme dans une scène de *Braveheart*, je fonçai vers le docteur Kelly et lui plantai la lame dans le dos. Je fus étonnée de ne rencontrer aucune résistance. Un fluide noir se mit immédiatement à suinter autour de la plaie. Avec un glapissement de surprise et de dégoût, je lâchai mon arme improvisée et reculai.

Le docteur Kelly poussa un grognement furieux et lâcha David – mais seulement pour se tourner vers moi. Le manche du coupe-papier dépassait entre ses omoplates, les lettres dorées scintillant joyeusement dans la lumière fluorescente (et pas zen du tout) du plafonnier. Comprenant qu'elle avait l'intention de m'attaquer, je voulus récupérer mon arme, mais trop tard. Elle était déjà sur moi.

Déséquilibrée, je basculai en arrière et nous nous écroulâmes toutes deux sur le sol. Je plaquai mes mains sur les épaules du docteur Kelly pour la tenir à distance comme David l'avait fait, mais elle s'appuya sur moi de tout son poids.

Elle semblait beaucoup trop lourde pour une femme aussi menue, un peu comme un poids mort, et je n'étais pas aussi forte que David, loin de là. Ses mâchoires avides descendirent vers ma gorge sans que je puisse les en empêcher.

Je hurlai :

— David !

— Je sais ! répondit-il en empoignant le docteur Kelly par les cheveux et en tirant de toutes ses forces.

Une grosse mèche blonde terminée par un peu de cuir chevelu putride se détacha de la tête du docteur Kelly. Surpris et déséquilibré, David tituba en arrière et heurta le mur du bureau. Mais le docteur Kelly ne parut même pas se rendre compte de ce qui venait de se passer. Elle se contenta de pousser un grognement agacé et de faire claquer ses dents de plus belle, tandis que je tournais la tête en tous sens pour éviter d'être mordue.

— Sa chaussure, David ! m'époumonai-je. Utilise le talon de sa chaussure !

Tout en esquivant tant bien que mal les mâchoires féroces du docteur Kelly, je me tordis le cou pour essayer de voir mon mari. Saisissant un des pieds qui s'agitaient en l'air, David lui arracha son escarpin. Et dans la pure démence de cet instant, je remarquai que la pédicure de notre thérapeute était assortie à sa manucure. Inutile de me demander où passait mon fric : dans « l'entretien », visiblement.

Mais j'oubliai très vite cette pensée quand Dave se laissa tomber à genoux près de moi, brandit l'escarpin et l'abattit de toutes ses forces sur la tête du docteur Kelly.

Le talon pénétra son crâne avec un craquement écœurant, puis un bruit mouillé que je m'efforçai d'oublier aussitôt. David le retira. Des petits fragments de cuir chevelu et de ce qui devait être de la cervelle éclaboussèrent ma poitrine et mes mains. Je me cabrai et détournai la tête pour ne pas recevoir cette pluie dégoûtante sur le visage.

David abattit la chaussure une deuxième, puis une troisième fois. Il continua à frapper, s'acharnant sur notre thérapeute jusqu'à ce qu'elle pousse un dernier grognement gémissant et s'écroule sur moi.

Un instant – d'accord, en réalité, ça dura sans doute beaucoup plus qu'un instant –, nous demeurâmes immobiles et silencieux. David regardait le docteur Kelly, et moi, je regardais la chaussure ensanglantée dans sa main. Puis je me tortillai sous le poids du corps désormais sans vie.

— Écarte-la, David. Je t'en supplie, écarte-la, chuchotai-je.

Avec un grognement, il repoussa le docteur Kelly, qui bascula sur le côté. Comme elle roulait sur le dos, j'entendis un craquement sec. Le manche du coupe-papier venait de se briser.

Je me relevai aussitôt, frottant du plat de la main ce qui avait été ma chemise de boulot préférée, comme si je pouvais effacer ce qui venait juste de se produire. J'avais acheté cette chemise en soldes chez *Nordstrom* ; elle était jolie et de bonne qualité. Je recevais toujours des tas de compliments quand je la portais au bureau. Mais elle était foutue désormais, couverte de sang, de cervelle et de cette substance noire poisseuse qui avait coulé de la bouche du docteur Kelly tandis qu'elle tentait de me bouffer.

Mon estomac finit par remporter la bataille que je livrais contre lui depuis quelques minutes. Je tournai la tête et vomis sur le canapé où David et moi avions tenté, sans grand succès jusqu'ici, de sauver notre mariage. Penchée par-dessus l'accoudoir, je réprimai un dernier haut-le-cœur en regardant le tissu des coussins absorber lentement mon vomi. Bizarre. Ils étaient presque de la même couleur, une sorte de jaune délavé assez dégueu.

Je finis par me redresser et par me tourner vers Dave. Les yeux baissés, il contemplait ce qui restait des Merveilleux Wilson à moitié dévorés. L'escarpin du docteur Kelly pendait toujours entre ses doigts couverts de sang. Comme je le détaillais, le choc se dissipa suffisamment pour que je retrouve l'usage de la parole.

— Merde alors, David ! Le docteur Kelly a tenté de nous bouffer ! Je n'ai pas rêvé, hein ? C'est quoi ce bordel ? m'écriai-je.

Ma voix tremblait ; mes mains tremblaient ; je tremblais de tout mon corps, plus fort que jamais.

David se tourna vers moi. La chaussure s'échappa de sa main et s'écrasa à terre, laissant une empreinte de semelle ensanglantée sur la moquette claire.

— Je ne comprends rien à cette histoire, dit-il en s'arrachant à la contemplation des cadavres pour reporter son attention sur moi. Elle a dû péter les plombs, comme Jeffrey Dahmer [1] ou un truc dans le genre.

— Tu avais bien vérifié ses références, pas vrai ?

J'observai le docteur Kelly, dont le crâne était à moitié défoncé par son propre escarpin.

— Tu me demandes si je savais que c'était une psychopathe cannibale et si je l'ai, malgré tout, consultée pendant six mois par flemme de chercher un autre thérapeute ?

Tout en parlant, Dave s'essuya les mains sur son sweat-shirt, mais cela ne servit pas à grand-chose. Il ne réussit qu'à étaler le sang sur sa peau et à pourrir son sweat vintage déjà souillé, dont le coton blanc vira au rose malsain en absorbant le fluide écarlate. Je le dévisageai et me rendis compte qu'il tremblait autant que moi.

— Je ne sais pas ce que je te demande, avouai-je en me radoucissant. J'essaie juste de comprendre ce qui vient de se passer. Et ce qu'il faut faire maintenant.

David secoua la tête.

1. Jeffrey Dahmer, surnommé « Le cannibale de Milwaukee », était un tueur en série américain qui fit dix-sept victimes à la fin des années 1980. (*NdT*)

— Il faut appeler les flics. Voilà ce qu'il faut faire. Même si j'ignore comment on va pouvoir expliquer ça à quelqu'un de normalement constitué. Le mieux, c'est sans doute de dire la vérité. Après tout, c'était de la légitime défense, non ?

Les yeux écarquillés, j'eus un mouvement de recul. Merde alors ! Je n'avais même pas pensé à ça. Et si les flics ne nous croyaient pas ? Si on finissait en prison pour meurtre ?

— Bien sûr que c'était de la légitime défense, affirmai-je avec conviction. (Après tout, nous n'avions encore jamais tué personne.) Nous raconterons les choses telles qu'elles se sont passées et ils comprendront que nous n'avons pas eu le choix.

Je balayai du regard les cadavres qui jonchaient le sol. Pourvu qu'ils n'aillent pas croire que nous avions également buté les Wilson ! À partir de combien de victimes entre-t-on dans la catégorie des tueurs en série ? Je l'avais entendu une fois à la télé, mais je ne m'en souvenais plus.

— Ils comprendront sûrement, chuchotai-je.

Dave tendit la main vers le téléphone fixe du docteur Kelly, toujours posé sur un coin de son bureau malgré le bordel ambiant. Mais à l'instant où ses doigts se refermaient sur le combiné, la porte des toilettes contiguës s'ouvrit à la volée.

Candy la réceptionniste se tenait sur le seuil, respirant bruyamment par son nez et sa bouche ensanglantés. Sa robe portefeuille rose, ouverte sur le devant, révélait une grande partie d'un faux nichon. Je savais qu'il était faux parce que de la solution saline s'échappait d'une monstrueuse entaille en travers de sa peau, tendue à craquer. Les bords déchiquetés, maculés de noir, m'apprirent tout ce qu'il y avait à savoir avant même que Candy s'avance d'un air menaçant, avec la même démarche titubante et les mêmes gestes saccadés que le docteur Kelly un peu plus tôt.

— Putain de merde ! jura David en reculant.

Il laissa échapper le combiné qui se balança dans le vide au bout de son fil torsadé. Un « bip, bip, bip » aigu et insistant résonna à travers la pièce telle la bande-son de notre film d'horreur privé. C'était toujours mieux que la version muzak de Miley Cyrus.

Candy chancela vers nous en remuant les mâchoires. Un fluide noir et visqueux s'échappait de sa bouche, comme de celle du docteur Kelly quelques minutes auparavant. Du sang maculait son menton, ses mains et même ses faux ongles semblables à des griffes.

— C'est quoi ce bordel ? m'égosillai-je en agrippant l'épaule de David.

D'autres gémissements s'élevèrent sur notre droite, et nous tournâmes la tête dans un même mouvement.

Les Merveilleux Wilson commencèrent à se relever. D'abord Madame, avec sa gorge lacérée et mâchouillée qui dégoulinait de sang, puis Monsieur, qui ne parut pas remarquer que le docteur Kelly lui avait pratiquement rongé le bras droit et que celui-ci ne tenait plus que par un petit bout de tendon.

— Cours, Sarah ! s'écria David en me prenant la main et en fonçant vers la porte. Cours, putain !

# CHAPITRE 3

NE VOUS PRENEZ PAS LA TÊTE POUR DES DÉTAILS. MIEUX VAUT AVOIR TORT ET ÊTRE VIVANT QU'AVOIR RAISON ET BOUFFER DE LA CERVELLE.

Nous étions assis dans la voiture avec les portières verrouillées. Pendant très longtemps, nous n'émîmes pas d'autres sons que nos halètements en stéréo.

— On devrait allumer la radio pour voir s'ils en parlent aux infos, suggéra enfin David. Je commence à craindre que ça ne soit pas un incident isolé.

J'acquiesçai. Mais quand je voulus mettre le contact, je tremblais si fort que je n'arrivai pas à rentrer la clé. David finit par me prendre la main pour me guider.

— Merci, chuchotai-je sans le regarder.

Je fis un quart de tour avec la clé de contact. David tendit la main vers le poste. De la musique s'éleva du lecteur de CD. Mon irritation oubliée revint à la charge, multipliée par dix.

— Merde, David, pas ces putains de Whitesnake, aboyai-je en pivotant sur mon siège pour le foudroyer du regard. Qui écoute encore ce rock pourri des années 1980 ? Pire : qui l'achète encore en CD ? Tu te rends compte que tu es allé dans un magasin et que tu as dépensé de l'argent pour cette merde ?

— J'aime les Whitesnake, se défendit-il avec une expression furibarde qui devait être le reflet exact de la mienne. C'est pas comme si j'avais fait un mystère de mes goûts musicaux quand on s'est mariés.

— Non, c'est vrai. Tu n'avais aucun secret pour moi à l'époque. Tu étais totalement honnête, et regarde où ça nous a menés! (Il ouvrit la bouche pour dire quelque chose ; je l'interrompis en agitant les deux mains.) Tu disais que tu voulais bosser dans la finance et... Attends, tu as laissé tomber cette idée, pas vrai ? Tu disais que je pourrais retourner à la fac une fois que tu aurais terminé ton master, mais non, là encore, tu as changé d'avis...

— Je refuse de parler de ça maintenant. Sortons d'ici, dit-il d'un ton sec qui eut le don de m'agacer autant que les reproches que j'étais en train de lui faire devaient l'agacer, lui.

Je le fusillai du regard.

— Non. Je crois qu'il est grand temps d'écouter les conseils du docteur Kelly et de mettre les choses à plat une bonne fois pour toutes.

— Le docteur Kelly est morte! Ses conseils ne valent plus rien, répliqua-t-il en croisant les bras.

— Ce n'est pas parce qu'elle a tenté de nous bouffer qu'elle avait tort, contrai-je, même si je résistais à sa thérapie depuis des mois... non que je fusse prête à l'admettre devant mon mari. Il lui arrivait même de faire des remarques très pertinentes à propos de...

Par-dessus mon épaule, David regarda à travers la vitre côté conducteur et écarquilla les yeux.

— Roule, Sarah, roule!

Au début, je crus qu'il faisait cette tête pour me distraire et mettre un terme à notre dispute, parce que Dave déteste les conflits. Je regardai derrière moi quand même, ne fût-ce que pour démonter son bluff.

Mais pour une fois, ce n'était pas du bluff. Mack, le gardien de parking qui avait déserté son poste, courait vers nous. Je fus d'abord soulagée de le voir. J'étais à peu près certaine qu'il avait un Taser, ce qui valait toujours mieux que le contenu de nos poches (il me semblait que j'avais un paquet de chewing-gums, et Dave un couteau de poche, mais je n'en étais pas sûre). Nous n'aurions qu'à lui raconter ce qui s'était passé ; il appellerait la police, nous ferions une déposition et tout rentrerait dans l'ordre.

Mais plus il se rapprochait, plus je voyais qu'il courait comme un figurant dans la vidéo de *Thriller*. Bientôt, sa peau grise et son visage ensanglanté me révélèrent que lui aussi était atteint par le mal mystérieux qui avait changé le docteur Kelly en cannibale affamée, et Candy et les Merveilleux-Wilson en monstres gémissants.

— Merde…, marmonnai-je en passant la marche arrière et en enfonçant l'accélérateur.

La voiture recula dans un crissement de pneus. Bien que visiblement perturbé, Mack parut se rendre compte qu'un repas potentiel allait lui filer sous le nez. Il s'élança en tanguant comme un bateau ivre et plongea sur la voiture.

Je frémis tandis qu'il agrippait le rebord à la jointure du pare-brise et du capot, et restait accroché là, tentant de ronger d'abord le verre puis le métal situé plus bas. Quelques-unes de ses dents se brisèrent, ne laissant que des chicots ensanglantés dans ses gencives grisâtres. Pourtant, il continua à jouer des mâchoires comme s'il voulait bouffer la bagnole… ou y creuser un trou pour nous atteindre.

— Roule ! cria Dave, m'arrachant à la fascination horrifiée que m'inspiraient les problèmes dentaires de Mack.

Sans trop savoir comment, je réussis à passer la marche avant et fonçai vers la sortie dans un nuage de caoutchouc brûlé.

Mack était un type bien-portant et son poids semblait encore plus mal réparti que d'habitude. Comme je franchissais un virage sur les chapeaux de roue, il glissa. Son visage tordu, grotesque et inhumain, heurta le pare-brise. C'était une vision assez horrible. Pourtant, ce fut sans aucune compassion que je défonçai la barrière jaune et envoyai Mack voler quelque part derrière moi.

Dès que nous eûmes gagné les rues de la ville, nous poussâmes de gros soupirs de soulagement. David appuya sur un bouton pour éteindre le lecteur de CD et passer en mode radio. Comme nous l'espérions, le triple « bip » d'urgence institué après le 11 septembre pour donner des informations en cas de crise majeure avait été activé. « Bip, bip, bip », siffla la radio. Puis il y eut une pause avant que les informations dont nous avions si désespérément besoin s'échappent de nos haut-parleurs pourris.

— Bonjour, lança une voix de femme atone dont la propriétaire semblait avoir avalé un tube entier de Prozac. Votre attention, s'il vous plaît. Un état d'alerte chimique ou biologique a été décrété. Merci de rester chez vous avec portes et fenêtres verrouillées en attendant des instructions ultérieures. N'appelez le 911 qu'en cas d'extrême urgence.

Nous retînmes tous les deux notre souffle, mais au lieu de donner plus de précisions, la bande cliqueta et repartit de zéro, diffusant de nouveau le triple « bip » et le message enregistré. David appuya sur le bouton marche-arrêt si fort que celui-ci sauta et roula sous mon siège. Du moins la voix agaçante se tut-elle.

— Génial ! Encore un truc de cassé, marmonnai-je. (David ouvrit la bouche pour se défendre, mais je secouai la tête.) C'est le moindre de nos problèmes.

— Ils ont dit « chimique ou biologique », soupira-t-il en laissant aller sa tête contre le dossier du siège passager et en fixant un point dans le vide. J'espère que la saloperie qui a provoqué ça ne flotte pas dans l'air.

J'opinai mais ne dis rien parce que cette idée me donnait la chair de poule. Voir quelqu'un que nous connaissions se changer en monstre assoiffé de sang, prêt à tuer et à bouffer une autre personne, était déjà assez terrible. Mais si c'était à nous que ça arrivait…

— D'accord, il nous faut un plan, décidai-je en prenant la bretelle d'entrée de l'autoroute nord, en direction de notre appartement. Qu'est-ce qu'on fait ?

David jeta un coup d'œil à la stéréo éteinte depuis qu'il l'avait malmenée.

— On rentre à la maison.

Je tournai brièvement la tête vers lui, parce que pour la première fois depuis cinq ans, il n'y avait aucune autre voiture à laquelle je dusse faire attention avant de changer de file.

— À la maison ?

David acquiesça en observant les immeubles qui découpaient leur silhouette à l'aplomb des eaux scintillantes du détroit de Puget. Tout semblait si paisible… mais c'était un calme trompeur.

— C'est ce qu'ils ont dit de faire et je pense que c'est la meilleure solution, répondit-il d'une voix morne, comme s'il était sonné par les récents événements. (Moi non plus, je ne me sentais pas au mieux de ma forme.) En fait, je pense que c'est la seule solution pour le moment.

Je le dévisageai un instant et acquiesçai.

— D'accord. À la maison.

Nous roulâmes en silence, beaucoup plus vite que d'habitude grâce à l'absence de circulation. Enfin, ce n'était pas tout à fait exact. Il y avait des personnes dans les rues, mais elles ne conduisaient pas et elles n'étaient plus humaines. Quelques… créatures dépenaillées, comme le docteur Kelly et Mack, erraient en bordure de la voie rapide. Des voitures accidentées s'entassaient sur les trottoirs. Sur le terre-plein central, nous vîmes deux monstres ronger les jambes d'un policier. David finit par fermer les yeux, et moi par braquer mon regard sur la route devant nous. J'imagine que nous en avions assez vu.

Notre appartement, situé au nord de ce qu'on appelle le « U-District », était un vrai trou à rats. Les loyers sont ridiculement élevés à Seattle, et comme David ne travaillait pas au sens traditionnel du terme, nous n'avions pas les moyens d'habiter ailleurs.

Notre quartier était vieux, décrépit, grouillant de SDF drogués et de filles qui faisaient des passes dans les ruelles obscures. Mais nous bénéficiions d'un parking souterrain, même si après notre dernière mésaventure, aucun de nous deux ne se sentit particulièrement en sécurité lorsque je baissai la vitre et tendis un bras dehors pour composer le code d'ouverture du portail.

Je repliai très vite mon bras et appuyai sur le bouton de contrôle de la vitre, qui remonta aussitôt. Puis nous pénétrâmes dans la pénombre du parking. Je me garai à notre place, et nous nous regardâmes d'un air peu rassuré avant d'ouvrir nos portières respectives et de descendre de voiture.

La fraîcheur ambiante nous enveloppa. Une alarme de voiture hurlait dans le lointain. En temps normal, je n'y aurais pas fait attention ou j'aurais secoué la tête avec agacement. Là, je jetai un coup d'œil dans la direction du bruit et frissonnai. Pendant très longtemps après le début de l'alerte, les alarmes de voiture gardèrent une tonalité sinistre à mes oreilles. Il fallait bien que quelque chose les ait déclenchées, pas vrai ? Mais ce jour-là, je ne vis rien bouger dans l'obscurité brumeuse piquetée de LED.

— Regarde, Sarah, dit David.

Le visage blême et l'air consterné, il désignait l'ascenseur. Je contournai la voiture pour le rejoindre. Un autre véhicule s'était écrasé contre le mur du fond, non loin de notre place. Le capot avant était complètement défoncé et du liquide de refroidissement gouttait dessous, formant une flaque verdâtre sur le sol en béton.

— Ce n'est pas la voiture de Jack et Amanda ? chuchotai-je en pensant au couple qui occupait l'appartement voisin du nôtre.

Nous avions plus ou moins le même âge. Je n'irais pas jusqu'à dire que je les considérais comme des amis proches, mais nous étions en bons termes et chaque couple avait un double des clés de l'autre au cas où nous nous serions retrouvés enfermés dehors ou aurions besoin que quelqu'un relève le courrier pendant les vacances.

Parfois, David et Jack jouaient à la Xbox ensemble – généralement quand je bossais tard, parce que je trouvais Jack bruyant et énervant. Il passait son temps à roter, à péter, et il trouvait ça hilarant. Un type super classe.

— On dirait, acquiesça David en me prenant la main. Viens.

Il appuya sur le bouton avec la petite flèche pointée vers le haut. J'eus l'impression que l'ascenseur mettait une éternité à arriver, mais il finit par s'ouvrir avec un « ding ! » qui résonna à travers le parking. David jeta un coup d'œil à l'intérieur avant de m'y entraîner.

Lorsque je tendis la main vers le bouton du troisième étage, je vis des traces de sang sur le chiffre. Je poussai un grognement et rentrai la main dans ma manche avant d'appuyer. David secoua la tête et partit d'un petit rire nerveux.

— Tu es déjà couverte de sang. Un peu plus ou un peu moins, qu'est-ce que ça peut faire ?

— Je ne sais pas, mais je préfère limiter les dégâts, dis-je en m'adossant à la paroi métallique et en croisant les bras.

— Trop tard ! grimaça David.

Du menton, il désigna quelque chose derrière moi. Je m'écartai de la paroi et me retournai. Je m'étais appuyée sur une énorme tache de fluide noir comme celui que vomissaient les gens... disons, « infectés » – faute de savoir exactement ce qui leur arrivait à ce stade.

— Oh ! mon Dieu ! m'écriai-je. Oh ! mon Dieu !

Bon, d'accord : je gémis plus que je ne criai. Soyez indulgents. Je voulais juste prendre une douche, me réveiller de cet horrible cauchemar et que les choses redeviennent normales.

La porte de l'ascenseur s'ouvrit et, comme dans le parking, David me précéda pour sortir. Il jeta un coup d'œil à la ronde et me fit signe de le suivre dans le couloir tandis qu'il fouillait dans sa poche de devant pour en extraire ses clés. Nous courûmes presque jusqu'à notre appartement. David ouvrit la porte, et dès que nous fûmes entrés, il la verrouilla à double tour derrière nous.

Avec un soupir de soulagement, nous regardâmes autour de nous. Jamais je n'avais tant aimé les soixante-cinq mètres carrés de ce trou à rats. En un clin d'œil, j'oubliai tous les problèmes que nous avions eus avec cet appartement. Pour un peu, je serais tombée à genoux et j'aurais embrassé le sol.

— Tu as compris ce qui se passait, hein ? demanda David, et je ne fus pas mécontente que sa voix m'empêche de faire l'amour au carré de linoléum dans notre entrée.

Je le dévisageai.

— Non. Quoi ?

— C'est une épidémie de zombies.

Comme je le fixais avec une expression incrédule, il hocha la tête. Ma parole, mais il était sérieux !

— Il faut arrêter le cinéma et les jeux vidéo, mon pote ! aboyai-je. Une « épidémie de zombies » ? C'est le truc le plus stupide que j'aie entendu de toute ma vie.

— Pas du tout ! se récria-t-il, comme offensé que je mette en doute sa brillante déduction. C'est parfaitement logique.

En tout cas, aussi logique que possible, vu ce qui nous est arrivé aujourd'hui.

— David..., dis-je en faisant traîner la deuxième syllabe sur un ton frustré et agacé.

Les sourcils froncés, il s'approcha de moi.

— Merde, Sarah, notre thérapeute a tenté de nous bouffer ! Elle, et dix autres personnes depuis. Nous avons vu des choses que je pensais ne jamais voir de toute ma vie. Qu'est-ce que ça pourrait être d'autre ?

Je secouai obstinément la tête. De toute évidence, le stress avait court-circuité le cerveau de mon mari. À ce moment-là, je n'étais pas encore prête à admettre que des créatures issues de films de série B puissent exister pour de bon.

— Je refuse de te parler tant que tu délireras, dis-je en allumant la télé.

Des scènes urbaines de rues enfumées apparurent à l'écran. Je poussai un soupir de satisfaction. Apparemment, la télé allait nous fournir plus d'explications que la radio et son message d'urgence.

— Tu veux bien regarder ? dis-je en lançant la télécommande à Dave. Il faut que je fasse pipi et que j'enlève ces fringues dégueu. Quand j'aurai fini, tu pourras aller te changer pendant que je prendrai le relais.

Avec un grognement, il se laissa tomber sur le canapé. Il n'avait pas aimé que je ricane de sa théorie. Je serrai les dents en pensant au sang qu'il allait foutre sur les coussins, mais décidai de ne pas provoquer une nouvelle bagarre. Je me sentais trop crade pour ça. Tant pis ! Je frotterais le canapé avec du détachant pendant qu'il se changerait.

Je me dirigeai vers la salle de bains et fermai la porte derrière moi. Comme la pièce était minuscule, je baissai mon pantalon, m'assis sur les toilettes sans regarder... et m'enfonçai dans l'eau. Je me redressai d'un bond en poussant un glapissement et attrapai une serviette de toilette.

David avait encore oublié de baisser le siège ! Je m'essuyai les fesses en marmonnant un tas d'invectives colorées à l'adresse du crétin assis dans le salon.

Lorsque je pivotai pour remettre la serviette mouillée sur son porte-serviettes, j'aperçus mon reflet dans le miroir. Je grognai et me penchai en avant pour m'examiner de plus près. Mes cheveux châtains étaient tellement imbibés de sang qu'ils avaient l'air acajou. Franchement, la couleur ne m'allait pas trop mal. Si nous avions de l'argent un jour, je me ferais peut-être teindre en roux.

L'état de mes fringues me contraria bien davantage. Ma chemise jadis blanche était couverte de fluide noir, de sang et de cervelle – foutue. Même en la faisant tremper jusqu'à la fin des temps, jamais je n'arriverais à ravoir le lin.

— Putain de merde ! marmonnai-je.

J'avais à peine commencé à la déboutonner qu'un grattement, léger mais très net, s'éleva derrière le rideau de douche. Je me figeai et déglutis tandis que le bruit résonnait dans la pièce minuscule. Oui, il y avait définitivement quelque chose dans la baignoire. Je priai pour que ce soit un chat entré par la fenêtre. Voire un opossum. Ou même un rat. Tout plutôt que ce que je craignais.

Je m'emparai de ce qui se rapprochait le plus d'une arme : un exemplaire relié d'un des manuels écrits par le docteur Phil à l'attention des couples. Je l'avais offert à David quand nous avions commencé notre thérapie, six mois plus tôt. Depuis, il traînait sur la chasse d'eau. À mon avis, David ne l'avait même pas ouvert, ce qui m'énervait prodigieusement, mais le livre était lourd et avait des arêtes aiguës. Je le brandis d'une main et, de l'autre, saisis le bord du rideau de douche que je tirai d'un geste brusque.

Un homme se tenait dans la baignoire, se balançant doucement sur ses talons et fixant le mur carrelé. C'était Jack, notre voisin, le type dont nous avions vu la voiture accidentée dans le parking souterrain. Il se tourna lentement vers moi, comme si ma présence l'ennuyait, et je réprimai un couinement de surprise.

Quelle que fût la nature de l'épidémie qui faisait rage à Seattle, celle-ci ne l'avait manifestement pas épargné. Son corps déjà alourdi par un excès de junk food et d'heures passées à jouer à la console penchait maintenant comme la tour de Pise, et sa peau grisâtre semblait couverte d'une sueur froide.

Il me dévisagea pendant une éternité. Puis il ouvrit la bouche et vomit de la bile noire sur mon tapis de bain vert avant de tendre les bras vers moi.

— Et merde ! grognai-je. Tu ne pouvais pas être un chat ?

Sans attendre de réponse à cette question purement rhétorique, je lui abattis mon livre sur le front. Sa peau pourrissante éclata, recouvrant la photo du docteur Phil de sang et de lambeaux de chair.

Jack cligna des yeux tel un gorille hébété dans sa cage de zoo, puis tenta de nouveau de m'empoigner. Malheureusement pour lui, et heureusement pour moi, il n'avait plus la présence d'esprit nécessaire pour enjamber le bord de la baignoire. Ses deux tibias cognèrent contre la paroi d'émail lisse ; il perdit l'équilibre.

Grâce à mon instinct et à une bonne dose de chance, je me plaquai contre le mur opposé et réussis à éviter son corps boursouflé qui basculait en avant. Son front déjà lacéré heurta la cuvette des toilettes avec un bruit mat et il poussa un gémissement.

J'ignore ce qui me prit alors que je regardais notre gros voisin répugnant à demi affalé dans nos toilettes, dont le siège était resté relevé depuis le dernier passage de David. Une chose est certaine : je ne réfléchis pas avant d'attraper la lunette et de l'abattre violemment sur le crâne de Jack.

— Baisse ! Le ! Siège ! Des ! Toilettes ! David ! scandai-je en ponctuant chaque mot d'un nouveau coup.

Je ne m'arrêtai pas avant d'entendre la voix de mon mari de l'autre côté de la porte.

— Tu m'as appelé ? lança-t-il depuis le couloir, m'arrachant à ma folie furieuse et m'obligeant à prendre conscience du bordel que j'avais foutu.

La cuvette des toilettes était fêlée et couverte de sang, de cervelle et de bouts de chair parmi lesquels je crus reconnaître la moitié d'une oreille. Mais elle était si abîmée que je ne pouvais pas en être sûre et je n'avais aucune envie de me pencher pour regarder de plus près.

Le pauvre Jack était définitivement mort cette fois. Aucun désir de me bouffer ne faisait plus luire ses yeux rouges désormais éteints, ou du moins l'œil qui se trouvait encore dans son orbite – j'avais écrabouillé l'autre pendant ma crise de rage.

Je reportai mon attention sur la cuvette. J'avais toujours besoin de faire pipi. J'en avais vraiment, vraiment besoin. J'ai toujours besoin de pisser quand je suis nerveuse, et franchement, qu'est-ce qui pourrait vous rendre plus nerveuse que de vous faire attaquer par des cannibales ? Je me retenais depuis que nous avions tué le docteur Kelly, et à présent, ma vessie hurlait sous la pression. Il n'y avait pas d'autres W.-C. dans l'appartement, donc, si je voulais y aller… c'était ici et nulle part ailleurs.

Je dois admettre, à ce stade, que mes fonctions corporelles prirent le dessus sur le dégoût que m'inspirait le type mort sur mon carrelage. Avec un grognement, je poussai le gros Jack hors de mon chemin. En heurtant le sol, sa tête projeta une pluie de gouttelettes répugnantes à la ronde.

Je baissai le siège des toilettes. Même s'il n'était pas aussi dégueu que la cuvette, je n'avais aucune envie de m'asseoir dessus. Donc, je pris appui sur le lavabo d'un côté et sur le mur de l'autre avant de m'accroupir pour faire ma petite affaire.

Par réflexe, je tirai la chasse. Je fus très surprise que l'eau emporte le plus gros du sang et des morceaux sans boucher le tuyau d'évacuation. Il me suffit de tirer la chasse une deuxième fois – simple politesse – pour évacuer ce qui restait et l'envoyer dans les égouts. Enfin, ce qui restait à l'exception du sang, de la cervelle et des bouts de chair qui jonchaient le sol, évidemment.

Je grimaçai et remontai mon pantalon. La salle de bains était si minuscule que le corps de Jack prenait presque toute la place. J'enjambai prudemment son gros cul mou et, en équilibre précaire au-dessus de lui, me lavai les mains à l'eau bouillante en utilisant une bonne moitié du flacon de savon liquide. Lorsqu'il me sembla m'être nettoyée de tous mes péchés – ou du moins, en avoir lavé mes mains –, je sortis dans le couloir.

Dave était retourné au salon. Penché par-dessus le dossier du fauteuil inclinable usé, il regardait la télé. Il avait monté le son si fort qu'il n'avait probablement rien entendu de l'affrontement féroce qui venait d'avoir lieu dans la salle de bains. Du moins, j'espérais qu'il ne m'avait pas entendue me battre contre notre voisin et n'avait pas décidé de me laisser me débrouiller pendant qu'il vérifiait les derniers résultats sportifs qui, curieusement, défilaient au bas de l'écran comme un jour ordinaire. *Hé, les Mariners ont gagné !*

— Bébé ? appelai-je.

Je ne lui avais pas donné de surnom affectueux depuis si longtemps que je ne me souvenais même pas à quand remontait la dernière fois. Il se tourna vers moi, surpris – mais était-ce parce que je l'avais appelé « Bébé », ou parce que j'étais encore plus crade qu'avant de partir me laver ? Je lui désignai la salle de bains. Il s'approcha, jeta un coup d'œil à feu Jack puis reporta son attention sur moi, les yeux écarquillés.

— Finalement, je crois que tu as raison, dis-je en hochant la tête. C'est bien une épidémie de zombies.

# Chapitre 4

Discutez ensemble avant de prendre une décision importante. Mieux vaut que chacun présente ses arguments avant de choisir entre fuir la ville ou se terrer à la maison avec des boîtes de conserve et CNN.

Dave observait toujours le corps salement amoché qui gisait sur le carrelage de la salle de bains, dans une mare de sang et de fluide noir en train de se figer.

— Tu l'as tué avec *quoi* ? s'exclama-t-il, incrédule.

— Je l'ai d'abord frappé avec le bouquin du docteur Phil, soupirai-je en regardant l'objet du délit abandonné près du cadavre de Jack, ses pages collées par tout un tas de trucs visqueux. Et je l'ai achevé avec le siège des toilettes. Que tu avais encore laissé relevé, soit dit en passant. Ça me rend dingue !

— Désolé, articula Dave d'une voix atone, dénuée d'émotions.

Il referma la porte en hochant la tête d'un air absent. C'était bizarre la vitesse à laquelle toute cette folie devenait normale et banale pour nous.

— Viens, il faut que tu voies ça, dit-il en désignant la télévision. C'est l'enfer sur Terre – littéralement.

Je suis au regret d'avouer que j'oubliai presque instantanément l'homme que je venais de tuer de façon si brutale dans ma salle de bains. David et moi nous dirigeâmes vers le canapé et nous assîmes tout près l'un de l'autre au bord des coussins. Il avait mis CNN, la chaîne qui diffuse des informations vingt-quatre heures sur vingt-quatre. Assis derrière son bureau, un présentateur à l'air grave parlait de cette drôle de voix morne qu'on enseigne sûrement dans les écoles de journalisme.

*« On pense que l'épidémie a commencé dans un laboratoire de haute sécurité situé sur le campus de l'Université de Washington et qu'elle s'est répandue à travers la ville comme une traînée de poudre. Des attaques par les personnes infectées ont été signalées dans toute la zone de Seattle et de sa banlieue, dont la population s'élève à près de quatre millions d'habitants. Sur place, notre envoyé Henry Greene. »*

Un autre homme apparut à l'écran. Vêtu d'un costume mal coupé, il se tenait près du célèbre marché de Pike Place. L'enseigne iconique clignotait dans la pénombre qui descendait peu à peu sur la ville en émoi.

*« Merci, Roger »*, dit Henry Greene, qui fixait la caméra sans ciller.

*« Je suis en mesure de vous annoncer plusieurs choses. D'abord, selon une rumeur qui vient tout juste de nous être confirmée par l'Administration de l'Aviation fédérale, une des personnes infectées aurait réussi à embarquer sur un vol à destination de San Francisco. Il semble que l'appareil soit passé en pilotage automatique après que l'équipage et les passagers au complet ont succombé à l'infection en plein vol. Le Pentagone se demande s'il doit être abattu au-dessus d'une zone à faible densité de population, ou s'il doit être autorisé à se poser. Nous devrions en savoir davantage dans l'heure qui vient. »*

— Mon Dieu ! chuchotai-je, essayant de ne pas penser aux malheureux passagers, prisonniers à bord.

Je n'ai jamais aimé prendre l'avion. C'est l'un des avantages de parvenir tout juste à joindre les deux bouts : quand David et moi voulions nous rendre quelque part, nous y allions en voiture ou en car. Ce qui, à la lumière des récents événements, me paraissait encore la meilleure idée : ces modes de transport offraient davantage d'échappatoires…

*« En outre, plusieurs incendies se sont déclenchés dans le centre-ville et on nous rapporte que… »*

Le journaliste s'interrompit au milieu de sa phrase et son regard fixe jusque-là se détacha de la caméra pour se reporter sur quelque chose situé un peu plus loin. Il écarquilla les yeux.

*« Euh, Ken… »*, commença-t-il.

De toute évidence, il s'adressait au caméraman ou à un producteur.

*« Ken, tu entends ce bruit ? Qu'est-ce que… ? Oh ! mon Dieu ! »*

La caméra pivota très vite pour se braquer sur le flanc de la colline abrupte. Un instant, l'image apparut légèrement floue, puis l'autofocus fit la mise au point, et David et moi hoquetâmes en chœur.

Une énorme foule se massait au sommet de la colline, à un pâté de maisons du marché. Et elle n'était pas composée de gens, mais de zombies grognants et titubants. C'était la première fois que nous en voyions une telle quantité à la fois. Ils dévalèrent la pente en direction du marché, avec des grondements sourds que les micros captèrent malgré la distance.

*« Cours, Henry, cours ! »* cria le caméraman d'une voix étouffée.

Le journaliste avait déjà pris quelques foulées d'avance. Il fonçait vers le marché semi-couvert. L'image bougea dans tous les sens, comme celle d'un film à petit budget tourné caméra à l'épaule, tandis que le caméraman le suivait. Mais à peine avaient-ils parcouru vingt mètres qu'une autre foule de créatures répugnantes surgit des stands ouverts et se dirigea vers eux. De la bave noire dégoulinait de leurs lèvres grimaçantes.

*« Oh ! non ! »* chuchota le journaliste d'une voix étrangement douce et calme pour quelqu'un qui se trouvait confronté à une fin imminente.

Puis le son fut coupé et l'image bascula de nouveau vers le présentateur assis derrière son bureau dans les studios de CNN. Presque aussi grisâtre que les zombies, celui-ci fixait la caméra d'un regard incrédule et horrifié. Ça, ce n'était probablement pas une expression qu'il avait apprise à l'école.

*« Nous… Visiblement, nous sommes confrontés à quelques difficultés techniques, mesdames et messieurs »*, dit-il en secouant la tête pour s'arracher au brouillard de son hébétude.

*« Mais je vous promets que nous ferons notre maximum pour vous tenir informés grâce à nos envoyés spéciaux. Dès que possible, nous… nous essaierons de rétablir le contact avec Henry. »*

Dave haussa les sourcils.

— C'est ça ! Henry est devenu un zombie, mec.

J'acquiesçai.

— Et maintenant, notre envoyé spécial Henry Greene le zombie, récitai-je en imitant le débit monotone du présentateur. « Henry veut de la cervelle ».

Dave ne rit pas, mais il sourit, ce qui était sans doute le maximum que je pouvais tirer de lui à ce stade. Le présentateur continua à déblatérer en fond sonore, nous enjoignant à rester chez nous et à garder notre calme. Je secouai la tête.

— Tu as entendu ce qu'il a dit à propos de Seattle ?

Dave me jeta un coup d'œil en coin.

— Qu'on était au cœur d'une épidémie de zombies ? Ouais, Sarah, j'avais pigé.

— Non, aboyai-je, irritée par sa réaction défensive. Je parlais de la population locale. Quatre millions de personnes, David.

Son regard restait braqué sur la télé, me rappelant toutes les fois où j'avais tenté de lui parler sans réussir à l'arracher à ses jeux vidéo. Ou à son émission favorite. Ou à tout ce qui passait avant moi.

— Et alors ? demanda-t-il.

— Et alors ? répétai-je avec un geste exaspéré qui parvint enfin à attirer son attention. Nous avons vu de nos propres yeux à quelle vitesse cette chose se propage. Réfléchis un instant. Supposons que l'épidémie ait commencé aujourd'hui. La fac d'où elle est partie se trouve à des kilomètres du bureau… de l'ex-bureau du docteur Kelly.

Dave acquiesça.

— Il me semble, oui.

Je poursuivis très vite :

— Une des personnes infectées a réussi à atteindre l'aéroport de Sea-Tac, à franchir la sécurité et à embarquer avant que quelqu'un donne l'alarme, ce qui signifie qu'elle a sans doute été mordue aux environs de l'aéroport, voire à l'intérieur. Il y a combien de kilomètres entre la fac et l'aéroport, une trentaine ?

Dave cessa de me dévisager comme si j'étais folle et hocha la tête, l'air sinistre.

— Je vois ce que tu veux dire : ça se répand à toute allure.

— Ce que je veux dire, c'est que cette ville s'est changée en un putain de buffet à volonté, dis-je en me levant pour faire les cent pas dans la petite pièce. Si les autorités n'arrivent pas à endiguer l'épidémie très vite, il y aura bientôt plus de zombies que d'humains à Seattle.

David reporta son attention sur la télé. CNN diffusait des images filmées depuis le sommet de la tour de Red Square, à l'Université de Washington. La caméra était fixe. De temps en temps, une personne encore indemne traversait le champ en courant. Elle était presque toujours poursuivie par un salopard mort-vivant… ou vingt.

— Si ça se trouve, on est déjà en infériorité numérique, chuchota Dave en frissonnant. Rester ici n'est peut-être pas une si bonne idée.

Je hochai la tête. C'était aussi ce que je me disais.

— Oui, mais si on ressort dans la rue… il faudra les affronter, soufflai-je. Comment on fera pour éviter d'être transformés, nous aussi ?

Dave s'arracha à la contemplation de l'écran.

— Ben… j'ai vu des tas de films de zombies.

Je haussai un sourcil, un truc dont j'étais particulièrement fière, vu qu'il m'avait fallu des mois d'entraînement pour arriver à le faire.

— Tu suggères qu'on utilise des techniques vues dans des films d'horreur pour combattre des vrais zombies ?

— Pourquoi pas ? répliqua-t-il en haussant les épaules.

Je levai les yeux au ciel.

— Parce qu'on n'est pas dans *Scream*.

Dave se rembrunit. Une fois de plus, il était irrité par mon manque de confiance en lui.

— Tu as une meilleure idée, peut-être ? Ce n'est pas comme si on pouvait trouver des informations sur les vrais zombies sur Internet. Tout ce que les gens savent là-dessus, ils l'ont appris en regardant des films ou en lisant des bouquins. Des romans.

J'ouvris et refermai la bouche sans trouver de réponse pertinente. Pour ma plus grande frustration, Dave avait encore raison. Tout ce que je savais sur les zombies venait des films.

Autrefois, Dave et moi, on adorait regarder des films de zombies, pelotonnés l'un contre l'autre dans le noir. Ces derniers temps, ça ne nous était pas arrivé souvent. Vu qu'on n'arrêtait pas de se disputer et que je bossais autant que possible pour nous maintenir à flots financièrement, ça n'avait pas été une priorité. Mais il me semblait que je maîtrisais le sujet aussi bien que n'importe qui. Et au moins, dresser une liste de ce que nous savions nous donnerait l'impression de faire quelque chose, au lieu de rester assis là en attendant que l'armée réagisse.

— D'accord, soupirai-je. Que savons-nous sur les zombies ?

Dave se fendit d'un large sourire. Il était ravi que je consente à participer à ce petit exercice, même si j'avais de gros doutes quant à son utilité.

— D'abord, quand une personne est mordue, elle se transforme en zombie, commença-t-il. Mais le virus ne semble pas se propager par voie aérienne ou par simple contact.

Cette idée me fit frissonner. Elle était encore plus terrifiante que tout le reste.

— Et nous le savons par expérience personnelle, pas seulement à cause des films. Un point pour *Dawn of the Dead* : ils ne se sont pas trompés sur ce coup-là, ajoutai-je avec un faible sourire. Ton idée n'est peut-être pas si nulle en fin de compte.

— Merci beaucoup, répondit sèchement David. Quoi d'autre ? Nous savons qu'ils veulent se nourrir de chair fraîche et qu'ils ne s'attaquent pas les uns les autres. Du moins, nous n'avons rien vu de tel.

— Exact. Les Merveilleux-Wilson et les zombies qui traînaient sur le bord de la route collaboraient même pour se trouver à bouffer. (Je commençais à apprécier l'exercice, voire à regretter de ne pas avoir un carnet sous la main pour tout noter au fur et à mesure.) Le groupe qui vient d'attaquer le pauvre journaliste et son caméraman… On aurait dit une meute d'animaux sauvages. Mais mangeraient-ils d'autres animaux, ou de la viande de boucherie ? Et pourraient-ils transformer des animaux en zombies ?

Dave haussa les épaules.

— Ça, nous n'en savons rien pour le moment. Il faudra ouvrir l'œil. Si des animaux ont été infectés, eux aussi, ça se présente mal. Ils peuvent se dissimuler beaucoup plus facilement qu'un humain.

Je fermai les yeux et tentai de ne pas imaginer Peluche le gentil fox-terrier ou Ming le chat changés en machine à tuer. Pour ne pas y penser, je cherchai d'autres informations à ajouter à notre liste.

—Apparemment, une blessure à la tête suffit à les arrêter, pourvu qu'elle soit assez grave. Un talon aiguille dans le crâne pour le docteur Kelly; un siège de toilettes pour Jack...

—Dans les films, les héros ont toujours des fusils à pompe et d'autres armes, fit remarquer Dave.

J'acquiesçai. C'était très vrai.

—Pour l'instant, on n'en a pas, mais si on sort d'ici, on pourra essayer de s'en procurer. La plupart des magasins de sport vendent ce genre de choses. On pourrait en piller un, ou même trouver des gens planqués là-bas et faire équipe avec eux.

Dave sourit.

—On va mettre ça sur la liste.

J'éclatai de rire parce que mes listes étaient légendaires à la maison. J'adorais barrer les choses que je venais de faire. Mais Dave était plutôt du genre à improviser. Mes listes le rendaient dingue. Selon le docteur Kelly, nous devions apprendre à respecter nos différences et à en tirer le meilleur parti. En vérité, il nous avait suffi de la tuer pour y arriver. Dommage que nous ne nous en soyons pas aperçus six mois et quelques milliers de dollars plus tôt.

—Pour les armes, jusqu'à ce qu'on trouve des flingues et des munitions, on n'aura qu'à se débrouiller avec ce qu'on a sous la main. Ça ne nous a pas trop mal réussi jusqu'à maintenant.

—En effet, acquiesça Dave. Super idée d'utiliser la chaussure du docteur Kelly – et le siège des toilettes avec Jack!

Je rougis. Dave ne m'avait pas fait de compliment depuis une éternité et je me sentais toute chose.

—Merci.

—On doit aussi faire l'inventaire de la bouffe transportable et non périssable dont on dispose, suggéra-t-il.

Même si, finalement, on décide de ne pas sortir, mais de rester enfermés ici, il faudra se rationner. Et manger les aliments périssables en premier, vu qu'on ne sait pas si l'électricité ne finira pas par être coupée.

Je déglutis péniblement. Je n'avais pas pensé à ça, mais c'était une possibilité. Les autorités pouvaient fermer les centrales si elles le décidaient. Et s'il ne restait plus personne pour les faire fonctionner, elles finiraient de toute façon par s'arrêter. Je tenais cette information dérangeante de la chaîne Découverte, pas d'un film de zombies.

— Je vais préchauffer le four et mettre une pizza surgelée à cuire pour le dîner. Ensuite, je ferai un inventaire et je trierai nos provisions, dis-je en me dirigeant vers la cuisine.

Mais avant que je l'atteigne, on frappa.

Nous nous figeâmes. Lentement, je pivotai vers Dave. Il jeta un coup d'œil à la porte, puis reporta son attention sur moi avant de balayer du regard le salon encombré en quête d'une arme. Avec un sourire grimaçant, il se saisit de la batte de base-ball posée dans un coin, dont il ne s'était pas servi depuis qu'il avait laissé tomber ses études et quitté son équipe universitaire.

— Un classique des films de zombies, chuchotai-je en souriant. Bien vu !

À mon tour, je cherchai une arme. Mon regard se posa sur notre photo de mariage – la grande que ma mère avait absolument tenu à nous faire acheter. Une horreur de 27,5 centimètres sur 35 qui nous montrait debout devant l'église sous une pluie de grains de riz. Nous avions l'air heureux. Nous *étions* heureux, à l'époque. J'attrapai le cadre et le brandis comme une matraque.

— Très créatif, une fois de plus ! me félicita David.

Je lui souris et m'approchai prudemment de la porte.

On frappa de nouveau – plus fort, cette fois.

—Dave ? Sarah ? C'est Amanda ! cria une voix depuis le couloir.

J'en restai bouche bée. Je savais que je n'avais pas eu le choix, que j'avais été forcée de tuer Jack dans la salle de bains, mais pas une seconde je n'avais envisagé que je devrais affronter sa petite amie après coup. Je voulus ouvrir, mais Dave me saisit le poignet pour me retenir.

—Sarah, si Jack était un zombie, Amanda risque d'avoir été mordue, elle aussi, chuchota-t-il d'une voix basse et dure, qui ne portait pratiquement pas.

Je retirai la main que j'avais posée sur la poignée. Dave avait raison. Je n'avais pas pensé au danger, juste à soulager ma culpabilité grandissante.

—Je vous en supplie, si vous êtes là, laissez-moi entrer !

À sa voix, je devinai qu'Amanda avait pleuré et qu'elle était au bord de l'hystérie. Très doucement, je me pressai contre la porte et collai mon œil au judas. Merde ! Impossible de dire si elle était infectée. L'image était trop floue. Je voyais que ses vêtements étaient couverts de sang séché et que ses cheveux bruns s'échappaient de sa queue-de-cheval. Visiblement, elle s'était battue. Mais Dave et moi n'étions pas dans un état plus reluisant qu'elle et nous n'avions pas été transformés en zombies.

—Amanda, tu as été mordue ? demandai-je, prenant le risque de lui révéler que nous étions chez nous et que nous avions encore une cervelle fraîche et appétissante.

Dave me gifla le bras, mais je l'ignorai.

—Quoi ? sanglota Amanda. Pitié. Jack est devenu fou. J'ai envoyé la voiture dans le mur et je me suis coupé le bras sur les éclats de verre. Je n'arrive pas à le retrouver et la télé me fout la trouille.

Je fis doucement rebondir mes talons sur le linoléum – une habitude que j'ai quand je suis nerveuse – tout en observant Amanda. Elle regarda autour d'elle pour vérifier qu'il n'y avait personne d'autre dans le couloir et se fit aussi petite que possible. Une chose était sûre : elle semblait terrifiée. D'accord, elle n'était pas une lumière et elle avait un goût de chiottes en matière de mecs, mais je l'aimais bien quand même.

— Amanda, je vais ouvrir. Mais je te préviens : si tu essaies de nous bouffer, je te tue sans aucune hésitation.

— Quoi ? couina-t-elle de l'autre côté de la porte.

— Sarah, soupira Dave derrière moi.

Je me tournai vers lui.

— J'ai tué son petit ami. Le moins que je puisse faire, c'est la laisser entrer pour qu'on voie si elle a été… zombifiée.

Il haussa les épaules.

— Au pire, je suppose qu'on pourra toujours assassiner une autre de nos connaissances !

Espérant que ça ne serait pas nécessaire, je tirai le verrou et ouvris la porte.

# Chapitre 5

NE DISCUTEZ PAS DE VOS PROBLÈMES DE COUPLE AVEC VOS AMIS. VOS PROBLÈMES DE ZOMBIES, EN REVANCHE, VOUS POUVEZ.

Amanda tomba plus qu'elle n'entra dans l'appartement quand la porte s'ouvrit, mais le mouvement me parut trop fluide pour être celui d'un zombie. Elle devait être à moitié morte de trouille, car lorsqu'elle vit des gens qu'elle connaissait, elle s'autorisa à craquer. Tandis qu'elle sanglotait, écroulée sur le carré de linoléum, je poussai son pied pour refermer et verrouiller derrière elle.

Dave et moi l'observâmes à une distance prudente. Elle pleurait si fort que j'avais envie de la réconforter, mais je ne voulais pas finir changée en zombie. Aussi restai-je près de mon mari, mon cadre photo à la main, tandis qu'il brandissait sa batte de base-ball comme s'il était sur le point d'envoyer une balle par-dessus le mur du Safeco, le stade de Seattle.

Lorsque ses larmes se tarirent enfin, Amanda leva les yeux vers nous. Pour la première fois, elle parut remarquer nos armes et notre posture défensive. Elle fronça les sourcils, perplexe.

— Qu'est-ce qui vous prend ? renifla-t-elle en ramenant ses pieds sous elle pour se relever.

— Doucement ! aboya Dave.

Il agita sa batte d'un air menaçant. Amanda écarquilla les yeux, mais obtempéra. Elle se redressa très lentement et, debout contre la porte, nous dévisagea. Elle portait un débardeur couvert de sang, tout comme ses bras nus. Je vis bien une coupure sur son biceps, mais les bords de la plaie n'étaient ni déchiquetés, ni couverts de fluide noir comme les morsures qu'arboraient les autres victimes. En revanche, son pantalon en coton était trop long pour que je puisse dire si un zombie ne lui avait pas grignoté une cheville.

— Tu veux bien remonter les jambes de ton pantalon jusqu'aux genoux, histoire que je jette un coup d'œil à tes mollets ? réclamai-je. Doucement et sans gestes brusques.

J'avais l'impression d'être un flic qui cherchait de la dope.

— Mais enfin…, commença Amanda d'un air agacé et légèrement hautain.

— Obéis sans discuter, coupa Dave. On t'expliquera tout après.

Amanda nous en voulait, ça se voyait, mais elle se baissa et releva ses jambes de pantalon l'une après l'autre. Elle avait un bracelet de marguerites tatoué autour d'une cheville – le truc le plus banal du monde chez les jolies filles –, mais aucune trace de morsure visible. Dave baissa prudemment son arme.

— D'accord, mais on va garder un œil sur toi, alors ne t'approche pas trop de nous.

Amanda croisa les bras.

— Vous avez pété les plombs ou quoi ? Vous parlez de bouffer des gens, de tuer des gens… Vous voulez me frapper avec une batte de base-ball !

— On ne peut pas être trop prudents avec l'épidémie de zombies, me justifiai-je en haussant les épaules.

— L'épidémie de zombies ?

Elle nous dévisagea, la bouche légèrement entrouverte et l'air ahuri – une expression très courante chez elle, je suis au regret de l'admettre. Amanda comprenait vite, mais il fallait lui expliquer longtemps.

— De quoi parlez-vous ?

Dave la dévisagea, à la fois agacé et surpris.

— Tu disais que tu avais regardé la télé.

Amanda se dandina et le rose de l'embarras lui monta aux joues.

— Ils parlaient de produits chimiques et d'infection. Je ne comprenais rien et ça me faisait flipper. J'ai voulu regarder autre chose ; aujourd'hui, normalement, c'est le jour d'*American Idol* ; mais toutes les chaînes diffusaient la même émission, alors j'ai éteint.

Dave leva les yeux au ciel et se mit à faire les cent pas. Je n'aimais pas beaucoup Jack, mais Dave détestait Amanda. Il m'avait dit et répété des milliers de fois qu'elle était trop conne pour être mon amie. Mais elle me faisait penser à un chiot tout mignon. Je ne pouvais pas lui en vouloir d'avoir le QI d'un caillou. Et encore… c'était insultant pour les cailloux.

— D'accord, Amanda, je vais te faire un résumé, soupirai-je, comprenant que Dave ne me serait d'aucun secours. Il s'est passé quelque chose aujourd'hui à la fac. Un truc grave. Des tas de gens se sont transformés en zombies.

— Comme dans les films ? demanda-t-elle en clignant des yeux, incrédule.

— Exactement. (Je jetai un coup d'œil à Dave, qui haussa les épaules.) Du moins, c'est ce que nous pensons. Jusqu'ici, ils semblent fonctionner de la même manière. Notre thérapeute a tenté de nous bouffer et nous l'avons tuée en lui défonçant le crâne. Comme dans les films.

— Oh ! mon Dieu ! dit Amanda en tendant une main pour me tapoter maladroitement le bras. (Ses yeux s'étaient emplis de larmes.) Vous voyez une thérapeute ? Tout va bien ?

— Je ne sais pas, m'entendis-je répondre.

J'étais trop crevée et trop déboussolée pour faire attention à ce que je disais.

Dave s'approcha de nous, les sourcils froncés.

— Ce n'est pas le problème. Le problème, c'est que nous avons été attaqués par des zombies dans le bureau de cette thérapeute, puis dans le parking de son immeuble. Et quand nous sommes rentrés à la maison, Sarah en a trouvé un autre dans la salle de bains.

Je le foudroyai du regard et il se tut. Il était tellement irrité par Amanda (et, sans doute, par la révélation que je venais de lui faire) que l'espace d'un instant, il avait oublié à qui j'avais fait exploser la cervelle à grands coups de siège de toilettes.

Nous gardâmes le silence une minute. Puis je remarquai que les coupures d'Amanda saignaient encore. Le sang coulait en filets écarlates le long de ses bras. Du moins n'était-ce pas un fluide noir et visqueux.

— Je vais te chercher de quoi t'essuyer, proposai-je.

Je fis un pas vers la salle de bains et me ravisai. Si j'ouvrais la porte, Amanda verrait le corps de Jack, or je tenais à lui poser quelques questions avant de lui révéler l'horrible vérité. Pivotant sur mes talons, je me dirigeai vers la cuisine et saisis un torchon, que je mouillai légèrement avant de l'apporter à Amanda. Celle-ci le prit en souriant et commença à nettoyer sa plaie. Tandis qu'elle la pansait prudemment, je décidai d'aborder le sujet de son petit ami mort.

— Tu as dit que Jack était devenu fou, rappelai-je en lui désignant un fauteuil pour qu'elle s'assoie. Que s'est-il passé exactement ?

Après avoir fixé son bandage improvisé, Amanda hocha la tête et s'assit en reniflant. Je trouvai une boîte de mouchoirs en papier et lui en tendis une poignée. Elle s'essuya les yeux tout en parlant, étalant son mascara jusqu'à ressembler à un raton-laveur dans un dessin animé de Disney. Les ratons-laveurs peuvent être porteurs de la rage, pas vrai ?

— Oui, donc… On est allés à la station-service en haut de la rue, commença-t-elle. Jack avait bu et on n'avait plus de bière à la maison, alors je l'ai conduit.

Je levai les yeux au ciel. Quelle occupation charmante pour un mercredi après-midi, pendant que les autres gens travaillent, passent du temps avec leur famille… ou butent leur thérapeute zombifiée à l'autre bout de la ville.

Je ne fus guère étonnée qu'Amanda ne remarque pas ma réaction au début de son histoire.

— Je l'ai attendu dans la voiture. Il est resté un moment à l'intérieur, et quand il est revenu, il était très agité. Il a dit qu'un SDF cinglé l'avait mordu avant de passer derrière le comptoir pour attaquer l'employé.

Je fermai les yeux, revoyant les yeux rouges et la bouche noire de Jack quand il avait tenté de me bouffer la cervelle dans la salle de bain.

— Je voulais appeler les flics et l'emmener à l'hôpital, parce que la morsure avait l'air assez vilaine, comme si elle s'était infectée tout de suite. Mais il s'est mis à me crier après. Il a dit qu'il voulait juste rentrer à la maison et boire pour faire passer sa putain de migraine.

— « Migraine », répéta Dave à voix basse. C'est mauvais signe.

Amanda pencha la tête. Elle ne pigeait toujours pas.

— J'ai fait ce qu'il voulait. Mais quand on est rentrés dans le garage, il a commencé à agir vraiment bizarrement. Il a empoigné le volant. Ça m'a fait peur et, du coup, j'ai appuyé sur l'accélérateur au lieu du frein. La voiture est allée s'écraser contre le mur.

— Oui, on l'a vue tout à l'heure en arrivant, chuchotai-je.

— Même après l'accident, il a essayé de m'agripper. Je me suis enfuie. Jack crie souvent, mais il ne me frappe jamais. J'ai pensé que si je lui laissais le temps de se calmer, il s'excuserait plus tard. Mais il m'a suivie en haut. (Elle frissonna.)

J'ai réussi à m'enfermer dans l'appartement avant qu'il me rejoigne. Comme il n'avait pas sa clé, il n'a pas pu ouvrir. Il a tambouriné un moment à la porte avant de renoncer. Je ne l'ai pas revu depuis.

— Vous ne gardez pas la clé de notre appart dans votre voiture, par hasard ? demanda Dave en soupirant.

— Si. Je crois que si, répondit Amanda. Pourquoi ?

Je secouai la tête.

— Avant qu'on parle de ça, peux-tu me dire combien de temps s'est écoulé entre le moment où Jack est ressorti de la station-service et celui où il a essayé de t'attaquer dans la voiture ?

Elle haussa les épaules.

— Environ dix minutes.

Dave posa la batte de base-ball. De toute évidence, si Amanda ne s'était pas encore transformée, c'est qu'elle n'était pas contaminée. Petite veinarde. Franchement, j'étais un peu surprise. La semaine précédente, j'aurais dit qu'elle ne survivrait pas plus de cinq minutes dans le cas d'une hypothétique attaque de zombies.

— À votre avis, qu'est-ce qui est arrivé à Jack ? demanda-t-elle en examinant son bandage.

Je fus surprise de constater que celui-ci tenait toujours. Notre petite Amanda avait donc plus d'un talent caché. Jamais je ne l'aurais deviné. Je pris une grande inspiration.

— D'accord, je vais t'expliquer. Quand un humain non infecté est mordu par un zombie, il se change en zombie à son tour.

— Et alors ? (Amanda pâlit en comprenant où je voulais en venir.) Oh ! Vous pensez que le type bizarre de la station-service était en fait un zombie ?

Je hochai la tête.

— C'est très probable, parce que même affamés, il est rare que les SDF tentent de bouffer des gens. J'imagine qu'il s'écoule un certain temps entre le moment où une personne est infectée et celui où elle perd toutes ses facultés de raisonnement humaines. Jack a dû en profiter pour monter ici, et il s'est servi de notre clé pour entrer…

Amanda opina.

— Il savait que vous aviez la clé de notre appartement. C'est sans doute ça qu'il cherchait.

Surpris, Dave eut un mouvement de recul. Cette idée ne nous avait même pas effleurés ; pourtant, c'était tout à fait logique. Si Jack voulait rejoindre Amanda pour lui bouffer le cerveau, le meilleur moyen, c'était de récupérer la clé qu'ils nous avaient confiée. Même en tant que zombie, il était visiblement trop paresseux pour défoncer une porte.

— Bien vu, concédai-je, et Amanda sourit. Bref. Une fois ici, il est entré dans notre salle de bains et il a réussi à se coincer tout seul dans la baignoire.

Amanda fronça les sourcils.

— Hein ?

Dave me dévisagea.

— C'est bon à savoir. S'ils conservent quelques fonctions cérébrales après que la faim de chair humaine les a saisis… ça craint.

— Ça craint un max, acquiesçai-je. (Mais je devais raconter la fin de l'histoire avant que mon courage m'abandonne, aussi reportai-je mon attention sur Amanda.) Bref. En arrivant à la maison…

Sans achever ma phrase, je désignai la salle de bains. Il n'y avait pas de façon douce de lui annoncer la nouvelle. Autant y aller d'un coup, comme quand on enlève un pansement.

Amanda me suivit. Je pris une grande inspiration avant d'ouvrir la porte, puis m'écartai pour qu'elle puisse voir le cadavre de feu son petit ami.

Au début, elle ne réagit pas. Elle se contenta de regarder le corps qui gisait sur le sol dans une mare de sang noir, ses doigts recourbés comme des griffes et le crâne à moitié défoncé. Mal à l'aise, je me dandinai. Je ne savais vraiment pas quoi dire. Hallmark ne produit pas de carte pour ce genre de situations – ou du moins, n'en produisait pas à l'époque ; du coup, je ne voyais pas comment expliquer à Amanda que ça n'avait rien de personnel.

— Il… il m'a attaquée, balbutiai-je enfin. Il voulait me mordre comme il voulait te mordre, toi. Je n'ai pas eu d'autre choix que de le tuer. Je suis vraiment désolée, Mandy.

Amanda acquiesça et se tourna vers moi. Elle était très pâle, mais plutôt calme étant donné les circonstances.

— C'est bon, Sarah. De toute façon, j'allais le plaquer.

Je clignai des yeux tandis qu'elle tournait le dos à son petit ami mort et regagnait le salon comme s'il n'était qu'un écureuil qu'elle venait d'écraser avec sa voiture. De toutes les réactions que j'imaginais de sa part, celle-ci était sans doute la dernière sur la liste.

— D'aaaac-cord, dis-je en refermant la porte de la salle de bains.

Amanda s'assit sur notre canapé et garda le silence un long moment avant de lever les yeux vers Dave.

— Vous pensez vraiment que toute cette histoire a quelque chose à voir avec une épidémie de zombies ?

Dave acquiesça.

— Jack a tenté de te bouffer, pas vrai ?

Elle haussa les épaules.

— J'imagine que oui.

— Et les créatures qui nous ont attaqués tout à l'heure voulaient la même chose : de la chair humaine, de la cervelle, du sang… Nous en guise de déjeuner. (Il secoua la tête.) Du coup, « zombie », ça me paraît un terme assez approprié pour les désigner.

Amanda soupira.

— À votre avis, qu'est-ce qu'on doit faire ? La dame de la radio a dit qu'il fallait rester à la maison et attendre que ça passe.

— Nous n'en sommes pas si sûrs, tempérai-je.

Mais avant que je puisse finir, Dave me prit par le coude et me traîna dans un coin de la pièce.

— Sarah, tu veux vraiment lui révéler nos plans ? demanda-t-il très bas pour éviter qu'elle l'entende.

Je me dégageai.

— Pourquoi pas ?

— Parce que je ne suis pas certain qu'elle soit la compagne de voyage idéale pour traverser une zone infestée de zombies, siffla-t-il. Elle est déjà paumée quand on joue au Scrabble.

Je le dévisageai, incrédule.

— Tu ne veux quand même pas qu'on la laisse ici, comme une pauvre gamine abandonnée par ses parents ? Elle n'a même plus de voiture !

Je jetai un coup d'œil à Amanda qui nous observait toujours avec la même expression innocente et légèrement ahurie. Elle me sourit.

— Ouais, j'imagine que ça ne serait pas sympa, marmonna Dave à contrecœur.

— Pas sympa du tout, non ! (Je le foudroyai du regard et revins vers Amanda.) Désolée, Mandy. Quoi qu'il en soit, on pense qu'il vaudrait mieux essayer de quitter la ville et de gagner un endroit moins peuplé.

Elle acquiesça lentement.

— Je suppose que c'est logique. S'il y a moins de gens, il y aura moins de… zombies, en admettant que ces créatures en soient bien. On pourrait peut-être même trouver quelqu'un pour nous aider.

— Si tu veux, tu peux nous accompagner, lança Dave derrière moi.

Je le regardai par-dessus mon épaule. Il n'était pas content, mais il semblait résigné. J'appréciai qu'il fasse cette proposition à Amanda alors qu'il ne pouvait pas la supporter.

— Ce sera dangereux, ajoutai-je. Il faudra s'arrêter en route pour se procurer des armes, de la nourriture et d'autres choses. Et on sera peut-être obligés de se battre contre des zombies. Tu devras peut-être tuer des créatures qui ressemblent à des êtres humains.

— Eh bien…

Elle jeta un coup d'œil en direction de la salle de bains. Du sang commençait à imbiber la moquette beige juste devant la porte fermée.

— Il vaut sans doute mieux rester ensemble.

J'opinai.

— C'est aussi mon avis.

— Et on n'aura pas besoin de s'arrêter en route pour trouver des flingues, ajouta-t-elle avec un sourire rayonnant. Jack en avait.

Dave s'avança, les yeux écarquillés.

— Vraiment ?

Amanda acquiesça avec enthousiasme.

— Oui, il avait un coffre-fort dans notre chambre.

— Tu en as la clé ? demandai-je avidement.

La perspective de ne pas devoir chercher des armes immédiatement me plaisait beaucoup. Moins nous ferions d'arrêts, moins nous risquerions d'être attaqués et mordus. Et puis, pour s'interposer entre moi et la non-vie, un fusil à pompe me semblait plus efficace qu'une poêle à frire.

Amanda secoua la tête.

— Non, il la gardait sur lui en permanence et il refusait de m'en faire un double. Il disait qu'il ne voulait pas la garder près du coffre à moins qu'il soit à côté pour le protéger. Elle est sans doute dans sa poche.

Nous tournâmes tous la tête vers la salle de bains. Je dois dire que je ne brûlais pas d'envie de fouiller le jean de Jack, désormais tout salopé et collant grâce au docteur Phil – et au siège des toilettes. Mais nous ne pouvions pas demander à Amanda de s'en charger. Même si la mort de son mec ne semblait pas la bouleverser, ce serait sans doute pousser le bouchon un peu loin.

— Je vais le faire, dit Dave avec un gros soupir.

— Tu es sûr ?

Il haussa les épaules tandis que nous nous dirigions tous les trois vers la salle de bains.

— Oui, tu t'es chargée de le tuer. Le moins que je puisse faire, c'est trouver la clé.

Il ouvrit la porte à la volée et considéra pendant un moment ce type qu'il avait considéré comme un ami pendant deux ou trois ans. Je me sentis un peu coupable.

Le truc avec les épidémies de zombies, c'est qu'au bout d'un certain temps, on devient insensible à la mort, aux cadavres et au sang. Et ça va plus vite qu'on l'imagine. Vous avez peut-être du mal à me croire, mais je sais de quoi je parle. Pourtant, il y a toujours des moments – fugaces – où on se rend vraiment compte de la gravité de la situation. Pour David, ce fut l'un de ces moments. Le visage tordu par une grimace de tristesse et de dégoût, il contempla le corps dans notre salle de bains en se remémorant les parties de rigolade que Jack et lui avaient partagées.

J'étais sur le point de m'avancer pour proposer de le faire à sa place quand il s'accroupit et glissa une main dans la poche de Jack. Il farfouilla dedans et finit par en sortir quelques clés, ainsi qu'un préservatif à l'emballage couvert de sang à la vue duquel nous nous exclamâmes tous en chœur : « Berk ! »

— C'est laquelle ? grogna-t-il en laissant tomber le préservatif et en tendant le trousseau à Amanda pour qu'elle l'examine.

Amanda couina, mais quand Dave lui fourra les clés dans les mains, elle les prit et les passa en revue.

— Celle-là, dit-elle en tendant la plus petite du lot à Dave.

Et dès qu'il eut récupéré le trousseau, elle sortit de sa poche une de ces lingettes jetables, comme on en distribue chez le médecin ou dans certains restaurants. Vous savez, celles dont l'emballage refuse toujours de s'ouvrir ? Elle fit mine de le porter à sa bouche pour le déchirer avec ses dents, mais je le lui arrachai des mains.

— Tu as mis du sang dessus, aboyai-je. Ne prends pas le risque de t'exposer aux poux zombifiants de Jack. Va chercher des ciseaux dans la cuisine ou lave-toi les mains ici.

Un instant, Amanda regarda l'emballage souillé sans réagir. Puis elle acquiesça et disparut dans la pièce voisine. Dave la suivit des yeux, l'air horrifié et exaspéré à la fois.

— Dis-moi que je rêve, grogna-t-il en secouant la tête. Dis-moi qu'elle n'a pas failli faire ça.

J'acquiesçai tristement.

— Si, elle a failli le faire. Mais si Jack gardait vraiment des flingues chez lui, nous serons parés. Nous n'aurons pas besoin de nous arrêter dans une armurerie, ce qui signifie que nous aurons moins de chances de rencontrer quelqu'un d'infecté.

— Tu as raison.

Dave regarda la clé ensanglantée. Il grimaça et l'essuya sur son sweat-shirt, tentant de trouver un bout de tissu qui ne soit pas déjà imbibé de… de jus de zombie.

— Alors, c'est quoi, le plan ?

— Je pense qu'on devrait aller chez les voisins ensemble.

Par-dessus mon épaule, je jetai un coup d'œil en direction de la cuisine. J'entendais Amanda faire couler de l'eau dans l'évier.

— On pourra rapporter plus de trucs à deux.

— Tu devrais peut-être rester ici, contra Dave. Ça pourrait être dangereux.

Je le dévisageai une minute, puis désignai ma chemise et mon pantalon couverts de sang.

— J'ai déjà tué au moins deux personnes, lui rappelai-je.

Il haussa les épaules.

— D'accord. C'était juste une remarque.

— Amanda n'est pas aussi crade que nous. On devrait lui demander de rester ici et de préparer le dîner, suggérai-je. (À mon grand embarras, je devais bien admettre que malgré tout ce que j'avais vu et fait ce jour-là, je commençais avoir faim.) Comme ça, elle se sentira utile. Je ne crois pas qu'elle nous servirait à grand-chose en cas de bagarre.

— Du moment qu'elle n'utilise pas un torchon imbibé de sang pour sortir la pizza du four ! marmonna Dave.

Je passai dans la cuisine. Amanda accepta immédiatement de s'occuper de la pizza. Et après lui avoir montré les instructions de cuisson, puis les lui avoir lues à voix haute et lui avoir rappelé de ne rien toucher qui porte des traces de sang, il me sembla que je pouvais la laisser seule quelques minutes.

Quand je revins dans le salon, David tenait sa batte de base-ball dans une main et, dans l'autre, la grosse lampe torche métallique que mon père nous avait achetée quand nous nous étions installés en ville. Nous ne l'avions jamais utilisée, mais elle était drôlement lourde.

— Tiens, j'ai trouvé ça pour toi, grogna Dave en me la tendant.

Je pris la lampe et la soupesai, puis l'agitai devant moi un peu comme une épée.

— Ça fera l'affaire, décrétai-je en adressant à Dave un bref sourire nerveux.

— On y va ? demanda-t-il en ouvrant la porte.

— C'est maintenant ou jamais, acquiesçai-je.

Il actionna la poignée et nous sortîmes sous la faible lumière du couloir.

# CHAPITRE 6

VOTRE PARTENAIRE ET VOUS ÊTES DANS LE MÊME CAMP : CELUI DES VIVANTS.

Ça faisait deux ans que les autres habitants de l'immeuble et nous harcelions le gérant pour qu'il installe un meilleur éclairage dans les couloirs, mais nous avions eu beau insister et supplier, il était demeuré inflexible. À un moment des « négociations », il avait menacé d'augmenter les loyers pour payer les travaux ; du coup, tout le monde avait cessé de réclamer et s'était accommodé des néons bourdonnants qui peinaient à trouer la pénombre.

Ce jour-là, je me surpris à détester ce connard encore plus ardemment que d'habitude, parce que la lumière jaunâtre clignotante rendait la scène surréaliste et flippante. Il y avait une tache de sang sur la porte de l'appartement d'en face et une autre de fluide noir sur le mur de notre côté du couloir. J'espérai qu'elles avaient toutes les deux été faites par Jack et pas par un autre zombie qui errait à notre étage.

David regarda autour de lui, scrutant la pénombre jusqu'au fond du couloir avant de me faire signe de sortir.

— On avance lentement et on reste sur nos gardes.

— Cinq sur cinq, chuchotai-je.

Je le suivis de près, examinant chaque putain de porte tandis que nous parcourions les quelques mètres qui séparaient notre appartement de celui de Jack et Amanda. En temps normal, ce déplacement prend moins d'une minute ; ce soir-là, il me parut durer une bonne heure tant nous devions prendre de précautions pour avancer.

Une fois face à la porte, nous détaillâmes l'empreinte ensanglantée sur le bois. La taille correspondait à celle de la main de Jack. Je l'imaginais planté là dans son tee-shirt souillé, se demandant comment il pourrait entrer pour rejoindre Amanda. Combien de temps son cerveau embrumé avait-il mis à se souvenir de la clé qu'ils nous avaient confiée ? Et depuis combien de temps se trouvait-il dans notre appartement quand il avait cessé de pouvoir réfléchir ?

Dave et moi frissonnâmes de concert.

Dave fut le premier à se ressaisir. Il essaya d'ouvrir la porte. Celle-ci n'était pas verrouillée, ce qui lui fit lever les yeux au ciel. Même en situation de crise, alors que son petit ami venait de l'attaquer, Amanda n'avait pas pensé à faire quelque chose d'aussi simple que fermer à clé.

Lorsque nous fûmes à l'intérieur, Dave tira le verrou et nous regardâmes autour de nous. L'appartement de Jack et Amanda était identique au nôtre, ce qui allait nous faciliter la tâche. Du moins, ça aurait dû.

D'accord : je ne suis pas une fée du logis et, en principe, je ne juge pas les gens sur la tenue de leur intérieur. Mais Jack et Amanda vivaient dans un vrai foutoir. Des tas de cochonneries s'empilaient partout. Des consoles de jeux vidéo, des vêtements et des boîtes de pizza vides jonchaient le sol et les meubles. On aurait dit que l'endroit était occupé par des gamins.

Je secouai la tête tandis que Dave et moi enjambions les plus gros obstacles et manœuvrions entre des meubles aux arêtes vives disposés trop près les uns des autres. Si nous devions nous battre, ce n'était vraiment pas l'environnement idéal.

— Une dizaine de zombies pourraient être planqués ici sans qu'on s'en aperçoive, marmonnai-je entre mes dents.

— Tâchons de ne pas penser à ça, d'accord ? chuchota Dave en me jetant un bref coup d'œil par-dessus son épaule.

Mais je le vis brandir sa batte un peu plus haut.

Nous réussîmes à nous faufiler tant bien que mal jusqu'à la porte de la chambre. Amanda nous avait dit que le coffre-fort se trouvait là. Prenant une grande inspiration, Dave tourna la poignée et poussa. Mais au lieu de pivoter sur ses gonds, le battant resta coincé. Dave et moi nous regardâmes et je levai ma lampe torche.

— Ne me dis pas qu'elle a laissé la porte d'entrée ouverte, mais qu'elle a fermé la chambre à clé et négligé de le mentionner ? demandai-je, incrédule.

Même Amanda ne pouvait pas être aussi stupide.

Dave donna un coup d'épaule dans le battant.

— Ce n'est pas fermé à clé, me détrompa-t-il. Il y a quelque chose qui bloque de l'autre côté.

Il poussa, mais sans résultat. Haletant, il se redressa.

— Je crois qu'il va falloir que je prenne de l'élan pour la défoncer.

Je le dévisageai.

— Mais, euh…

Il fronça les sourcils.

— Mais quoi ?

— Et s'il y avait un cadavre là-dedans ?

— Tu veux ces flingues, ou pas ? aboya-t-il en donnant des coups de pied dans le bazar qui recouvrait le sol pour se dégager un chemin.

Ma réponse ne devait pas lui importer tant que ça : avant que je puisse ouvrir la bouche, il recula de deux pas et fonça, l'épaule en avant.

Il y eut un craquement, puis la porte céda et s'ouvrit de cinquante bons centimètres – juste assez pour qu'on puisse se faufiler à l'intérieur. Dave tituba et tomba dans la chambre. Je tentai immédiatement de l'enjamber pour le protéger au cas où des zombies nous auraient attendus. Pensez-vous qu'il m'en fut reconnaissant ? Que dalle !

— Merde, Sarah, tu viens de me bousiller un rein ! glapit-il.

— J'essayais juste de t'aider, me défendis-je en reprenant mon équilibre.

— Alors, pousse-toi ! aboya-t-il en me giflant l'arrière des mollets.

Il se dressa sur les genoux et nous jetâmes un coup d'œil alentour.

Par chance pour nous, dans la mesure où nous étions absorbés par une de nos sempiternelles disputes, aucun zombie n'était tapi en embuscade dans la chambre de Jack et Amanda. Il n'y avait même pas de cadavre sur le point de s'animer. De l'autre côté de la porte, je ne trouvai qu'une montagne de vêtements qui bloquait le passage.

— Rappelle-moi de ne jamais lui demander de faire le ménage, dis-je en aidant Dave à finir de se relever.

Il me sourit et notre dispute fut momentanément oubliée.

— Je t'empêcherai de faire quelque chose d'aussi stupide, me promit-il.

Les sourcils froncés, il se débarrassa d'une chaussette qui s'était accrochée à sa jambe de pantalon. Je grimaçai en espérant qu'elle fût propre. Puis j'aperçus ce que nous étions venus chercher et j'oubliai que l'appartement de Jack et Amanda était une vraie porcherie.

— Le coffre est là ! dis-je sur le même ton respectueux que j'aurais pris pour annoncer la présence de Joss Whedon.

Amanda n'avait pas exagéré : c'était une véritable armoire blindée, assez grande pour abriter des fusils et pas seulement des armes de poing. Comme Dave introduisait la clé dans la serrure, je priai pour que Jack n'y ait pas seulement rangé sa collection de *Playboy* et son stock de friandises. Vous allez croire que j'exagère, mais ce n'est pas le cas.

Quand la porte s'ouvrit et que Dave fit un pas de côté, révélant notre butin à mes yeux éblouis, les anges se mirent à chanter. Sérieusement, il me sembla entendre un chœur céleste. Dans cette grande boîte de métal s'alignaient une dizaine de fusils dressés à la verticale – sans compter les armes de poing. L'étagère du dessus était bourrée de boîtes de cartouches. Tout était impeccablement rangé, ce qui me parut d'autant plus surprenant après avoir vu le foutoir qui régnait ailleurs dans l'appartement.

Dave m'adressa un large sourire.

— Merci mon Dieu pour le deuxième amendement !

J'éclatai de rire et tendis le bras pour me servir.

— Ce n'est sans doute pas le genre de situation que les pères fondateurs avaient en tête quand ils l'ont rédigé, mais tant mieux pour nous.

Tandis que j'enfilais l'une après l'autre les bandoulières de plusieurs fusils, David posa sa batte de base-ball pour en charger un. Comme il chambrait la cartouche avec un cliquetis sec, nos regards se croisèrent. À présent qu'il tenait un flingue chargé, nous ne pouvions plus nier la réalité de la situation. Nous étions au beau milieu de Zombie Central et nous devions foutre le camp.

— Quel merdier…, murmurai-je en lui tapotant le bras.

— Tu l'as dit, bébé, répondit-il en saisissant plusieurs armes de poing pour les glisser dans sa ceinture.

Je gloussai à la vue des quatre crosses qui dépassaient de son pantalon. On se serait crus dans une caricature de western shootée aux stéroïdes. Dave leva les yeux au ciel. Apparemment, il ne trouvait pas ça aussi drôle que moi.

— D'accord, Calamity Jane. Dépêchons-nous de rentrer avant qu'Amanda mette le feu à notre appart et qu'on soit obligés de fuir dans la nuit infestée de zombies.

Je me garderai de protester parce que c'était une possibilité réelle. Je me dirigeai vers la porte d'entrée, mais avant que je puisse l'ouvrir, Dave me saisit le poignet et me tira en arrière.

— Attends, attends, chuchota-t-il en passant devant moi pour regarder par le judas.

Une fois de plus, je fus irritée de constater qu'il avait raison.

— Alors ? demandai-je à voix basse au bout d'un long moment.

— M. Gonzales est dans le couloir, répondit Dave en me jetant un coup d'œil.

— Le gérant ? m'étonnai-je, les yeux écarquillés de surprise.

Il ne me semblait pas l'avoir jamais vu à notre étage. En fait, c'était déjà assez difficile de le trouver dans son bureau du rez-de-chaussée.

— Tu crois que ce vieux salopard s'inquiète pour les habitants de l'immeuble ?

Dave secoua la tête.

— J'en doute. À mon avis, il ne se soucie que de lui-même. Mais il n'a pas cette démarche saccadée que tous les zombies semblent maîtriser à la perfection. Tu veux prendre le risque de lui parler pour vérifier s'il est humain ? Ou du moins, aussi humain que d'habitude...

J'acquiesçai sans hésitation. Ce serait bon de parler à un autre être humain, fût-ce un connard dans le genre de Gonzales.

— Il pourra peut-être nous aider, suggérai-je. Ou vouloir nous accompagner quand nous quitterons la ville. Plus nous serons nombreux, meilleures seront nos chances de nous en tirer. Il nous faut de la viande. Enfin, de la viande fraîche. Pour la viande morte, nous avons déjà plus que notre compte.

De toute évidence, Dave devait être d'accord avec moi, parce qu'il ne discuta pas avant d'ouvrir la porte et d'appeler :

— Monsieur Gonzales ?

Le concierge pivota vers nous et parut surpris de nous voir sortir de chez Jack et Amanda. Évidemment, le fait que nous soyons armés jusqu'aux dents dut aussi y être pour quelque chose.

— Que faites-vous ici ? demanda-t-il sur un ton sec, avec une légère pointe d'accent hispanique, en se dirigeant vers nous.

Il avait l'air aussi désagréable que d'habitude et je me détendis. J'étais presque soulagée de le voir. Malgré toute l'antipathie qu'il m'inspirait, il restait un îlot de normalité au milieu d'un océan de chaos.

— On s'équipe, répondit Dave en refermant la porte derrière nous.

M. Gonzales nous foudroya du regard tour à tour.

— Ce n'est pas votre appartement.

— Non, mais Amanda – la locataire – est chez nous en ce moment. Elle nous a donné la permission d'aller chercher les flingues, expliqua Dave.

Je m'attendais à ce que le concierge fasse un commentaire à propos de notre arsenal. Au lieu de ça, il secoua la tête.

— Amanda ? La petite conne qui vit avec le gros con ?

J'acquiesçai. Fabuleux. Je me demandai comment il nous décrivait en notre absence, David et moi.

— C'est elle. Mais Jack…

Je m'interrompis en repensant au pauvre Jack vautré par terre dans ma salle de bains – encore une victime du docteur Phil. M. Gonzales parut comprendre mon silence.

— Il ne va pas bien, c'est ça ?

Percevant mon malaise, Dave se hâta de changer de sujet.

— Il reste quelqu'un d'autre dans l'immeuble ? On pourrait peut-être regrouper les survivants pour discuter de la meilleure stratégie à adopter.

M. Gonzales pencha la tête sur le côté et, un instant, il se contenta de dévisager fixement Dave. Je me tortillai sous le poids des fusils. J'en portais trois de chaque côté et ils commençaient à devenir vraiment lourds. Pourquoi ne se dépêchait-il pas de répondre, qu'on puisse regagner notre appartement et que je pose tout ce bazar avant de m'être bousillé les deux épaules ?

— Monsieur Gonzales ? demanda Dave, les sourcils froncés. Vous avez regardé la télévision, pas vrai ? Vous savez qu'il y a une sorte d'épidémie dehors, que les gens tombent malades et essaient de, euh, bouffer les autres ?

M. Gonzales sourit.

— Bien sûr, je suis au courant ! Allez donc chercher la petite Amanda et venez avec moi. Je suis sûr qu'il reste d'autres personnes dans l'immeuble. On les trouvera.

Je le dévisageai. Il se comportait de façon bizarre – non qu'il ait jamais eu l'air normal. D'habitude, il regardait toujours mes seins quand il me parlait. Mais ce jour-là, il regardait ma tête. Pas ma figure : ma tête.

Il leva le menton, et dans le faible éclairage jaunâtre du couloir, j'aperçus une lueur rouge dans ses iris. Non, plutôt orangée à cause du mélange jaune-rouge.

— Gaffe, David ! criai-je en comprenant. C'est un zombie ! Il est en pleine transition !

M. Gonzales sourit et un léger filet de bave noire suinta entre ses dents serrées. La demi-douzaine de fusils que je portais pesait lourd, et je devais avoir l'air de la proie la plus facile, car ce fut sur moi que plongea notre gérant.

Je tentai de l'esquiver, mais tous ces flingues me ralentissaient et je ne parvins pas à me sortir de son chemin. Il percuta mon épaule et j'allai heurter le placard métallique qui contenait l'extincteur. Le rebord s'enfonça dans ma chair et je ne pus retenir un cri de douleur alors même que j'essayais de reprendre mon équilibre.

Gonzales empoigna ma chemise blanche souillée. Le lin se déchira pendant que je me débattais, mais le zombie modifia sa prise sur le tissu et continua à m'attirer vers lui. Je m'écrasai sur son gros ventre et sa poitrine couverte d'une sueur glacée. Son haleine sentait la clope froide et la mort.

La transition s'accélérait. La peau de M. Gonzales vira au gris et ses yeux devinrent entièrement rouges tandis qu'il faisait claquer ses mâchoires devant ma figure comme un chien enragé. Je me tordis le cou pour éviter de me faire mordre, mais ne parvins à mettre que quinze ou vingt centimètres entre mon visage et le sien.

Il y eut une monstrueuse détonation derrière moi. Soudain, la tête du zombie se volatilisa dans une explosion de poudre et de fumée noire. De la cervelle éclaboussa le mur, la porte de notre appartement et le couloir autour de moi. Je sentis quelque chose d'humide sur ma figure et, pinçant les lèvres pour ne rien avaler, détournai la tête avec un frémissement horrifié.

L'odeur âcre de la cordite se mélangea dans l'air à l'odeur cuivrée du sang tandis que je me tournais vers mon mari. David se tenait sur ma gauche, un fusil au canon encore fumant calé sur l'épaule. Haletant, il regardait le cadavre sans tête de M. Gonzales.

Celui-ci s'affaissa contre le placard qui contenait l'extincteur et s'immobilisa de guingois. Il tenait toujours ma chemise. Je tirai dessus pour me dégager, mais ses doigts crispés dans la mort refusaient de me lâcher. Je finis par déchirer le tissu et lui laisser dans la main un morceau de lin blanc, pareil au drapeau signalant une reddition.

— Il t'a mordue ? demanda David d'une voix qui résonna de façon distante et étrange à mes oreilles bourdonnantes.

Je détaillai ce qui restait de M. Gonzales en frissonnant. Le sang qui s'échappait de la plaie béante de son cou était noir, pas rouge.

Soudain, Dave m'empoigna. M'arrachant à ma contemplation morbide, il me força à me retourner et me secoua comme un prunier.

— Putain, Sarah, réponds-moi ! Il t'a mordue ?

La brume qui enveloppait mon esprit se dissipa alors que je baissais les yeux vers mon bras. M. Gonzales avait laissé des ecchymoses en forme de doigts sur ma peau, mais je ne voyais pas de plaie ouverte ni de traces de dents noires présageant ma déchéance imminente.

— N-non, balbutiai-je. Il ne m'a pas mordue.

Dave me serra contre lui de toutes ses forces, presque brutalement. Son cœur battait la chamade. Le mien aussi. Nous avions déjà été attaqués par des zombies, mais cette fois, c'était différent. Encombrée par mon fardeau, je ne pouvais pas vraiment me battre ni m'enfuir. Si Dave n'avait pas été là pour me sauver, je serais sûrement morte.

Il me lâcha et regarda autour de lui.

— Il doit y en avoir d'autres dans l'immeuble, dit-il.

Je hochai la tête et nous nous éloignâmes des restes de M. Gonzales.

— Il était en pleine transition. Il a dû être mordu il y a dix minutes ou un quart d'heure environ, estimai-je.

Sans répondre, David ouvrit la porte de notre appartement.

— Amanda ? appela-t-il.

Elle surgit de notre cuisine avec un sourire rayonnant. Je la dévisageai. Une fois de plus, l'ancienne pom-pom girl était renversante. Pendant notre absence, elle avait ôté ses vêtements couverts de sang, enfilé des fringues à moi et nettoyé son visage et ses mains – sans doute dans l'évier de la cuisine, car je l'imaginais mal enjamber le corps de Jack pour accéder au lavabo. Elle avait même déniché un tablier qu'un parent plein d'espoir m'avait offert pour notre mariage. « Je cuisine pour deux », clamait une inscription sur le devant, au-dessus d'une petite flèche pointée vers son ventre. Misère. Pourquoi n'avais-je pas jeté cette horreur ? Dans cette tenue, Amanda ressemblait à cette horripilante Donna Reed [1].

— Vous avez trouvé les flingues de Jack ! Super ! s'exclama-t-elle, excitée comme une gamine.

Dave la regardait fixement – aussi stupéfait que moi, j'imagine, face à une telle inconscience.

— Oui. Tu n'as pas entendu le coup de feu dans le couloir ?

— Mmmh ? Ah ! Si ! L'espèce d'explosion ? J'ai cru que c'était une voiture qui avait un gros problème de moteur. Vous avez dû tirer ?

Dave grinçait des dents et je sentais qu'il était à deux doigts d'un pétage de plombs de proportions bibliques. Franchement, moi aussi. Mais craignant qu'il ne soit pas capable de se contrôler, je m'interposai entre Amanda et lui et posai gentiment une main sur sa poitrine.

— Pourquoi tu n'irais pas mettre tout ça dans notre chambre pour qu'on puisse faire un inventaire des armes et des munitions après le dîner ? Après ça, on poussera Jack dans le couloir ou par la fenêtre pour pouvoir se doucher. J'en ai assez d'être couverte de cette saloperie et je suis sûre que toi aussi.

Dave continua à dévisager Amanda une bonne minute avant de reporter son attention sur moi.

— D'accord, grogna-t-il en tendant les mains pour récupérer certaines des armes qui avaient failli me coûter la vie.

Il ne me laissa qu'un fusil à pompe et une boîte de cartouches. Tandis qu'il passait dans la chambre, je chargeai prudemment le fusil.

---

1. Actrice américaine, elle fut l'héroïne de la toute première sitcom, dans laquelle elle interprétait une parfaite ménagère de banlieue. (*NdT*)

— Je ferais mieux d'aller surveiller la pizza, lança Amanda d'une voix chantante.

Elle ne se rendait pas compte qu'elle avait failli se faire tuer, et pas par un zombie, cette fois.

Secouant la tête, je me dirigeai vers le téléphone. Mes parents avaient sûrement eu vent de l'épidémie survenue à Seattle ; ils devaient se faire un sang d'encre. À vrai dire, je fus un peu surprise de ne pas voir clignoter la petite lumière du répondeur. Je m'attendais à ce qu'ils appellent pour prendre des nouvelles.

Quand je décrochai le combiné, je compris aussitôt. Au lieu de la tonalité habituelle, je n'entendis qu'un « bip » continu indiquant que la ligne était en dérangement. Je regardai fixement le combiné avant de le reposer. Tant pis, il me restait toujours mon portable.

Mon sac à main se trouvait à côté de la porte comme d'habitude, même si je ne me souvenais pas l'avoir mis là. Je sortis mon portable de la poche latérale, essuyai une traînée de sang sur l'écran avec ma manche dégoûtante et l'allumai – je l'éteignais toujours en arrivant chez le docteur Kelly. Mais après avoir composé mon code, aucune sonnerie ne m'annonça que j'avais un message. Seule la mention « Pas de signal » apparut à l'écran.

Mon regard fit la navette entre les deux téléphones tandis qu'une révélation affreuse se faisait jour dans mon esprit. Que ce soit la faute des zombies ou d'une intervention gouvernementale, nous n'avions plus aucun moyen d'appeler au secours. Ni de faire savoir à quiconque que nous étions toujours vivants.

# CHAPITRE 7

NE VOUS COUCHEZ JAMAIS FÂCHÉS. EN REVANCHE, VOUS COUCHER TERRIFIÉS EST ACCEPTABLE.

Le temps que je finisse d'inventorier la nourriture non périssable et de la ranger dans deux gros cartons pour qu'on puisse l'emporter avec nous le lendemain, Amanda s'était endormie sur le canapé.

Comme je ne cuisine pas souvent, je suis au regret de dire que nous n'avions pas grand-chose dans nos placards. De la soupe, quelques barres énergétiques, une vieille boîte de céréales au chocolat. Oh ! et des Pop Tarts ! Un merveilleux assortiment de Pop Tarts de tous les parfums que j'avais acheté en promotion deux semaines plus tôt.

J'espérais que l'appartement de Jack et Amanda se révélerait un peu mieux fourni quand nous y repasserions le lendemain avant notre départ, mais j'en doutais. Et après avoir vu la porcherie dans laquelle ils vivaient, je n'étais pas certaine de vouloir manger quoi que ce soit venant de chez eux.

Lorsque j'entrai dans le salon, j'aperçus un autre carton et un sac à dos posés près de la porte. Ils contenaient notre arsenal qui se composait désormais des flingues de Jack, de leurs munitions, d'un tranchoir de boucher (j'ignorais que nous en possédions un), de la batte de base-ball de David et de ma grosse lampe torche. Ça me semblait encore insuffisant. Peut-on m'expliquer où les gens se procurent des lance-missiles dans les films de zombies ?

Néanmoins, c'était un bon début et j'espérais que nous trouverions d'autres provisions en cours de route – ou mieux, que nous atteindrions un endroit épargné par l'épidémie, où nous pourrions attendre que les choses se tassent.

Je m'approchai du canapé et toisai Amanda. Elle avait deux ans de moins que moi, et pour l'heure, elle me semblait encore plus jeune que ça – comme une ado dont je serais subitement devenue la mère. Ma seule consolation, c'était qu'elle avait passé le stade des couches.

Je pris une couverture sur le dos d'une chaise et l'étendis sur elle. Elle ne se réveilla pas, mais se pelotonna plus douillettement parmi les coussins. Je m'écartai d'elle en secouant la tête. Je ne comprenais vraiment pas comment elle faisait. Une chose était sûre : je doutais de dormir beaucoup cette nuit-là. Pas alors que des zombies se promenaient en liberté dans notre immeuble. Mais Amanda nous faisait entièrement confiance pour gérer la situation et veiller sur elle. Ce qui était touchant, d'une certaine façon.

Lorsque j'entrai dans notre chambre, Dave était déjà couché. Il avait posé le fusil chargé contre sa table de chevet, près de chaussures faciles à enfiler. Je l'imitai, posant mon fusil à pompe à portée de main avant de me glisser à mon tour dans notre lit.

Le petit poste de télé était allumé sur la commode. Dave regardait une émission – pas sur CNN, puisque nous n'avions pas le câble dans la chambre, mais une chaîne locale affiliée qui diffusait des informations en boucle : « Alerte aux zombies 2010 », vous voyez le genre. Une présentatrice pas maquillée et l'air complètement paniquée était assise derrière un bureau.

*« Je vous le répète : oui, les systèmes de télécommunications dans la zone du Grand Seattle sont actuellement en panne.*

*On nous rapporte par ailleurs que la plupart des téléphones mobiles ne captent plus de réseau. Les autorités locales et fédérales nient toute responsabilité dans ce phénomène, probablement dû à la contamination du personnel qui travaille dans une des tours émettrices de la ville un peu plus tôt dans la journée.* »

Je poussai un gémissement.

— C'est peut-être juste la réception qui est mauvaise.

— Je t'avais dit de prendre un meilleur abonnement, grogna Dave. (Il se pencha en avant pour mieux voir le petit écran à l'image brouillée.) La prochaine fois, tu m'écouteras peut-être !

« *Les chiffres dont nous disposons pour le moment sont effrayants* », poursuivit la présentatrice.

« *Selon le Centre de contrôle épidémique, si on se fonde sur la vitesse de propagation du phénomène, un million d'habitants pourraient déjà être atteints par ce que l'on commence à appeler la "zombification".* »

— Ah ! dit Dave d'une voix morne en me lançant un regard en coin. Je te l'avais bien dit. Je te l'avais bien dit, non ?

Je lui tapotai le bras.

— Je suis sûre que tu y as pensé le premier, mon chéri.

« *J'aimerais maintenant interroger le docteur Emmett Elias, un professeur de l'Université de Washington qui travaille dans le laboratoire d'où l'épidémie serait partie et qui se trouve avec nous dans le studio. Merci beaucoup d'avoir pris le risque de traverser la ville en voiture pour nous rejoindre, docteur.* »

La caméra fit un travelling arrière, révélant un gros homme à la calvitie galopante assis près de la présentatrice. Il portait un costume bas de gamme encore plus vilain que ceux qu'on trouve chez *Men's Wearhouse*. Son apparence ne me disait rien qui vaille.

« *Merci de me recevoir, Karen.* », dit-il avec un sourire satisfait.

La présentatrice se rembrunit.

*« Docteur Elias, pouvez-vous nous dire exactement ce que votre laboratoire étudiait pour déclencher un phénomène aussi terrible que celui que nous voyons actuellement à l'œuvre dans nos rues ? »*

Son invité la toisa d'un regard perçant, les lèvres pincées par la colère.

*« Non, je ne suis pas autorisé à révéler de détails sur nos recherches. »*

La présentatrice le dévisagea d'une telle façon que Dave éclata de rire.

— On dirait qu'elle est prête à lui envoyer son poing dans la figure tellement elle flippe !

— Qu'elle se fasse plaisir, grognai-je d'un air sombre. Ce connard a dévasté notre ville et failli tous nous tuer !

*« Selon nos sources, vos recherches pourraient être financées par des subventions fédérales, insista la présentatrice. S'agit-il d'un programme gouvernemental ? À quelle branche est-il associé ? »*

Le scientifique plissa ses petits yeux en boutons de bottine.

*« L'Université de Washington est un établissement public, mademoiselle Finch. Beaucoup de nos programmes sont financés par des fonds fédéraux. »*

*« Et combien de ces programmes entraînent la transformation de citoyens ordinaires en cannibales affamés ? »* demanda la présentatrice d'une voix qui montait dans les aigus.

Apparemment, elle était au bord de l'hystérie.

*« En venant au studio ce soir, j'ai vu un enfant de cinq ans dévorer un policier, docteur Elias. Vous trouvez cela normal ? »*

Il y eut de l'agitation hors champ. La présentatrice jeta un coup d'œil à la caméra et rougit.

*« Je suis désolée. Mais vous devez comprendre que les gens méritent de savoir ce qui a provoqué cette terrible épidémie – une épidémie qui se propage à une vitesse effrayante. »*

Le docteur Elias la dévisagea, la tête penchée sur le côté. Je fronçai les sourcils. Son attitude me rappelait quelqu'un, mais qui ?

« *Tout ira bien, mademoiselle Finch* », lui assura-t-il. « *Vous avez de très beaux cheveux !* »

— C'est un zombie ! chuchota Dave près de moi.

J'acquiesçai. Pendant que le scientifique complimentait la présentatrice sur sa coiffure, j'avais enfin percuté. Sa façon de bouger me faisait penser au gérant dans le couloir. M. Gonzales avait tordu son cou bizarrement avant de m'attaquer, et le docteur Kelly aussi, à bien y réfléchir. Tous les zombies se conduisaient comme des chiens enragés ou ces putains d'extraterrestres dans la série des *Alien*.

La présentatrice dut piger au même moment, car elle hurla à vous glacer le sang et repoussa sa chaise à roulettes pour l'écarter du bureau. Mais elle ne fut pas assez rapide. D'un bond, le docteur Elias franchit la distance qui les séparait et l'empoigna. Il l'attira brutalement contre sa poitrine et lui plongea ses dents dans le cou.

Dave et moi sursautâmes en même temps et en nous écriant « Oh ! », comme devant un match de foot quand un joueur vient d'exécuter une action spectaculaire. Du sang écarlate jaillit autour des dents noires du scientifique, éclaboussant le bureau. Quelques gouttes atteignirent l'objectif de la caméra et nous dûmes regarder le reste de la scène à travers des traînées rougeâtres.

Des tas de gens accoururent sur le plateau. À l'époque, nous étions tellement choqués par ce qui se passait que nous n'avions pas le réflexe de fuir. Nous pensions encore que nous pouvions faire quelque chose. Nous ignorions qu'une fois que quelqu'un a été mordu, on ne peut plus rien faire pour lui à part lui mettre une balle dans la tête avant qu'il devienne un mort-vivant et oublie tout ce qu'il était jusqu'alors.

Quatre hommes empoignèrent le docteur Elias et l'arrachèrent à la présentatrice hurlante. Celle-ci porta une main à son cou. Quand elle la retira couverte de sang, elle s'époumona de plus belle. Le docteur qui avait créé les zombies, et en était devenu un lui-même, gronda et fit claquer ses dents. Il avait visiblement perdu le contrôle de ses capacités cérébrales et se débattait tel un animal prisonnier.

Quelqu'un saisit le micro fixé au-dessus du bureau et se mit à le frapper avec jusqu'à ce que le docteur et les hommes qui le tenaient basculent derrière le bureau. Après ça, nous n'entendîmes plus que des grognements et nous ne vîmes plus rien pendant une bonne minute, sinon la main du perchiste qui se levait et s'abattait avec acharnement. Chaque fois qu'elle réapparaissait, le micro était un peu plus cabossé et ensanglanté.

La présentatrice s'était affalée en travers du bureau. Une mare de sang se formait sous sa tête tandis qu'elle gémissait doucement. Mais je voyais que la transition avait déjà commencé. Petit à petit, une certaine tension s'empara de son corps. Quand elle finit par relever la tête, ses yeux brillaient d'un éclat rouge qui ne devait rien au sang sur l'objectif de la caméra.

— Oh ! non…, chuchotai-je. Les pauvres…

Bien entendu, la présentatrice se tourna vers le groupe d'hommes qui avaient tenté de la sauver. Avec le sourire d'une folle, elle plongea parmi eux en poussant un cri guttural. Puis l'écran vira au blanc, avant d'afficher cette inscription : « NOUS RENCONTRONS ACTUELLEMENT DES DIFFICULTÉS TECHNIQUES. MERCI POUR VOTRE PATIENCE. »

Dave choisit de ne pas faire preuve de ladite patience et d'éteindre la télé. Un long moment, nous fixâmes l'écran du regard en silence. Puis je roulai sur le flanc pour faire face à Dave.

— Ça empire, commentai-je.
— On dirait, acquiesça-t-il.
— Si un million de personnes ont été contaminées en moins de vingt-quatre heures, la moitié de la ville sera perdue d'ici à demain soir. Qu'est-ce qu'on fait : on change nos plans, ou on s'en tient à ce qui était prévu ?
Dave réfléchit avant de répondre :
— Le téléphone est déjà coupé. L'électricité ne tardera sans doute pas à suivre. Je préfère ne pas me trouver en ville quand plus rien ne fonctionnera. Ça va être l'hystérie collective.
— Et le quartier n'est déjà pas des plus calmes en temps normal, ajoutai-je. Entre les gangs de rues et les zombies, si on reste, on est foutus.
Dave haussa les épaules.
— Je te propose qu'on se lève tôt et qu'on foute le camp aux premières lueurs du jour. Ma sœur vit à quoi ? Deux cents kilomètres au sud d'ici, à Longview ? Ce sera peut-être assez loin. Et sans circulation pour nous ralentir, on pourrait y être en moins de deux heures.
Je me laissai retomber sur mon oreiller en poussant un grognement d'angoisse et de frustration.
— Sérieusement ? En pleine crise, c'est chez Gina que tu veux courir te réfugier ?
Il y eut un long silence tandis que Dave serrait les dents.
— Et pourquoi pas ? finit-il par demander.
Je levai les yeux vers lui.
— Pour commencer, elle me déteste.
— Il m'a toujours semblé que c'était réciproque, répliqua-t-il en haussant les sourcils. Avoue que tu n'as jamais fait le moindre effort avec elle.
Je croisai les bras d'un air buté. Je vais vous dire quelque chose que je n'aurais jamais admis devant Dave : une fois de plus, il avait raison (ce connard). Je n'avais jamais fait le moindre effort avec Gina. Elle n'avait que cinq ans de plus

que nous, mais elle se comportait comme une mère – le genre super ennuyeux qui porte des jupes écossaises. Et elle était en adoration devant David. Il ne pouvait rien faire de mal, ce qui signifiait que tout était toujours ma faute. Quand nous étions avec elle, il ne se comportait pas comme mon mari, mais comme son petit frère. Et il se rangeait toujours à son avis. Si Gina et moi n'étions pas d'accord, il prenait systématiquement son parti. Du coup, je détestais lui rendre visite.

— Vois les choses sous cet angle. Qu'est-ce qui est pire : les zombies ou Gina ? lança Dave.

Je dus hésiter trop longtemps, parce qu'il attrapa son oreiller et me frappa gentiment avec. Je levai les bras pour me défendre en riant.

— D'accord, d'accord. Les zombies sont pires, reconnus-je. Mais pas de beaucoup !

Dave remit l'oreiller sous sa tête mais resta allongé sur le flanc à me dévisager. Je levai les yeux vers lui. Nous n'avions pas été si proches dans un lit depuis un bail. J'avais oublié combien ça pouvait être agréable. En plus, il sentait bon, vu que nous nous étions douchés après avoir jeté Jack par la fenêtre dans le courant de la soirée.

— Merci, dit-il doucement. (Il écarta de ma joue une mèche de cheveux encore humide.) Je sais que tu détestes aller là-bas. Et je crois que je comprends pourquoi, même si je regrette que tu ne t'entendes pas mieux avec ma famille. Mais je dois au moins vérifier si Gina va bien.

Je hochai la tête. C'était normal. Je m'inquiétais aussi pour ma famille, mais Gina habitait plus près.

— Ce sera vraiment dangereux, pas vrai ? demandai-je tout bas dans la pénombre.

David mit un moment à répondre, mais il finit par opiner.

— On risque de mourir, poursuivis-je.

Il opina de nouveau sans me quitter des yeux.

Je levai une main, la passai derrière sa tête et l'attirai vers moi.

— Dans ce cas, autant s'offrir un beau bouquet final.

Dave sourit avant de se pencher pour m'embrasser.

# CHAPITRE 8

## FAITES-VOUS DES COMPLIMENTS CHAQUE JOUR. MÊME QUAND LES ZOMBIES ATTAQUENT, C'EST TOUJOURS AGRÉABLE DE SE SENTIR SEXY. OU DANGEREUX.

J'aurais dû me douter qu'une partie de jambes en l'air de type « juste avant la fin du monde » ne résoudrait pas nos problèmes. D'accord, c'était assez génial et je recommande chaudement le concept. Ça fait partie des avantages de l'apocalypse dont personne ne vous parle jamais. Vous profitez davantage des choses, parce que vous savez que vous les vivez peut-être pour la dernière fois.

Malgré ça, le temps de descendre au parking de l'immeuble le lendemain matin, David et moi avions recommencé à nous chamailler comme si cette nuit ébouriffante n'avait jamais eu lieu.

J'imagine que tout commença lorsqu'une illumination me réveilla en sursaut vers 3 heures du matin. Je n'avais pas pensé à consulter Internet ! Je bondis hors du lit et me précipitai vers notre vieux PC. J'avais bien du courrier, selon la vieille formule consacrée par AOL. Le premier message, daté de la veille, provenait de mon père. « Tu vas bien ? » Ces trois petits mots en disaient plus long que n'aurait pu le faire un roman-fleuve.

Après lui avoir répondu que nous étions indemnes et que nous envisagions de quitter la ville, j'annonçai à David que je voulais me rendre à San Diego, ce qui donna lieu à une discussion houleuse sur le thème : « Est-il très intelligent de mettre le cap sur une autre agglomération densément peuplée ? » Je savais qu'il avait raison, que ce n'était pas une bonne idée et que nous devions nous en tenir à notre plan initial – aller à Longview et aviser ensuite. Mais à ce moment-là, je voulais voir mon père.

Aussi avions-nous commencé la journée en nous disputant.

—Je dis juste qu'on aurait peut-être dû fouiller d'autres appartements avant de partir. On ne sait jamais ce que les gens peuvent garder dans leurs placards, dis-je tandis que l'ascenseur descendait lentement vers le garage.

Dave me foudroya du regard.

—Et prendre le risque de tomber sur une bande de zombies ? Ils pourraient se planquer n'importe où dans l'immeuble. Je refuse de mourir pour quelques barres chocolatées de plus. Nous avons de quoi manger pour le moment. Nous n'allons pas très loin.

Je le dévisageai, incrédule.

—Tu plaisantes ou quoi ? Tu sais très bien que ça pourrait nous prendre plus longtemps que prévu pour arriver chez ta sœur. Et qu'elle ne sera pas forcément là quand on débarquera. La dernière chose à faire, c'est se retrouver coincés sans rien à bouffer dans un trou à la frontière entre l'État de Washington et l'Oregon.

—Alors que si on allait à San Diego, ça ne serait pas du tout pareil, évidemment ! (La main de Dave se crispa sur son fusil.) Je ne devrais pourtant pas être surpris, dit-il en regardant droit devant lui. Tu dénigres systématiquement ma famille, mes idées, mes…

Amanda fronça les sourcils en rectifiant la position du diable que nous avions trouvé dans son appartement, sous l'équivalent de cinq machines à laver de linge sale. « Pourquoi avait-elle un diable chez elle ? » me demanderez-vous. Parce que ce pauvre vieux Jack trouvait ça trop fatigant de descendre la poubelle à la main. Donc, il avait volé un diable au quai de déchargement dans l'entreprise où il bossait. Une histoire irritante, mais j'avoue que ce diable était bien utile pour transporter nos cartons de bouffe et de munitions, ainsi que le sac à dos qui contenait le reste de notre arsenal.

— Tout ça est très divertissant, coupa Amanda, mais la porte de l'ascenseur va s'ouvrir et j'ai les mains pleines. Alors, ce serait bien que vous pensiez à vérifier s'il y a des zombies dehors. J'aimerais autant ne pas me faire tuer parce que vous étiez en train de vous disputer à propos de… je ne sais même pas quoi.

Foudroyant David du regard, j'armai mon fusil à pompe. Le bruit que faisait le chargeur en coulissant était assez jouissif. Dave fit sauter le cran de sûreté de son fusil à l'instant où la porte s'ouvrait. Nous échangeâmes un coup d'œil furibond pour confirmer que la discussion n'était pas finie, mais que pour l'instant, nous allions nous concentrer sur notre sécurité.

Nous avancions avec mille précautions, comme un commando spécial de l'armée de terre. Ouais, on est du genre à piger vite. Je scrutai le garage sur ma droite en quête du plus infime signe de mouvement ou d'infestation, tandis que Dave faisait de même sur sa gauche.

— La voie est libre ? demandai-je.

Nous étions tous trois figés dans des poses ridicules façon *Drôles de Dames*, alors que seule Amanda avait la coiffure adéquate.

— Oui, répondit Dave.

Nous reprîmes notre lente progression. Le garage était en bien plus sale état que la veille au soir. La voiture accidentée de Jack et Amanda gisait désormais sur le toit. Les zombies avaient dû se demander si elle ne contenait pas quelques victimes appétissantes et tenter de l'ouvrir comme une boîte de conserve.

Du sang balafrait un des murs. Beaucoup de sang. Je frissonnai en me demandant si c'était celui d'un de nos voisins ou d'une pauvre âme qui s'était réfugiée là en pensant qu'elle serait en sécurité – une très mauvaise initiative, apparemment.

— On dirait qu'il y a eu de l'animation ici hier soir, commenta Dave en désignant l'autre bout du parking.

Des flaques de sang et de fluide noir s'étalaient sous plusieurs voitures garées un peu n'importe comment.

— Il va falloir être super prudents, acquiesçai-je. Amanda, reste tout près de nous et n'aie pas peur de lâcher le diable pour courir en cas de besoin, d'accord ?

Elle acquiesça, mais son visage blême me dit combien elle était terrifiée par la perspective de rencontrer un zombie complètement transformé, puisqu'elle n'avait pas encore eu ce douteux plaisir.

Lorsque nous atteignîmes notre épave, je jetai un coup d'œil à l'intérieur. Mais personne n'était planqué au pied de la banquette arrière.

— Pas d'intrus, annonçai-je.

— Je vais vérifier le coffre, dit David en sortant sa clé.

Je le dévisageai, incrédule.

— Hé ! On a trouvé Jack dans notre baignoire hier soir ! se défendit-il.

Je haussai une épaule.

— C'est pas faux.

Je montai la garde près d'Amanda. Nous jetâmes des coups d'œil nerveux à la ronde pendant que Dave ouvrait le coffre.

Il fit signe à Amanda, qui le rejoignit avec son diable. Ensemble, ils chargèrent la bouffe dans le coffre, ne conservant que quelques provisions pour le trajet jusqu'à Longview.

Nous avions décidé de mettre les armes et les munitions sur la banquette arrière, aussi Amanda ouvrit-elle la portière côté passager et commença-t-elle à disposer les flingues de façon qu'on puisse y accéder facilement en cas de besoin.

— J'ai quand même l'impression que ce n'est pas assez, me lamentai-je en la regardant faire, le front barré par un pli d'inquiétude.

David referma le coffre si violemment que toute la voiture trembla sur ses suspensions.

— Bon Dieu, Sarah ! Comment veux-tu savoir si ça suffit ou pas ? Peut-être que tu as raison. Peut-être qu'on n'est pas assez préparés. C'est ça que tu veux entendre ?

J'ouvris la bouche pour répondre, mais apparemment, il n'en avait pas terminé.

— Peut-être qu'on va faire quinze kilomètres et se mettre à regretter de n'avoir pas emporté plus de Pop Tarts. Ou peut-être qu'on arrivera chez Gina sans incident pour découvrir que tout va bien dans le reste du monde. Je n'ai aucun moyen de le deviner ; je fais juste de mon mieux.

Je le dévisageai. Malgré nos nombreuses disputes, malgré la tension qui régnait entre nous depuis six mois, c'était très rare qu'il craque et me dise vraiment ce qu'il ressentait. Mais là… je voyais combien il était angoissé.

— Tu as raison, dis-je, les dents serrées. Je suis désolée. Nous faisons tous les deux de notre mieux dans une situation pou…

Avant que je puisse finir ma phrase, un hurlement aigu s'éleva depuis la banquette arrière. Je fis volte-face. À moitié dans la voiture et à moitié dehors, Amanda tendait un index paniqué vers la porte qui donnait sur la rue.

— Regardez ! s'égosillait-elle. Regardez ! Regardez !

Dave les vit le premier.

— Merde !

Trois zombies se dirigeaient vers nous. Parmi eux, je reconnus le SDF qui se tenait tous les matins près de l'arrêt de bus, essayant de vendre *Petite Monnaie*, le journal des sans-abri. Les deux autres ne me disaient rien, mais celui de droite était hyper balèze. Calant mon fusil sur le toit de la voiture, je visai de mon mieux et tirai. D'accord, je n'étais pas très douée à l'époque, mais pas besoin de l'être avec un fusil à pompe. Les plombs se déploient comme un filet et touchent tout ce qui se trouve à proximité.

Je réussis à toucher le plus costaud à l'épaule et à faire sauter un gros morceau de sa chair pourrissante. Il s'arrêta et baissa les yeux vers sa blessure. Un rictus tordit sa bouche comme s'il était fou de rage et totalement paumé à la fois. Puis il se remit à marcher vers nous, beaucoup plus vite et avec une détermination nouvelle.

À côté de moi, David tira à son tour et abattit le SDF du premier coup. Je rechargeai mon flingue, ouvrant et refermant la chambre en même temps que lui. Cette fois, les zombies étaient assez près pour que j'atteigne le gros balèze à la figure et à la poitrine. Il gémit avant de basculer en arrière et de heurter le sol avec un bruit mat.

Le troisième zombie continuait à avancer. Il me surprit en se jetant sur le toit de notre voiture. Atterrissant à plat ventre entre Dave et moi, il fit claquer ses mâchoires pour me mordre. Je l'esquivai de justesse, titubant en arrière et heurtant la portière passager toujours ouverte. Amanda s'était recroquevillée sur la banquette ; elle hurlait à tue-tête.

— Mon flingue s'est enrayé ! lança Dave en tentant frénétiquement de le décoincer.

J'aurais sans doute dû tirer à ce moment, mais comme je l'ai déjà dit, tout cela était encore assez nouveau pour moi. Mon instinct prit le dessus, et au lieu de faire feu avec mon arme en parfait état de marche, je la balançai comme une massue. La crosse s'écrasa sur la figure du dernier zombie avec un bruit humide, mais très satisfaisant. Le nez brisé et la moitié du crâne enfoncé, la créature hurla de douleur. Je mis de côté la pitié que j'aurais pu éprouver pour un autre être humain dans cette situation, parce que ce n'était pas un être humain que j'affrontais : c'était un animal enragé qui devait être abattu.

Me cramponnant à cette idée, je balançai de nouveau mon fusil à pompe. Cette fois, le zombie n'émit pas le moindre son, parce qu'il était mort. Ou en tout cas, plus mort-vivant. La distinction peut paraître subtile, mais elle est importante.

Amanda s'époumonait toujours. Ses cris aigus et perçants emplissaient le garage et se répercutaient sur les murs de béton, formant une étrange boucle sonore qui semblait ne jamais devoir prendre fin.

Je détaillai le cadavre allongé sur le toit de ma voiture, puis les deux autres qui gisaient par terre. Quand je relevai les yeux vers David, il souriait. Il *souriait*, alors que le compte de nos victimes s'élevait désormais à une demi-douzaine toute ronde – je ne comptais pas Mack parce que j'ignorais s'il était mort quand je l'avais fait voler du capot de ma voiture.

— Amanda, c'est fini ! Pour l'amour du ciel, ferme-la ! aboyai-je en levant les yeux au ciel.

Je m'écartai pour pouvoir claquer la portière passager. Amanda ne se calma pas tout de suite, mais désormais, ses cris nous parvenaient étouffés par les parois de la voiture. Enfin, elle se tut. À travers la vitre souillée, je vis qu'elle s'était recroquevillée en position fœtale sur la banquette arrière et qu'un frisson de terreur la parcourait de temps en temps.

Le sourire de David s'élargit.

— Quoi ? demandai-je. Pourquoi tu me regardes comme ça ?

Haussant les épaules, il se dirigea vers le siège du conducteur. Avant de monter dans la voiture, il saisit la cheville du zombie vautré sur le toit et tira violemment. Je ne vis pas le corps tomber, mais je l'entendis s'écraser sur le sol avec un bruit à la fois mouillé et croustillant.

— Rien, répondit David, debout contre la portière. J'étais juste en train de me dire que tu es beaucoup plus cool que n'importe quelle autre fille de ma connaissance.

Il ouvrit la portière, laissant échapper les gémissements sourds d'Amanda. Du menton, il désigna cette dernière.

— Surtout celle-là.

Je ne pus réprimer un sourire. Montant en voiture, je chaussai mes lunettes de soleil et regardai mon mari du coin de l'œil.

— D'accord. C'est parti, mon kiki !

# CHAPITRE 9

N'OUBLIEZ PAS LES MOTS MAGIQUES :
« EST-CE QUE TU VEUX BIEN BUTER CE ZOMBIE, *S'IL TE PLAÎT*, CHÉRI ? JE SUIS À COURT DE MUNITIONS. »

Dave n'eut pas besoin de baisser la vitre pour composer le code du parking, parce qu'à un moment donné pendant la nuit, le lourd portail métallique avait été arraché de ses gonds. Nous gagnâmes la surface et les rues de la ville sans autre incident. Dave se mit à fouiller sous son siège en gardant une main sur le volant.

— Qu'est-ce que tu fais ? demandai-je.

— Je cherche le bouton du poste qui s'est cassé.

Je ne pus m'empêcher de glousser.

— Que *tu* as cassé, rectifiai-je.

— C'est ça ? lança Amanda depuis la banquette arrière en nous tendant un petit morceau de plastique. Il a dû rouler jusqu'ici.

Je pris le bouton et jetai un coup d'œil à Dave. Il regardait droit devant lui, la bouche pincée et l'air irrité. Riant sous cape, je trafiquai le bouton jusqu'à ce qu'il reprenne sa place initiale et que je puisse allumer la radio.

La diffusion du message enregistré qui enjoignait aux auditeurs à rester chez eux avait été interrompue. En silence, nous écoutâmes une voix morne décrire l'épidémie qui se propageait à travers la ville et en dehors. Nous n'avions pourtant pas besoin de ça: nous pouvions constater les dégâts de nos propres yeux.

Partout dans les rues, ce n'était que vitres brisées et voitures en feu. Du sang balafrait les murs et formait des flaques sur les trottoirs, mais il n'y avait de corps nulle part. Probablement parce que toutes les victimes s'étaient changées en zombies.

Des centaines, voire des milliers de créatures traînaient les pieds le long des avenues qui conduisaient vers l'autoroute. Elles chancelaient dans les rues latérales, portant des membres arrachés et ensanglantés dans leur bouche comme des loups porteraient un morceau de leur dernière proie. Il y en avait de toutes les formes, de toutes les tailles et de toutes les couleurs – des hommes, des femmes, des enfants et des vieillards édentés.

— Oh ! mon Dieu ! gémit Amanda derrière nous.

— Je ne suis pas sûre qu'il y ait encore un dieu, répliquai-je doucement. Comment ce serait possible au milieu de cette apocalypse ?

David ne dit rien. Il resta concentré sur la route, manœuvrant pour éviter les décombres et accélérant pour franchir les carrefours où les zombies semblaient attendre d'autres victimes potentielles. Enfin, il s'engagea sur la rampe d'accès bordée de hauts murs.

En atteignant l'autoroute proprement dite, nous hoquetâmes tous les trois. La veille, quand nous étions allés chez le docteur Kelly, il y avait si peu de circulation que j'avais trouvé ça limite flippant. De toute évidence, la première réaction des habitants de Seattle face à la crise avait été de rentrer chez eux ou de rester au travail, comme les médias le leur conseillaient.

Mais au fur et à mesure que les nouvelles locales et nationales avaient empiré, toute la population encore humaine était parvenue à la même conclusion que nous : mieux valait quitter la ville. Or beaucoup de gens n'avaient pas attendu le matin ; ils avaient tenté de fuir en pleine nuit et sans l'ombre d'un plan. À en juger d'après les véhicules vides qui s'alignaient pare-chocs contre pare-chocs dans toutes les files et le sang qui maculait le bitume en dessous, l'autoroute était devenue un champ de bataille meurtrier au cours des huit ou dix dernières heures.

— Putain de merde ! jura Dave entre ses dents. Visez-moi ça.

Je suivis la direction de son regard et pris une inspiration sifflante. Un panneau d'affichage électronique était suspendu à une arche qui enjambait les voies. D'habitude, ce genre de panneau se contente de diffuser des signalements d'enfants disparus ou de prévenir les usagers que des travaux sont en cours quelques kilomètres plus loin. Mais celui-ci clamait en grandes lettres orange : « ATTENTION : ZOMBIES DROIT DEVANT ».

— Wouah ! soufflai-je comme nous passions lentement dessous. J'ai entendu parler de ce truc. C'est un piratage du système. Ils ont implanté ce message dans le monde entier.

Un peu plus loin, un zombie cul-de-jatte se traînait le long de la bande d'arrêt d'urgence, tenant dans sa bouche une main arrachée qu'il secouait dans tous les sens comme un chien l'aurait fait avec un os à ronger. L'auriculaire finit par se détacher et voler hors de mon champ de vision.

— Cette fois, je ne suis pas certain qu'il s'agisse d'un piratage, Sarah, dit Dave en agrippant le volant plus fort.

Je ne répondis pas. Derrière nous, Amanda se contenta de frissonner et nous roulâmes un moment en silence.

Dave zigzaguait entre les véhicules abandonnés. Pour la première fois depuis très longtemps, je me réjouissais que nous n'ayons pas eu les moyens de nous payer une plus grosse bagnole. Notre petite voiture compacte se faufilait aisément à des endroits où un 4 × 4 massif serait resté coincé.

— Il se peut qu'on doive déplacer des véhicules à un moment, finit par dire Dave à voix basse en me regardant du coin de l'œil. Tu te sens capable de le faire, ou tu préfères conduire ?

Je déglutis avec difficulté. Il parlait de quitter la sécurité relative de l'habitacle. Une fois dehors, la probabilité de se colleter avec des zombies était quasiment de cent pour cent. Mais nous n'avions pas le choix. J'acquiesçai nerveusement.

— Je… je peux le faire. Mais…

Je pivotai sur mon siège pour dévisager Amanda. Les yeux écarquillés et l'air toujours à la masse, elle me rendit mon regard.

— Coucou !

Je lui souris pour l'inciter à garder son calme pendant que je lui expliquerais ce que j'attendais d'elle.

— Coucou. Bon. Dave doit conduire et il se peut que je doive déplacer des véhicules. Mais j'aurai besoin que quelqu'un me couvre depuis la voiture pendant que je serai dehors et que je ne pourrai pas me défendre moi-même. Tu comprends ?

Dave me jeta un coup d'œil alarmé.

— Sarah ! Elle ne peut pas…

— Non, coupa Amanda depuis la banquette arrière. Écoute, David, je sais que tu me prends pour une idiote, et tu as sans doute raison. Je n'ai jamais eu besoin de faire fonctionner mon cerveau. Mais je suis capable d'apprendre des choses si on me les explique.

Dave continua à rouler en silence, ses mâchoires contractées disant de façon très éloquente ce que ses lèvres s'abstenaient d'énoncer. Mais mon sourire s'élargit tandis que je désignais un des flingues posés sur la banquette à côté d'Amanda. Au moins, elle était prête à essayer : un bon point pour elle.

— D'accord, Mandy. Voilà comment on charge un fusil...

Pendant dix minutes, je lui détaillai le fonctionnement d'une arme à feu et lui fis répéter les mêmes gestes jusqu'à ce qu'elle soit capable d'en charger une et d'actionner le cran de sûreté.

— Tu te sens prête à faire un essai ? lui demandai-je en appuyant sur le bouton qui commandait l'ouverture électrique de sa vitre.

Je descendis celle-ci à moitié pendant que Dave protestait :

— Sarah, on ne peut pas se permettre de gaspiller des munitions !

Je sentis qu'il faisait un effort pour ne pas gueuler. Je le foudroyai du regard.

— J'aimerais autant éviter qu'elle me tire dessus faute d'entraînement. Si tu considères ça comme un gaspillage de munitions, dis-le-moi tout de suite.

Il poussa un soupir éloquent mais acquiesça.

— Non, tu as raison. Essayez juste de limiter les essais. On risque de regretter notre manque de munitions plus tard.

— Si tu vois des zombies, tu leur tires dessus. Sinon, tu choisis une cible et tu appuies doucement sur la détente, conseillai-je à Amanda d'une voix rassurante.

Elle semblait plutôt nerveuse et l'attitude de Dave ne l'aidait guère. Hochant la tête, elle cala le canon du fusil sur le bord de la vitre à demi baissée.

— La fenêtre de cette camionnette, là-bas, annonça-t-elle en la désignant du menton.

J'approuvai son choix de cible et attendis qu'elle tire. La balle ricocha sur le rétroviseur latéral. Elle n'était pas passée loin ; pourtant, Amanda poussa un grognement de frustration. Je tendis la main entre les sièges avant pour lui tapoter la jambe.

— Ce n'est pas grave. Essaie encore.

La deuxième fois, la vitre se brisa sous l'impact.

— J'ai réussi ! glapit Amanda en brandissant son fusil.

Celui-ci heurta le plafond et faillit lui échapper des mains.

— Fais gaffe, la tança David. (Comme je le foudroyais du regard, il sourit à Amanda dans le rétroviseur central.) Mais bien joué.

Avec un large sourire, elle procéda à deux autres tirs d'une précision raisonnable.

— Bon, ça suffit, décidai-je. Dave a raison : on ne peut pas se permettre de gaspiller trop de munitions. Mais tu crois que tu sauras rester calme et faire exactement la même chose s'il y a des zombies dehors pendant que je déplace une autre voiture ?

Amanda paraissait inquiète. Honnêtement, je l'étais aussi, même si je m'efforçais de ne pas le montrer. Elle pouvait très bien me tirer dessus en essayant de me protéger et la perspective de devoir repousser un zombie avec un gros trou à la place d'une épaule ne me disait rien qui vaille. Pour ce que j'en savais, l'odeur du sang risquait de les attirer en nombre, comme des requins.

— J'y arriverai, finit par lâcher Amanda.

— C'est ce qu'on va voir tout de suite, dit Dave.

Une demi-douzaine de voitures étaient arrêtées en travers de la route devant nous. Impossible de passer entre ou de les contourner en empruntant la bande d'arrêt d'urgence, qu'elles bloquaient également.

Je saisis un revolver parmi le stock entassé sur la banquette arrière et m'assurai que le barillet était plein avant de le glisser sous ma ceinture. Lentement, j'ouvris ma portière et regardai autour de moi en quête de zombies. Je n'étais pas encore tout à fait descendue de voiture quand Dave m'attrapa par le bras.

— Sois prudente, me recommanda-t-il d'une voix douce.

Je pivotai, me penchai vers lui et l'embrassai pour le rassurer – même si je savais que c'était perdu d'avance. Impossible de nous leurrer : j'étais sur le point de m'aventurer en terrain miné et je n'en reviendrais peut-être pas vivante. Alors que je claquais la portière derrière moi, j'eus vaguement conscience qu'Amanda se glissait entre les sièges avant et prenait ma place pour pouvoir mieux me couvrir depuis ma fenêtre.

Le cœur dans la gorge, je m'avançai vers le barrage de voitures immobilisées. Je tirai le flingue de ma ceinture et le tins prêt à tirer tout en balayant l'autoroute du regard. Je comptais déplacer un véhicule de taille moyenne pour permettre à notre petite voiture de passer sans s'accrocher sur les bords. Jetant mon dévolu sur une berline rouge, je m'en approchai prudemment. Elle était presque collée à un gros camion et je dus me faufiler entre les deux véhicules.

Comme je regardais à l'intérieur de la berline, un grognement résonna quelque part devant moi. Je braquai mon flingue dans la direction du bruit et, apercevant un zombie sur la bande d'arrêt d'urgence, je tirai. Il s'écroula, lâchant le paquet qu'il tenait dans les bras – un paquet enveloppé par une couverture de bébé. Je me forçai à détourner les yeux. Je ne voulais pas voir ce qu'il y avait là-dedans, essentiellement parce que ça n'avait même pas crié en touchant le sol.

Une autre détonation résonna derrière moi. Regardant par-dessus mon épaule, je constatai qu'Amanda venait d'abattre un autre zombie qui bavait du fluide noir dans une voiture. Je levai un pouce pour la féliciter avant de reporter mon attention sur la berline. La banquette arrière était vide. Ça me paraissait un bon choix. Comme je ne pouvais pas ouvrir la portière faute de place, je brisai la vitre côté conducteur d'un coup de crosse de revolver.

J'enjambai prudemment les débris de verre pour me faufiler à l'intérieur. Une fois assise, je tournai la clé qui était restée sur le contact. Alors que j'appuyais sur l'accélérateur, je remarquai une flaque de sang sur le siège passager et frissonnai. Je fis avancer la berline très doucement jusqu'à ce que son pare-chocs heurte une autre voiture.

Je ne pus m'en empêcher. Avec un sourire grimaçant, je bouclai ma ceinture de sécurité.

Vous n'avez jamais eu envie d'emboutir une bagnole ? Ou de faire exploser un poste de télévision ? Ou d'allumer un immense feu au milieu d'une place publique ? Si la réponse est « oui », vous pourriez vous éclater pendant une apocalypse zombie. Quand tout s'écroule autour de vous, il est bon de savoir se raccrocher aux petits plaisirs de la vie.

Bref. J'écrasai l'accélérateur et percutai la petite voiture de devant. Je passai la marche arrière, reculai et recommençai jusqu'à ce que je l'eusse éjectée sur le côté. Alors, je passai la main par la vitre brisée et fis signe à Dave que la voie était libre. Lentement, il s'engagea dans la trouée que je venais d'ouvrir.

Comme il s'arrêtait près de moi, je jetai un coup d'œil dans la boîte à gants pour voir si le précédent propriétaire de la berline y conservait quelque chose d'utile. Je ne trouvai qu'une boîte de Tic Tac, mais je l'empochai quand même avant de descendre pour regagner notre voiture. Une calorie et demie par bonbon, c'était toujours mieux que rien ! Ça pouvait fournir un peu d'énergie en cas de besoin.

Avant que je rejoigne Dave et Amanda, un zombie ouvrit la portière passager d'un SUV qui gisait sur le côté. Il tomba plus qu'il ne rampa hors du véhicule. Cette créature-là était une femme vêtue de ce qui ressemblait à un costume de stripteaseuse. Je ne pus m'empêcher de mater sa blouse d'infirmière en vinyle moulant, dont un bouton défait laissait entrevoir son nombril évidemment piercé. Mais le choc inspiré par son apparence ridicule se dissipa instantanément quand elle rugit et que cinq autres stripteaseuses zombies surgirent derrière elles, comme si elle était leur chef et qu'elle venait d'ordonner une charge.

— Et merde ! criai-je en plongeant sur la banquette arrière de notre voiture. Fonce !

Je claquai la portière derrière moi et Dave laissa une traînée de caoutchouc brûlé sur l'asphalte, tandis que les stripteaseuses jetaient leurs escarpins sur notre voiture et claudiquaient derrière nous, en accélérant brusquement comme certains zombies semblent parfois capables de le faire.

— J'imagine que c'était l'équipe de jour ! commenta Dave en contournant une moto renversée.

Mais aucun de nous trois ne rit, même quand je regardai par le pare-brise arrière et vis que nous les avions semées.

# Chapitre 10

### Un seul problème à la fois. Vous ne pouvez pas faire le plein, le ravitaillement et buter quinze zombies en même temps.

— Je crois que nous avons un problème, annonça Dave quand nous eûmes répété plusieurs fois la manœuvre de déplacement d'obstacles et parcouru environ huit kilomètres sur l'autoroute.

Je ne pus m'empêcher de ricaner depuis la banquette arrière.

— Un seul ?

— Un de plus, concéda-t-il en me jetant un coup d'œil dans le rétroviseur.

Il avait l'air nerveux. Un pli d'inquiétude barra mon front.

— Qu'est-ce qu'il y a ?

Il hésita avant de lâcher d'un trait :

— Nous n'avons presque plus d'essence.

Je me penchai en avant et regardai le cadran de la jauge par-dessus son épaule. En effet, l'aiguille indiquait qu'il nous restait moins d'un quart de réservoir. Je le foudroyai du regard. Je savais qu'il le sentirait, même s'il gardait les yeux obstinément fixés sur la route.

— Hier matin, tu m'as dit que tu ferais le plein avant qu'on aille chez le docteur Kelly, dis-je, les dents serrées.

J'avais essayé de m'exprimer sur un ton égal, mais sans succès. La négligence de David : encore un truc qui me faisait me cogner la tête contre les murs.

— C'est vrai, admit-il sur un ton contrit. Mais j'ai oublié.

— Tu as oublié, répétai-je en me laissant retomber sur la banquette arrière et en croisant les bras. Génial !

Il garda le silence, mais dans le rétroviseur, je vis ses yeux marron foncé me transpercer. Ils s'excusaient pour lui et me disaient que je n'avais pas besoin d'en rajouter – qu'il culpabilisait déjà suffisamment. Je soupirai.

— Je sais que tu as été occupé hier. Et on ne pouvait pas prévoir ce qui arriverait. Je suis sûre que tu l'aurais fait si tu avais su qu'une épidémie de zombies était sur le point de se déclarer.

Dave acquiesça.

— J'aurais fait un tas de choses si je l'avais su. Mais tu ne m'avais demandé que celle-là, et j'ai merdé. Je suis désolé.

— Il y a une station-service à la sortie 165, suggéra aimablement Amanda. La plupart du temps, la queue est assez longue, mais je crois qu'on devrait pouvoir faire vite aujourd'hui.

Dave soupira.

— Ce n'est pas d'attendre qui m'ennuie, Amanda. C'est plutôt que je crains de tomber dans une embuscade tendue par des zombies.

Le sourire de la jeune femme se flétrit.

— Oh ! J'imagine que tu as raison. Après tout, c'est dans une station-service que Jack s'est fait mordre par ce SDF.

Je fermai les yeux. Elle avait encore du mal à percuter, visiblement.

— Nous sommes armés. Il suffira d'être prudents, dis-je avec un optimisme que j'étais loin d'éprouver.

Échapper aux zombies qui traînaient sur l'autoroute était déjà assez difficile et dangereux, mais le reste de la ville devait carrément grouiller de ces créatures.

Hochant la tête, Dave se dirigea vers la bretelle de sortie, quitta l'autoroute et tourna vers le quartier de Capital Hill – un de mes endroits préférés à Seattle. On y trouvait deux universités, des tas de chouettes maisons, de magasins et de restaurants, sans compter la fameuse station-service. Nous nous approchâmes d'une pompe et Dave coupa le moteur. Le silence se fit, mais depuis la veille, nous avions appris à distinguer un silence normal d'un silence de mauvais augure.

— Voilà le plan, chuchota Dave avant même qu'aucun de nous ait défait sa ceinture de sécurité. Je descends et je commence à faire le plein. Vous devrez me couvrir parce que je ne serai pas en position de surveiller mes arrières. Quand j'aurai fini, on fermera la voiture à clé et on entrera dans le magasin pour prendre tout ce qu'on trouvera encore dans les rayons.

Amanda et moi acquiesçâmes. Nous échangeâmes un bref coup d'œil, puis ouvrîmes nos portières respectives et descendîmes le flingue à la main.

C'est toujours bizarre, une ville morte. Ou morte-vivante, en l'occurrence – peu importe. Jusque-là, je n'avais jamais compris combien je m'étais habituée aux bruits de la circulation sur les voies rapides, aux Klaxon, au bavardage des gens dans la rue et même au bourdonnement des avions qui nous survolaient. À présent, le silence me paraissait aussi assourdissant qu'un train de marchandises lancé à grande vitesse. Malgré la température estivale, je frissonnai. Mais je me ressaisis afin de couvrir Dave, qui avait ouvert le réservoir et saisissait un pistolet à essence pour le remplir.

Je me tournai vers l'avant de la voiture tandis qu'Amanda prenait l'arrière. Tout mouvement nous semblait suspect et le moindre bruit nous poussait à brandir nos armes. Mais par quelque miracle, nous réussîmes à ne pas attirer l'attention des victimes infectées pendant tout le temps qu'il fallut à Dave pour faire le plein. Enfin, il remit le pistolet à essence à sa place et referma le réservoir, puis regarda autour de lui.

— Je n'aime pas ça, grogna-t-il.

J'opinai.

— Moi non plus. On devrait peut-être filer directement, au lieu de piller le magasin.

Il me dévisagea.

— Tout à l'heure, tu ne pensais qu'à trouver d'autres provisions.

— Et maintenant, je ne pense plus qu'à rejoindre Longview. À l'allure où on se traîne, il nous faudra peut-être la journée entière pour atteindre l'aéroport, et plus longtemps encore pour se mettre en sécurité.

Il s'approcha de moi.

— Tu as peur. (Je voulus m'écarter, mais il me prit par les épaules.) Nous avons tous peur. Mais puisque nous sommes ici, autant jeter un coup d'œil à l'intérieur.

Je regardai en direction du magasin. Dave avait raison, je flippais à mort – bien davantage qu'à n'importe quel autre moment depuis le début de cette histoire. Peut-être parce que j'étais en terrain inconnu. Je commençais à m'habituer à voir des zombies surgir un mètre devant moi. Mais je redoutais ce que nous pourrions trouver dans un lieu clos.

— Allez, viens, m'encouragea Amanda avec un sourire éblouissant. Avec un peu de chance, il y aura de la crème antibiotique pour ma coupure au bras !

Je soupirai. Je ne pouvais pas lui refuser ça. Nous n'avions pas grand-chose dans notre armoire à pharmacie, et Jack et Amanda non plus. Or, il semblait logique de faire le maximum pour rester en bonne santé et éviter toute infection.

— D'accord, dis-je à contrecœur.

Je saisis une poignée de balles et la fourrai dans ma poche avant de verrouiller la voiture. Puis j'emboîtai le pas à Dave et Amanda.

L'ouverture automatique des portes fonctionnait toujours, ce qui était mauvais signe, parce qu'il n'y avait personne à l'intérieur. Autrement dit, l'employé qui bossait là au moment où l'épidémie avait éclaté n'avait pas été en mesure de fermer le magasin.

Comme les panneaux vitrés coulissaient devant nous, nous jetâmes un coup d'œil à l'intérieur. Et quand ils se fermèrent, je hochai la tête.

— La voie semble libre.

Quand les portes s'ouvrirent de nouveau, Dave entra et nous le suivîmes.

Ce n'était pas la plus grande station-service de Seattle, loin s'en fallait. Trente mètres carrés à tout casser, avec une demi-douzaine d'allées et des armoires réfrigérantes alignées contre le mur du fond. Même si elle n'était plus surveillée depuis un certain temps, les rayons étaient encore presque pleins, ce qui me rendit nerveuse. Pas de pillage, ça signifiait qu'il ne restait pas d'humains susceptibles de piller dans les environs.

Dave me désigna le bout du magasin et j'acquiesçai, comprenant qu'il voulait fouiller en partant du fond. Amanda, qui ne souciait guère de ce qui se passait autour d'elle, se dirigea droit vers le présentoir de gâteaux et de confiseries. Dave ouvrit la bouche comme pour la rappeler, puis la referma et se contenta d'avancer. Je me positionnai de l'autre côté du magasin et l'imitai.

Arrivée au fond, j'observai le frigo qui se dressait devant moi. De la bière. Merde, ça me faisait drôlement envie – même s'il n'était que huit heures et demie du matin. Mais la zombification favorise l'alcoolisme ! C'est la pure vérité. Regardez dans Wikipédia, si vous ne me croyez pas.

Pourtant, je réussis à me retenir et, surveillant David du coin de l'œil, je longeai le côté du magasin, scrutant chaque recoin et chaque armoire réfrigérée. On ne sait jamais. Ç'eût été quand même ballot de se faire arracher la main par un zombie alors qu'on voulait juste se prendre une canette de Coca.

Revenus à l'avant, nous nous dirigeâmes l'un vers l'autre et nous rejoignîmes devant la porte d'entrée.

— C'est tellement calme, chuchotai-je. Comment se fait-il qu'il n'y ait pas un seul zombie ?

Dave secoua la tête.

— Aucune idée. Mais profitons-en pendant qu'on peut.

Passant derrière le comptoir, il prit des sacs en plastique qu'il nous tendit.

— C'est le moment de faire les courses, mesdemoiselles, lança-t-il avec une gaieté feinte. Visez en priorité la nourriture non périssable, les fournitures médicales et toutes les boissons que nous pourrons porter. Si vous avez faim, n'hésitez pas à prendre de la nourriture périssable que vous consommerez durant les heures à venir.

Il pivota vers le présentoir de cigarettes et, à ma grande surprise, commença à le vider méthodiquement.

— Euh, tu as l'intention de te mettre à fumer ? demandai-je en remplissant mes sacs de sachets de chips et de lamelles de bœuf séchées. Je croyais que tu étais contre, vu la façon dont tu m'as harcelée l'an dernier pour que j'arrête !

Il haussa un sourcil.

— Ça fera peut-être une bonne monnaie d'échange plus tard…

Je le dévisageai.

— David, tu confonds les films de prison et les films de zombies.

Sans répondre, il sortit de derrière le comptoir et fourra quelques barres chocolatées dans son sac plein de paquets de clopes.

— J'ai des fournitures médicales ! annonça Amanda en revenant vers nous avec un sac plein.

Pour ce que je pouvais voir, elle avait bien choisi. Elle avait pris des pansements de différentes tailles, un assortiment de crèmes et même des analgésiques. Je ne suis pas certaine que j'aurais pu composer une trousse de premiers secours aussi complète à partir du maigre choix offert par une station-service.

— Parfait. Allons-y, dit David en nous désignant la sortie.

— Je conduis, si tu veux, proposai-je tandis que les portes s'ouvraient.

— Oui, ce serait…

Dave n'acheva pas sa phrase et lâcha son sac qui s'écrasa par terre – où le mien ne tarda pas à le rejoindre.

Cette fois, même Amanda ne put fermer les yeux sur la gravité de la situation. Il n'y avait pas un seul zombie à l'intérieur du magasin, et pour cause : ils étaient tous dehors. Une quinzaine d'entre eux formaient un demi-cercle derrière notre voiture. Et leur regard était braqué droit sur nous.

# CHAPITRE 11

## PARTAGEZ VOS HOBBIES ET VOS ACTIVITÉS. SI VOUS DEVEZ TUER DES ZOMBIES DE TOUTE FAÇON, POURQUOI NE PAS LE FAIRE ENSEMBLE ?

Parmi le groupe qui nous attendait de pied plus ou moins ferme se trouvaient deux employés de *Starbucks* (sans doute de cafés différents, si je connaissais bien Seattle), une infirmière (une vraie, cette fois, pas une stripteaseuse déguisée) et au moins un pompier en tenue anti-incendie complète, plus un paquet de civils ordinaires mais zombifiés. Massés autour de notre voiture, ils nous regardaient sans bouger, comme s'ils attendaient que nous disions quelque chose.

Pendant de longues secondes, nous les dévisageâmes en retour, sans plus réagir qu'eux. Nous avions sans doute du mal à en croire nos yeux. Certes, il nous était déjà arrivé d'affronter plusieurs zombies à la fois, mais jamais autant, et jamais dans un endroit aussi découvert. Pour ne rien arranger, la plupart de nos armes étaient toujours enfermées dans la voiture. Si nous voulions survivre à la bataille imminente, nous devions les récupérer d'une façon ou d'une autre.

— O-on ne pourrait pas faire semblant d'être des zombies, nous aussi ? suggéra Amanda d'une petite voix effrayée. P-parfois, les gens font ça dans les films, n-non ?

Je jetai un coup d'œil à David.

— On peut toujours essayer.

— Je suppose, acquiesça-t-il lentement. (Il secoua la tête.) En tout cas, je ne vois pas comment ça pourrait aggraver la situation.

Je ramassai mon sac, fis glisser les poignées en plastique le long de mon bras et le calai sous mon aisselle pour éviter qu'il me gêne. Puis je me penchai sur le côté, une épaule plus basse que l'autre afin de me donner une apparence bancale. Je gardai mon flingue à la main, mais planqué dans mon dos, en espérant que les zombies ne remarqueraient pas que j'étais prête à tirer. Dave adopta une posture similaire. Nous nous avançâmes en traînant les pieds et en gémissant comme eux. Amanda nous suivit, mais ses faux gémissements de zombie ressemblaient plutôt à des miaulements de chaton.

Les zombies nous regardèrent approcher, penchant la tête sur le côté, comme des chiens. Je trouvais ça toujours aussi perturbant. Mais sans doute cela signifiait-il qu'ils étaient perplexes. Ils échangèrent des regards et poussèrent quelques grognements. J'eus l'impression qu'ils se demandaient :

— Qu'est-ce que tu penses de ça, Zombie Bob ?

— Je ne sais pas trop, attendons de voir ce qu'ils vont faire ensuite.

Mais contre toute attente, notre ruse parut fonctionner. Un instant, je crus que nous allions réussir. Nous avions presque atteint la voiture, presque atteint la sécurité – ou du moins, un moyen de faire sauter la tête de quelques-uns des zombies qui s'interposaient entre nous et la liberté.

Ce fut alors que Dave fit tomber ses clés.

Il essayait sans doute de les sortir de sa poche avec des gestes saccadés de zombie et elles avaient dû lui échapper des mains. Quoi qu'il en soit, elles tombèrent avec un tintement métallique et il se pencha par réflexe pour les ramasser. Mais la fluidité de son mouvement, ou peut-être le fait qu'il attachait de l'importance à ses clés, trahit notre mascarade.

Avec un rugissement, quatre des zombies se ruèrent vers nous. Les autres suivirent plus lentement, en balançant les bras et en faisant claquer leurs mâchoires.

— Tirez ! hurlai-je en tendant mon revolver à bout de bras et en pressant soigneusement la détente.

Ma précision devait s'améliorer : le front d'un des zombies de tête explosa comme un feu d'artifice du 4 juillet au-dessus du lac Washington et il s'écroula.

David épaula son fusil et tira plusieurs fois. Deux autres zombies s'effondrèrent, mais les autres accélérèrent. Jamais nous ne parviendrions à les abattre tous avant qu'ils nous atteignent, d'autant qu'Amanda se tenait immobile derrière nous, regardant approcher les créatures monstrueuses avec la bouche ouverte et une expression terrifiée sur son joli visage.

— Bordel, Amanda, tire ! criai-je en rechargeant, les mains tremblantes.

Mais il était trop tard pour ça. Les zombies venaient d'arriver au contact.

L'infirmière se jeta sur moi, les mains tendues en avant et les doigts recourbés comme des griffes. Je lui abattis la crosse de mon flingue sur la tempe. Elle poussa un gémissement comme sa peau pourrie éclatait sous l'impact, mais essaya de me mordre alors même que je la repoussais. Comme j'avais les bras endoloris à force de me battre depuis la veille, ils se mirent très vite à trembler tandis que je m'efforçais de mettre assez de distance entre nous pour frapper de nouveau l'infirmière ou lui tirer dessus.

— Non, chuchotai-je en me sentant flancher.

Et merde ! Cette fois, j'étais foutue. J'allais mourir, ou non-mourir, et ça craignait franchement.

Mais à l'instant où je sentis le souffle du zombie dans mon cou, Amanda se précipita vers nous et balança la crosse de son fusil à pompe. Toute lumière s'évanouit des yeux rouges de l'infirmière tandis qu'un côté de son crâne s'enfonçait comme une canette de soda sur laquelle on venait de donner un coup de marteau. Haletante, je repoussai son cadavre.

— Merci, dis-je à Amanda avant de brandir mon flingue et de viser la tête d'un autre zombie qui approchait.

Amanda bondit dans la direction opposée et se mit à arroser la foule en hurlant :

— Crevez, saloperies !

Je ne pus m'empêcher de rire. La voix guillerette et haut perchée d'Amanda était faite pour crier des encouragements à une équipe de foot américain, pas pour pousser des cris de guerre virils.

Tout en tirant de nouveau, je glissai ma main libre dans ma poche pour y prendre les munitions en rab que j'avais glissées là avant d'entrer dans la station-service. Les mains tremblantes, je glissai une balle après l'autre dans le barillet. Lorsque je refermai celui-ci, je me pinçai la peau entre le pouce et l'index. Tout en jurant, je lançai mon pied dans la poitrine d'un zombie comme j'avais vu quelqu'un le faire pendant un combat de MMA [1] que David m'avait forcée à regarder. Le zombie était grand et costaud, dans le genre un peu gras ; il portait une casquette de camionneur et une chemise en flanelle, aussi supposai-je qu'il conduisait des poids lourds de son vivant. Ou que c'était un fan de musique grunge et d'Ashton Kutcher. Bref. Dès que j'eus mis un peu de distance entre nous, je lui collai une balle entre les deux yeux, au milieu du logo « Vraiment ? » qui ornait sa stupide casquette. Du fluide noir visqueux coula du trou et tacha le tissu blanc ; puis le zombie bascula en avant et heurta le sol, la tête la première, avec fracas.

---

1. MMA = Mixed martial arts ; appellation qui désigne l'ensemble des arts martiaux, y compris le catch et le free fight. (*NdT*)

—Ouais, connard, triomphai-je. Vraiment !

—Sarah !

Je fis volte-face. David avait réussi à atteindre la voiture et à l'ouvrir. Je courus vers lui, tirant au passage sur deux zombies qui avaient commencé à pivoter dans sa direction, telles des vaches carnivores et enragées.

—Je suis là ! Je te couvre ! criai-je en me mettant dos à lui et en continuant à abattre les zombies qui s'approchaient de nous tandis qu'il fouillait parmi notre arsenal.

Tout en faisant du ménage dans les rangs adverses, je repérai Amanda. Elle avait commencé la journée en hurlant comme une banshee [1] à la vue de trois zombies, mais maintenant, elle semblait avoir trouvé son rythme. Avec son fusil à pompe, elle faisait sauter la tête des créatures qui osaient s'approcher trop près. Elle avait même pris le coup de balancer sa crosse pour se faire de la place quand elle avait besoin de recharger.

—Je n'ai plus de munitions, lança-t-elle en engageant ses deux dernières balles dans le canon de son arme.

—Je te couvre, camarade, lui promis-je.

Je fis exploser la tête du dernier zombie qui la menaçait. Amanda s'élança vers la voiture, donnant au passage un coup de crosse dans la gorge d'un lambin qui tituba en arrière, perdit l'équilibre et tomba. Je l'achevai alors qu'il tentait de se remettre debout et il s'écroula pour ne plus se relever.

Dave tendit une boîte de cartouches à Amanda et me donna une poignée de balles. Puis il se rua hors de la voiture, un flingue à la ceinture et un fusil chargé en joue, prêt à tirer. Mais en regardant autour de nous, nous vîmes qu'il ne restait pas un seul zombie à combattre dans le parking.

---

1. Une banshee est une créature du folklore irlandais et écossais, connue pour ses hurlements stridents qui annoncent une mort prochaine. (*NdT*)

— Putain de merde ! dis-je en regardant tour à tour Dave et Amanda. On a gagné, ou quoi ?

Dave rit.

— Je crois que oui. Personne ne s'est fait mordre, hein ? Tout le monde va bien ?

Nous nous examinâmes nous-mêmes, puis les uns les autres. Mais le peu de sang et de cervelle qui maculait nos vêtements provenait de nos victimes.

— Il semble qu'on s'améliore ! commenta Dave avec un soupir de soulagement.

Je hochai la tête.

— On pourrait presque en faire un métier.

Gloussant, il saisit les sacs de fournitures à cause desquels nous nous étions fourrés dans ce guêpier et les jeta sur la banquette arrière.

— Je vois ça d'ici. « S.O.S. Zombies ». Dépêchons-nous de foutre le camp.

— Attendez ! intervint Amanda. Il faut absolument que je fasse pipi.

Dave haussa les sourcils.

— Quoi ?

— Il faut absolument que je fasse pipi, répéta Amanda en se tortillant. On a vérifié qu'il n'y avait personne dans le magasin, pas vrai ?

Dave, qui était en train d'inventorier les fournitures, leva les yeux au ciel.

— Ouais, ouais. Bon, d'accord, mais magne-toi. Je ne voudrais pas qu'une deuxième bande de zombies nous attaque pendant qu'on t'attend.

Amanda courait déjà vers les portes coulissantes avec son fusil à pompe en bandoulière.

— Je ferai vite, promit-elle. Ne partez pas sans moi.

Je fronçai les sourcils et, une fois qu'elle eut disparu à l'intérieur de la station-service, je me tournai vers David.

— Tu devrais être plus gentil avec elle, chuchotai-je.

Il leva les yeux des sacs de fournitures, l'air exaspéré.

— Si tu le dis.

Je le foudroyai du regard. Je n'aimais pas ce David apparemment dépourvu d'empathie. Mais peut-être avait-il du mal à comprendre Amanda.

— Non, franchement, insistai-je, cherchant un moyen de lui expliquer. Je crois qu'elle sait que tu ne voulais pas qu'elle nous accompagne. Mais elle fait vraiment de gros efforts. Et elle s'est mise à tuer les zombies quand on en avait besoin.

— Je suppose que oui, concéda Dave de mauvaise grâce. Mais je crains quand même qu'elle nous ralentisse à un moment donné.

Je le dévisageai, incrédule. Comment pouvait-il parler si froidement de quelqu'un qui nous avait aidés à rester en vie tous les deux ?

— Et moi ? Tu me larguerais aussi si tu en avais l'occasion ?

Cette fois, il ne leva pas les yeux.

— Ce n'est pas du tout la même chose, et tu le sais.

— Non. Tout ce que je sais, c'est que tu as cherché un avocat spécialisé dans les divorces sur Internet, répliquai-je.

Dave se raidit. Puis il posa lentement les sacs sur le plancher de la voiture, derrière le siège conducteur.

— Et comment tu le sais ? me demanda-t-il sans se retourner.

Je haussai les épaules.

— Parce que j'ai fait pareil. Je l'ai vu dans l'historique de ton navigateur.

Il se redressa et me fit face. Son visage était pareil à un masque, aussi figé et dénué d'émotions. J'ignore s'il cherchait quelque chose à dire. J'espérais que oui, mais il n'eut pas le temps de trouver, parce qu'Amanda revenait déjà en courant.

— Je suis prête !

— Moi aussi, dit Dave en nous bousculant pour ouvrir la portière passager.

Parce que j'étais énervée, je me désintéressai de lui et reportai mon attention sur Amanda. Elle était tout échevelée.

— Tu étais moins sale que ça tout à l'heure, non ? m'étonnai-je en regardant les taches de sang sur son sweat à capuche déchiré.

Elle acquiesça et ses joues pâlirent un peu.

— Il y avait un zombie dans les toilettes. Une gamine. J'ai dû me battre contre elle.

Je pris une inspiration sifflante.

— Oh ! mon Dieu ! Tu vas bien ?

Dave bondit hors de la voiture et la détailla.

— Putain de merde ! On avait oublié de fouiller les toilettes. Quelle bande d'imbéciles ! Tu es blessée ; tu t'es fait mordre ?

Quand j'y repense maintenant, il me semble qu'Amanda hésita. Mais sur le coup, je n'y prêtai pas attention. J'étais trop secouée par le fait que nous venions d'affronter toute une bande de zombies et que David et moi avions enfin prononcé le mot en « D » que nous évitions soigneusement depuis des mois.

— Je ne suis pas blessée, affirma Amanda avec un grand sourire avant de monter en voiture. Allons-y !

— Tu es sûre ? insistai-je.

Elle claqua la portière, mais je la vis hocher la tête à travers la vitre souillée. Sans me regarder, Dave monta, lui aussi, en voiture. Alors, je haussai les épaules et allai m'asseoir derrière le volant. Je démarrai et redescendis la colline en direction de l'autoroute.

# Chapitre 12

## Nourrissez des amitiés communes. Mais n'hésitez pas à y mettre un terme quand vos amis commencent à essayer de vous bouffer.

— J'ai menti.

Je cessai brièvement de scruter la route pour jeter un coup d'œil à Amanda dans le rétroviseur central, tandis que David levait la tête de la boîte à gants qu'il était en train de fouiller dans l'espoir d'y trouver quelque chose d'utile.

Je sais que ça peut paraître bizarre ; mais vous, vous regardez souvent dans votre boîte à gants ? Sans que vous le sachiez, il pourrait y avoir des tas de trucs intéressants là-dedans ! Évidemment, tout ce qu'il avait découvert jusqu'ici, c'était quatre vignettes d'assurance périmées et un paquet de chewing-gums limite pétrifiés. Néanmoins, je le respectais d'avoir essayé, d'autant que je n'avais absolument pas pensé à le faire moi-même.

— Quoi ? Tu as menti à propos de quoi ? demandai-je en ralentissant pour contourner un nouveau barrage de véhicules immobilisés.

Plusieurs d'entre eux brûlaient, coquilles vides brisées de la vie que leurs propriétaires sans doute zombifiés avaient menée autrefois.

Amanda cligna des yeux comme si elle retenait ses larmes. Puis, lentement, elle releva la manche de son sweat. Je ne pus voir ce qu'elle faisait dans le rétroviseur, mais j'entendis Dave hoqueter, tourné vers elle.

— Oh ! Merde ! Amanda, jura-t-il. Putain, merde !

Je jetai un coup d'œil par-dessus mon épaule et compris aussitôt son agitation. Amanda avait une énorme trace de morsure sur le bras à l'endroit où son sweat était déchiré. Déjà, du fluide noir visqueux suintait de la plaie.

— Amanda ! m'exclamai-je, horrifiée.

Je reportai mon attention sur la route et l'horreur fit place à la terreur. Un semi-remorque renversé gisait à moitié en travers de ma file. Je donnai un brusque coup de volant vers la gauche et évitai de justesse une collision potentiellement fatale.

Mais dans ma fébrilité, je surcompensai comme on vous dit toujours de ne pas le faire pendant vos cours de conduite. Nous fonçâmes vers le rail de sécurité, David s'agrippant au tableau de bord et Amanda se laissant ballotter comme si elle se moquait de tout désormais. Ce qui me parut bien normal : d'une façon ou d'une autre, son destin était scellé.

Le cœur battant à tout rompre, je tournai le volant dans l'autre sens et parvins à redresser notre trajectoire avant que nous heurtions la barrière de métal et de béton. Les pneus poussèrent un crissement de protestation et la voiture tangua dangereusement, mais ne se renversa pas.

Une fois que j'eus repris le contrôle du véhicule, je jetai un coup d'œil à Amanda dans le rétroviseur. Comment était-ce possible ?

— Je vais m'arrêter, haletai-je, le souffle coupé par l'atrocité de la situation qui me pénétrait un peu plus à chaque seconde. Je vais m'arrêter pour qu'on puisse regarder ça.

— Non ! s'écria Dave en agitant les mains. Il y a des dizaines de ces créatures sur le bas-côté, Sarah ! Tu dois continuer à rouler. Si on s'arrête maintenant, on se fera tous mordre et ça n'aidera pas Amanda.

Un sanglot s'étrangla dans ma gorge comme j'apercevais les zombies. Debout sur le bord de la route, ils titubaient en nous regardant passer. C'était des chasseurs, maintenant. Dans leur esprit contaminé ne subsistait que le désir de manger de la chair fraîche, de sucer de la moelle osseuse et de se repaître de cervelle pour en tirer les nutriments qui les animaient. Si je m'arrêtais, ils chargeraient la voiture et nous ne pourrions pas les maintenir à distance. Nous tomberions à court de munitions avant d'en avoir abattu la moitié, surtout sans Amanda pour nous aider comme elle l'avait fait sur le parking de la station-service.

— Pourquoi tu ne nous as rien dit ? demanda David d'une voix forte mais curieusement dépourvue de colère. Pourquoi tu ne nous as pas montré ton bras tout à l'heure, avant qu'on se remette en route ?

Dans le rétroviseur central, je vis des larmes s'échapper des yeux d'Amanda. Je fus horrifiée de constater qu'elles étaient grises plutôt que transparentes, et pas parce que son mascara coulait ni rien de ce genre.

— Elle était si petite, renifla-t-elle en serrant son bras blessé contre sa poitrine. Pas plus de cinq ou six ans à vue de nez. Elle avait des cheveux blonds et une poupée American Girl, comme ma nièce.

Elle sanglota un moment, et ni David ni moi ne l'interrompîmes. Enfin, elle se ressaisit et poursuivit :

— Elle se tenait dans un box, toute seule, et je n'ai pas compris que c'était un zombie. J'ai cru que je pourrais l'aider. Mais elle s'est jetée sur moi en grognant et elle m'a m-mordue.

— Oh ! non ! souffla David. Oh ! Amanda.

— J… je croyais que vous alliez me laisser. Je ne voulais pas que vous m'abandonniez, alors, quand vous m'avez demandé si j'étais blessée, j'ai menti en espérant que ça irait malgré tout. Mais là… Je sens que je suis en train de changer.

— Changer de quelle façon ? interrogea Dave d'une voix douce.

— J… j'ai envie de vous mordre, avoua Amanda.

— Tous les deux ? demandai-je en donnant un nouveau coup de volant pour éviter un trio de zombies dont les poings martelèrent le flanc de la voiture au passage.

— L'un ou l'autre, sanglota Amanda. Peu importe. Je sens votre sang et votre cervelle. C'est comme un parfum irrésistible.

Dave la dévisagea.

— Je ne sais pas quoi faire, admit-il, penaud. Qu'est-ce qu'on peut faire ?

Amanda déglutit avec difficulté.

— Dans les films de zombies, il y a toujours un ami qui se fait infecter et les héros doivent le t-tuer.

Dave secoua la tête avec véhémence.

— Non ! Non, Amanda ! On ne peut pas te tuer.

— Il le faut ! s'écria-t-elle. (Sa voix gargouillait légèrement ; elle dut prendre une inspiration avant de continuer.) D'ici à une minute, je ne pourrai plus me retenir de vous attaquer. Je commencerai par Sarah, parce qu'elle conduit et ne peut pas se défendre. Je planterai mes dents dans son cou et j'aspirerai son sang. Je la mordrai jusqu'à ce que j'atteigne son lobe frontal.

— Amanda, soufflai-je d'une voix blanche, choquée.

Plus elle se transformait en monstre, plus elle semblait posée, voire intelligente. Mais je suppose que c'était logique. Au fur et à mesure que ses fonctions cérébrales cessaient, celles qui demeuraient encore s'intensifiaient l'espace d'un instant – comme quand une personne devient aveugle et que ses autres sens s'en trouvent aiguisés.

Mais bientôt, il ne resterait plus rien d'Amanda, plus la moindre trace d'humanité ni d'individualité. Elle deviendrait une chose, une horrible créature qui ne se souviendrait pas que nous étions ses amis.

— David ! s'égosilla-t-elle. Tue-moi ! Je t'en supplie, tue-moi ! Maintenant, avant que je vous fasse du mal !

Dave saisit le revolver posé sur le tableau de bord entre nous deux. D'une main tremblante, il le braqua sur la tête d'Amanda.

— Dave, non ! criai-je, même si je savais comme lui que c'était la seule solution.

Ce qu'il s'apprêtait à faire me donnait la nausée. Nous avions déjà tué des tas de zombies, mais cette fois, c'était différent.

— Je t'en supplie ! C'est Amanda !

— Fais-le, gémit cette dernière.

Déjà, ses yeux viraient au rouge. Je les vis briller dans le rétroviseur central et j'eus l'impression que mon cœur explosait dans mes oreilles.

— Fais… aaaargh !

En un clin d'œil, elle disparut. Amanda disparut. Avec un grognement, elle vomit du fluide noir sur son débardeur rose et pencha la tête sur le côté. Puis elle sourit, révélant des dents grisâtres et une langue noircie.

— Tue-la ! m'époumonai-je.

Déconcentrée, je ne remarquai pas la voiture couchée sur le flanc en travers de la route, juste devant moi. Je donnai un coup de volant comme je l'avais fait avec le semi-remorque, mais ne réussis pas à l'éviter entièrement. Je frémis en sentant le frottement du métal contre le métal. La portière de David se fendit telle la peau d'une banane trop mûre, déchirée par l'extrémité du pare-chocs de l'autre véhicule. Dave poussa un glapissement et se rencogna contre le levier de vitesse pour ne pas être découpé en deux lui aussi.

—Sarah, merde!

Je donnai un nouveau coup de volant pour m'écarter de l'épave et la portière passager s'arracha complètement, mais nous réussîmes à nous dégager et à rouler jusqu'à la bande d'arrêt d'urgence. Hélas! Celle-ci était aussi accidentée que le reste de la route, jonchée de débris de verre et de métal provenant d'autres accidents et de multiples explosions.

Derrière nous, Amanda s'écrasa contre une portière alors que la voiture faisait une embardée. Elle poussa un sifflement coléreux avant de saisir le dossier de nos sièges et de se rapprocher de nous.

—Oh! mon Dieu! hurlai-je en repensant à ce qu'elle avait dit un peu plus tôt, au sujet de son désir de me planter ses dents dans le cou et de bouffer mon lobe frontal. David, tue-la, par pitié, tue...!

Avant que je puisse achever ma phrase, David tira presque à bout portant. La force de l'impact projeta Amanda en arrière. Du sang, du fluide noir et de la cervelle éclaboussèrent le pare-brise arrière, me bouchant la vue. Amanda, ou ce qui restait d'elle, s'affaissa et glissa sur le plancher de la voiture. Elle tressaillit encore une fois, puis s'immobilisa.

—Et merde! criai-je en sentant la voiture tanguer – et pas parce que j'avais fait une mauvaise manœuvre cette fois.

À présent que la portière de David avait disparu, les zombies postés sur le bord de la route accouraient pour mettre à profit notre vulnérabilité. S'élançant vers nous par petits groupes, ils grognaient et tentaient de saisir Dave. Celui-ci se recroquevilla vers le milieu de la voiture et réarma le flingue dont il venait de se servir pour tuer notre amie. Puis il tira dans la foule tout en glissant un bras entre les deux sièges afin de prendre un fusil à pompe sur la banquette arrière.

—Regarde la route, bébé, m'ordonna-t-il. Regarde la route pendant que je m'occupe de ça. Tout ce que je te demande, c'est de ne pas t'arrêter quoi qu'il arrive.

Je me concentrai de mon mieux sur ma conduite, contournant d'autres véhicules arrêtés, projetant des zombies contre le rail de sécurité quand j'arrivais à les heurter.

— Et maintenant, je fais quoi ? m'égosillai-je en scrutant l'amoncellement de véhicules abandonnés devant moi. C'est complètement bouché !

— Prends la sortie ! aboya David en jetant son revolver vide à l'arrière et en commençant à tirer avec le fusil à pompe, dont les détonations résonnant dans l'exiguïté de l'habitacle me firent bourdonner les oreilles.

Je braquai pour traverser les files situées à ma droite et me dirigeai vers la bretelle de sortie suivante, heurtant des voitures accidentées au passage et roulant sur des zombies que je venais de renverser. Le moteur crachota comme j'enfonçais l'accélérateur… et percutais de plein fouet une moto qui gisait en travers de la sortie.

Un instant, la voiture décolla. Puis elle retomba sur l'asphalte avec un bruit de pop-corn qui éclate – le genre de truc qui a l'air cool dans un film, mais dans la réalité… beaucoup moins. Surtout quand votre moteur se met à fumer immédiatement après.

L'extrémité de la bretelle de sortie était bloquée par un autre camion renversé sur la gauche. Je tournai donc à droite et fonçai vers le cœur du quartier international de Seattle, poursuivie par une horde de zombies tandis que le moteur de la voiture toussait et hoquetait de plus belle.

Les rues de la ville n'étaient pas aussi congestionnées que l'autoroute. J'eus moins de mal à zigzaguer entre les véhicules abandonnés et les débris qui jonchaient le sol. Tout en tournant le volant dans tous les sens pour compenser les dommages faits à la colonne de direction, je tentai de jeter un coup d'œil en arrière, mais le pare-brise était toujours recouvert par les restes de la tête d'Amanda. Je réprimai un haut-le-cœur. Ce n'était pas le moment de me mettre à gerber.

— Ils sont toujours à nos trousses ? demandai-je quand j'eus retrouvé mon souffle et l'usage de ma voix.

Dave se pencha par le trou béant qu'avait laissé sa portière et regarda en direction de la rampe que nous venions de quitter.

— Non. Apparemment, ils n'arrivent pas à sortir de l'autoroute. La pente des bretelles d'accès est trop forte pour eux.

Je poussai un soupir de soulagement. Nos poursuivants étaient coincés et je ne voyais pas d'autres zombies dans les environs. Oh ! Il y en avait sûrement quelque part, mais ils n'avaient pas encore pigé que le Buffet roulant de Dave et Sarah se dirigeait vers eux. Pour l'instant, nous étions en sécurité.

— Cherche un concessionnaire, dit doucement Dave en rechargeant son fusil à pompe et en se tordant sur son siège pour prendre un revolver et une boîte de balles sur la banquette arrière.

Je ne répondis pas, mais me mis à balayer les environs du regard. Le quartier international était un lieu coloré, avec ses boutiques et ses restaurants ethniques. Parmi la multitude de cultures représentées, la vietnamienne dominait nettement. Nous nous trouvions dans la zone surnommée « Little Saigon. »

— Là, dit David en désignant une rue que je venais juste de dépasser.

J'arrêtai la voiture cahotante, passai la marche arrière, ce qui arracha une protestation véhémente à la courroie de transmission, et reculai pour pouvoir tourner à droite.

Dave avait raison. Je trouvai que je pensais ça un peu trop souvent depuis le début de l'épidémie, mais les événements le confirmaient : au bout de la rue s'ouvrait un grand parking plein de toutes sortes de véhicules. « VA-VA-VOUM, NEUF ET OCCASION, TOUTES FORMES DE CRÉDIT ACCEPTÉES ! » clamait une enseigne criarde, qui se balançait entre les pattes d'un énorme gorille gonflable.

— Tu peux m'expliquer pourquoi les vendeurs de bagnoles essaient toujours d'appâter le chaland avec des baudruches géantes ? marmonna Dave. C'est vraiment ringard.

— On devrait chercher une voiture neuve, suggérai-je en m'arrêtant et en coupant notre moteur qui semblait sur le point de suffoquer.

Dave acquiesça, puis me tendit un fusil à pompe chargé et une boîte de cartouches. Nous descendîmes de voiture, fîmes quelques pas dans le parking désert et promenâmes un regard à la ronde.

— Toutes les clés doivent être dans un coffre à l'intérieur, devina David. Viens.

— De préférence un gros 4 × 4, dis-je, poursuivant ma réflexion. Un truc qui nous permettra de déplacer les véhicules plus petits, parce que…

Je n'achevai pas ma phrase, mais David parut comprendre. Il était assez évident que faute d'une troisième personne pour nous couvrir, déplacer les véhicules qui nous gênaient serait désormais beaucoup plus dangereux. Mieux vaudrait être capables de les pousser sans nous exposer à une attaque.

Nous ouvrîmes la porte vitrée qui donnait sur la salle d'exposition. Des haut-parleurs diffusaient une version muzak de *Highway to Hell*. Je secouai la tête à la vue des décapotables offertes à l'examen des acheteurs potentiels. Des décapotables, à Seattle où il pleut presque tous les jours même en été. Incroyable !

Dave me désigna un grand bureau dans le coin du fond. Une armoire métallique était fixée au mur juste derrière ; sans doute contenait-elle les clés des voitures avec lesquelles les clients pouvaient faire un essai. Il s'en approcha prudemment et je le suivis en tenant mon fusil prêt à tirer.

Le bureau était un meuble massif, assez haut et tout d'un bloc, de sorte qu'on ne pouvait pas voir dessous. Nous n'aurions pas dû être surpris quand une zombie surgit de sa cachette en poussant un rugissement de bienvenue. Elle portait un polo bleu ciel marqué « Va-Va-Voum, Neuf et Occasion » en lettres orange vif, couvert de taches de fluide noir et de petits bouts de cervelle. Très affriolant ! Je sentais que ma première expérience de vol de voiture allait bel et bien être du genre « Va-Va-Voum ».

Dave l'abattit sans ciller, puis contourna le bureau pour vérifier qu'elle était bien morte. Il tira une deuxième fois hors de mon champ de vision, sans doute parce que prudence est mère de sûreté (surtout pendant une épidémie de zombies), puis se pencha vers le cadavre.

— Qu'est-ce que tu fais ? demandai-je en guettant d'autres agresseurs éventuels.

— Je cherche la clé de l'armoire, répondit-il en se relevant avec un trousseau ensanglanté. Nous n'avons pas de temps à perdre ni de munitions à gaspiller en essayant de la forcer. Monte la garde.

J'obtempérai tandis qu'il essayait d'introduire successivement plusieurs clés dans la petite serrure ronde de l'armoire. Enfin, la porte métallique s'ouvrit, révélant plusieurs rangées de clés de contact proprement alignées. Dave se mit à réciter les marques et les modèles. Il y avait de tout, depuis les pots de yaourt à roulettes, dans le genre de feu notre voiture, jusqu'à des caisses grand luxe.

Je savais très bien laquelle nous devions prendre, mais je n'eus pas le temps de faire part de mon choix à David parce que deux zombies sortirent d'un couloir situé derrière le bureau. Ils portaient des costumes en polyester bon marché, des cravates hideuses et des badges avec leur nom ; aussi supposai-je qu'il s'agissait des vendeurs.

— De toute façon, je n'aurais rien acheté à ces idiots, marmonnai-je en tirant.

Un des vendeurs fut projeté en arrière tandis que sa tête explosait comme une pastèque. Mais l'autre me sauta dessus avant que je puisse recharger. Je reculai instinctivement et basculai par-dessus l'ottomane disposée face au bureau, sans doute pour que les clients soient confortablement assis pendant qu'on calculait leur vertigineux taux d'endettement.

Je m'écroulai, lâchant mon fusil qui glissa sur le parquet hors de ma portée. Le zombie s'accroupit au-dessus de moi. Dave jura et saisit le revolver qu'il avait posé le temps d'ouvrir l'armoire métallique.

Je levai les bras pour tenter de repousser la créature. Le temps me parut ralentir. Le vendeur se pencha sur moi. Il faisait un zombie vraiment ridicule avec son putain de bouc et la boucle d'oreille plantée dans son oreille grisâtre. Oh ! Et il avait une coupe « mulet », à la mode dans les années 1980. J'allais être tuée et zombifiée par un type coiffé comme le chanteur de Duran Duran. Quelle triste fin…

Puis une chose très étrange se produisit. Au lieu de se laisser tomber sur moi et de planter ses dents dans mon cou, le zombie poussa un cri étranglé tandis qu'une détonation résonnait et qu'un trou béant apparaissait au milieu de son front. Il s'écroula sur moi, mais pas pour me mordre. La lumière s'éteignit dans ses yeux rouges et il poussa un dernier gémissement avant de mourir.

David contourna précipitamment le bureau et, saisissant le zombie par les cheveux, me débarrassa du cadavre pour que je puisse me relever. Nous nous tournâmes tous deux vers la porte. Plantée à l'entrée de la salle d'exposition, vêtue comme un personnage d'*Underworld*, se tenait une petite Asiatique qui brandissait un énorme fusil à pompe.

— Salut, dit-elle en rechargeant d'une seule main. Vous avez des ennuis ?

# CHAPITRE 13

## PRÉSENTEZ UN FRONT UNI : VOUS DEUX CONTRE LES ZOMBIES.

Je crois que nous nous dévisageâmes sans rien dire pendant une bonne minute. Dave et moi étions choqués de voir un autre être humain. Réfléchissez : c'était la première personne encore vivante que nous rencontrions depuis la veille, quand Amanda était venue frapper à notre porte. Je ne savais même plus comment me comporter face à une inconnue.

Quant à la fille, nous n'avions pas l'air de l'impressionner. Au contraire, elle semblait s'ennuyer ferme. Sans doute n'avait-elle pas envie de nous faire la conversation.

— Euh, oui. Merci pour ton aide, finis-je par dire en faisant un pas vers elle.

— Pas de problème. (Elle haussa les épaules comme si ce n'était pas grand-chose de m'avoir sauvé la vie.) J'étais dans l'appartement au-dessus du resto, de l'autre côté de la rue. Je vous ai vus arriver. D'après l'état de votre voiture, j'ai pensé que vous auriez peut-être besoin d'aide.

Dave et moi échangeâmes un regard. Puis Dave sourit à la fille.

— Tu as eu raison. Merci beaucoup pour le coup de main… ou de fusil, en l'occurrence !

Il se dirigea vers elle, la main tendue. Il a toujours été très sociable ; c'est pour ça qu'il pensait réussir dans les affaires.

— Je suis David et voici ma femme Sarah.

La fille ne fit pas mine de prendre sa main. Alors, je remarquai qu'elle portait des gants en plastique et qu'autour de son cou pendait un masque comme ceux que les peintres utilisent. Elle l'ajusta sur le bas de son visage ; cela me rappela les alertes à la grippe porcine ou aviaire, quand les gens portaient des protections semblables pour se prémunir de la contamination dans les magasins ou les aéroports. Mais dans le cas présent, je doutais fort que ça serve à quelque chose.

— Moi, c'est Lisa, dit-elle d'une voix désormais étouffée par le coton blanc qui recouvrait sa bouche. (Il y eut un long silence, puis elle nous désigna la porte.) Le restaurant d'en face était à mon grand-père. Vous voulez venir manger avec moi ? Il faut finir la nourriture périssable avant que le courant soit coupé.

Je consultai Dave du regard. Il acquiesça.

— C'est vrai que le petit déjeuner est déjà loin.

Cela parut suffire à la fille, qui tourna les talons et jeta un coup d'œil circulaire au parking avant de sortir. Nous la suivîmes, les oreilles et les yeux grands ouverts, mais les environs étaient aussi déserts que lorsque nous étions arrivés.

Lisa nous fit contourner le restaurant et entrer par la porte de derrière. L'endroit embaumait encore la cuisine de la veille. Mon estomac gargouilla et, une fois de plus, je me sentis gênée d'avoir faim après tout ce qui s'était passé. Mais je n'avais pas assez honte pour ne pas suivre Lisa quand elle s'engagea dans le petit couloir qui menait à la salle à manger.

La pièce était toujours bien rangée. Des bouteilles de différentes sauces, ainsi qu'une salière et un poivrier, garnissaient chacune des petites tables disposées de manière plaisante. Pas une chaise de travers, à tel point qu'on aurait pu penser que c'était juste une journée ordinaire… sans les cadavres empilés près de la porte d'entrée et le sang qui balafrait le menu au-dessus du comptoir.

Je comptai rapidement les corps et frémis : huit, tous décapités. Lisa – si c'était bien elle qui les avait tués – avait préféré prendre ses précautions. C'était sage de sa part. Plus tard, nous adopterions la même politique.

— Par ici, dit la jeune fille.

À l'aide d'une clé, elle ouvrit une porte derrière le comptoir et nous entraîna dans un escalier qui montait vers une seconde porte verrouillée. Elle s'effaça pour nous laisser entrer. Dès que nous eûmes pénétré dans le vestibule d'un minuscule appartement, elle verrouilla la porte et poussa un gros fauteuil devant.

Je promenai mon regard à la ronde. Le bâtiment était ancien et une légère odeur de décrépitude planait dans l'air, se mêlant aux parfums de nourriture en provenance du restaurant. Mais ce n'était pas désagréable. Au contraire, je trouvais ça presque réconfortant dans un certain registre nostalgique.

— La bouffe est dans le frigo, dit Lisa en passant dans une autre pièce.

Nous la suivîmes. Quelques minutes plus tard, nous étions assis autour d'une table en Formica rayée, couverte de bols de soupe vietnamienne traditionnelle et de plats de raviolis. Je mordis dans l'un d'eux et poussai un gémissement ravi. Lisa me jeta un regard vif, craignant sans doute que j'aie été infectée. Puis il me sembla la voir sourire derrière son masque.

— Mon grand-père était un bon cuisinier.

J'acquiesçai et la dévisageai. Elle était si jeune ! Et pour l'instant, nous n'avions vu personne d'autre chez elle. J'espérai que le reste de sa famille était juste parti chercher des provisions ou aider d'autres survivants.

— Tu as raison. C'est délicieux. (J'avalai ma bouchée.) Il est toujours ici ? Il y a d'autres gens avec toi ?

Lisa haussa un sourcil, et son regard se fit dur et triste à la fois.

— Non, il ne reste personne.

Je fermai les yeux et tentai de ne pas penser à ma propre famille.

— Oh ! Que s'est-il passé ?

Elle déglutit péniblement.

— Hier, un des bus de touristes qui traversent le quartier s'est arrêté devant le restaurant à l'heure du déjeuner. Ils dépensent toujours beaucoup d'argent et ma famille était très excitée. Mais un des hommes du groupe avait le bras bandé. Il se comportait bizarrement, et tout à coup, il s'est écroulé. Grand-père a voulu l'aider, mais...

Elle n'acheva pas sa phrase. C'était inutile : nous pouvions très bien deviner la suite.

— L'épidémie avait déjà commencé à ce moment-là, pas vrai ? Le touriste s'est changé en zombie et il a tué ton grand-père ? chuchota David.

Lisa parut soulagée de n'avoir pas à le dire elle-même. Elle opina.

— Ma mère et mon frère aîné se sont précipités à son secours, mais le type les a eus avant qu'ils comprennent ce qui se passait.

— Je suis désolée, soufflai-je en regardant Dave du coin de l'œil.

— Comment as-tu fait pour leur échapper ? demanda-t-il.

Lisa le dévisagea comme s'il l'accusait de quelque chose. Elle plissa les yeux.

— Je voulais me battre ! aboya-t-elle. Mais mon copain m'a forcée à monter ici. Nous nous sommes barricadés à l'intérieur et nous avons attendu. Pendant toute la nuit, nous avons écouté le raffut qu'ils faisaient dehors. Et puis, ce matin, mon copain a pété les plombs à force de les entendre gratter sur la porte d'en bas. Il a pris une pelle dans la réserve du fond et il est parti s'occuper d'eux. (Elle déglutit.) Il n'est jamais revenu. Quand j'ai enfin osé descendre, j'ai trouvé tous ces corps. J'ai tiré sur eux, ou je leur ai défoncé le crâne, puis je les ai entassés contre la porte pour éviter que les autres puissent entrer.

Un long silence succéda à son récit. Au bout d'un moment, je me dandinai sur ma chaise.

— Je suis désolée, répétai-je, même si ça me semblait bien insuffisant. Notre amie aussi a été contaminée ce matin.

— J'ai vu son corps dans votre voiture quand je suis passée à côté, dit Lisa en haussant les épaules. On aurait dit qu'elle était morte là-dedans. J'imagine qu'un de vous deux l'a abattue après sa transformation.

J'avais du mal à interpréter son regard, et à cause de son masque, je ne voyais rien d'autre que ses yeux. Impossible de dire si elle était dégoûtée par ce que nous avions fait à notre amie, ou impressionnée que nous ayons eu le courage de le faire.

Je jetai un coup d'œil à David, qui hocha la tête comme s'il lisait dans mes pensées.

— Quel âge as-tu ? demanda-t-il.

Lisa tourna vers lui son regard perçant.

— Je suis bien assez vieille.

— Tu ne dois pas avoir plus de dix-sept ou dix-huit ans, insista-t-il.

Elle croisa les bras.

— Dix-neuf. J'ai fini le lycée en juillet dernier. (Elle s'agita légèrement.) Je devais aller à la fac de Washington à la rentrée, et Alex aussi. C'est… c'était mon copain.

Pendant un moment, personne ne dit rien. J'imagine que chacun de nous pensait à ce qu'il avait perdu ces deux derniers jours. Oui, j'avais mes propres problèmes, mais je n'arrivais pas à m'imaginer plus jeune de dix ans et obligée de gérer seule ce qui se passait autour de nous. Malgré nos difficultés conjugales, je pouvais compter sur David. Et même si je m'inquiétais pour mon père qui habitait San Diego et pour ma mère qui vivait à deux heures de route au sud de Chicago, je n'avais aucune raison de croire qu'il leur soit arrivé malheur pour l'instant. Mon père allait bien la veille, quand il m'avait envoyé un e-mail dans le courant de l'après-midi. Selon toute probabilité, ma mère et lui étaient morts de peur pour moi, mais rien de plus. Lisa, elle, avait perdu toute sa famille, son copain, ses rêves et son avenir en l'espace de trente-six heures. Comparée à la sienne, ma vie ne me semblait plus si horrible.

— Nous sommes en route pour Longview, à la frontière de l'État, révélai-je sur un ton hésitant, même si Lisa ne m'avait rien demandé. Nous allons rejoindre la sœur de Dave. Si tu veux nous accompagner, tu es la bienvenue.

Dave acquiesça immédiatement et me pressa le genou sous la table. Je lui souris. Nous n'arrêtions pas de nous chamailler, mais nous étions au moins d'accord sur un point : nous ne pouvions pas laisser cette pauvre gamine toute seule. Je fus ravie qu'il ne manifeste pas la même réticence que vis-à-vis d'Amanda.

— Vous voulez faire une bonne action en me recueillant comme un chiot perdu, c'est ça ? aboya Lisa en saisissant la vaisselle sale pour débarrasser la table.

Dave la dévisagea.

— Pas du tout. En fait, c'est toi qui nous rendrais service. Une troisième personne nous serait bien utile pour nous couvrir sur l'autoroute. Or, tu sais tirer, et de toute évidence, tu es capable de te défendre.

Debout près de l'évier, Lisa nous regarda longuement avant de secouer la tête.

— Pas question.

Je me levai et elle se raidit. Je la vis tendre la main vers le bloc à couteaux derrière elle et je m'arrêtai immédiatement.

— Pourquoi ?

— Sans vouloir vous offenser, je ne vous connais ni d'Ève ni d'Adam. Vous pourriez très bien être des tueurs en série.

Je la dévisageai, incrédule. En temps normal, je lui aurais donné raison de ne pas faire confiance à des gens qu'elle venait juste de rencontrer. Ma mère aussi m'avait appris à ne jamais monter en voiture avec des inconnus. Mais les circonstances n'avaient plus rien de normal. Les zombies avaient envahi la ville et Lisa se retrouvait seule au milieu d'une horde de plus d'un million de ces créatures. Et même si elle se débrouillait remarquablement bien, elle n'était encore qu'une gamine, pour l'amour du ciel !

— Tu n'as pas envie de foutre le camp d'ici ? s'étonna Dave. D'ici à deux ou trois jours, il ne restera plus que des morts-vivants à Seattle. Si tu attends trop, tu te seras coincée.

— Si vous pensez que ce sera différent ailleurs, vous êtes deux idiots, répliqua la jeune fille en le foudroyant du regard. Vous avez écouté les nouvelles, pas vrai ?

Dave me jeta un coup d'œil en se dandinant, mal à l'aise. Depuis que nous nous étions mis en route, nous avions été trop occupés à tenter de survivre pour écouter la radio. Les informations étaient passées au second plan, accaparés que nous étions par notre quête d'essence ou par le massacre d'une amie.

Lisa leva les yeux au ciel.

— D'accord, pauvres crétins, voilà les nouvelles : l'épidémie s'étend à toute allure. À cette heure, Longview n'existe sans doute plus. Ici, au moins, je sais où les choses se trouvent et comment me les procurer.

Elle croisa les bras, l'air de dire : « Vous ne me ferez pas bouger. »

Sonnée, je me rassis à la table de cuisine. J'avais pigé que l'épidémie se propageait rapidement ; nous l'avions vu de nos propres yeux. Mais comment avait-elle pu aller si vite, si loin ? Se pouvait-il réellement qu'un endroit situé à deux cents kilomètres de Seattle soit déjà infecté ? Je secouai la tête. Même si Lisa avait raison, nous ne pouvions pas nous arrêter, et encore moins rester là. Je carrai les épaules.

— Tu as sans doute raison, mais plus nous serons nombreux…

— Plus nous aurons de risques d'être transformés en zombies, interrompit Lisa avec un reniflement méprisant. Au final, vous avez bien été obligés de faire sauter la tête de votre petite copine, non ? (Nous ne répondîmes pas, mais notre silence lui parut assez éloquent. Elle hocha la tête.) La voir morte sur votre banquette arrière ne m'a pas franchement persuadée que vous étiez mes sauveurs.

Dave serra les poings sur la table et je sus qu'il repensait à l'horrible moment où il avait dû tuer Amanda. Cette garce ne s'en rendait peut-être pas compte, mais elle retournait le couteau dans la plaie.

— Écoute ! aboyai-je, irritée. (Débrouillarde ou pas, elle se comportait comme une sale gamine.) Tu es folle de vouloir rester ici toute seule.

Lisa secoua la tête avec un petit rire moqueur et passablement condescendant.

— Ah ouais ? Moi, je pense que c'est vous qui êtes dingues de vouloir rester ensemble et tenter de fuir. Sarah, tu as déjà failli te faire mordre chez le concessionnaire tout à l'heure. Si je n'étais pas venue à votre secours, à l'heure qu'il est, elle serait en train de te bouffer, David… et pas de la façon que tu aimes. Tu crois que tu aurais été capable de la tuer ?

Dave se leva, repoussant sa chaise si violemment qu'il faillit la faire tomber.

— Peu importe, petite. Tu as été très claire. Tu veux rester ici et te faire avoir ? C'est ton droit. Merci pour ton aide et pour le repas. Maintenant, on va te débarrasser le plancher.

Je le dévisageai.

— Mais…

— Viens, Sarah, dit-il sans quitter Lisa des yeux. De toute évidence, la petite fille qui sait tout ne veut pas de nous ici. On s'en va.

Je me levai et le suivis, mais arrivée sur le seuil de l'appartement, je ne pus m'empêcher de jeter un coup d'œil en arrière. Lisa avait ôté son masque. Elle nous regardait partir, les lèvres pincées par la détermination, mais je voyais de la peur dans ses yeux. Pourtant, elle ne nous rappela pas.

Nous sortîmes du restaurant en silence et traversâmes la rue ensemble, chacun de nous regardant de son côté s'il n'y avait pas des zombies en approche.

— Je ne comprends pas pourquoi elle a refusé de venir, lâchai-je enfin, choquée. Visiblement, elle n'est ni aveugle ni stupide. Elle doit se rendre compte qu'elle est fichue si elle reste ici. Elle ne parviendra pas à les repousser éternellement.

Dave haussa les épaules.

— Qui sait ce qu'elle pense ? Ici, elle croit pouvoir contrôler son environnement. Elle a plus peur de l'inconnu que de se faire ronger le bras par son copain quand il se relèvera d'entre les morts. Nous n'aurions pas réussi à a convaincre. Mieux valait foutre le camp avant qu'elle décide qu'il était trop risqué de nous laisser partir.

J'écarquillai les yeux.

— Tu crois qu'elle aurait pu péter les plombs ?

— Ça m'en avait tout l'air, répondit David d'une voix douce. Quand tu t'es levée, elle a voulu prendre un couteau. Je préférais ne pas courir ce risque.

Je frissonnai. À ce moment-là, l'idée que des humains normaux puissent tenter de nous faire du mal ne m'avait pas encore effleurée. J'étais tellement innocente !

Par chance, je n'eus guère le temps de ressasser ma consternation : nous venions d'entrer dans le parking du concessionnaire. Le putain de gorille gonflable se balançait dans le vent et je n'avais qu'une envie : le crever avec une grosse aiguille. Je scrutai la salle d'exposition où j'avais failli perdre la vie une demi-heure plus tôt.

— Je ne veux pas y retourner.

— Nous ne sommes pas obligés, dit Dave en brandissant une clé toute neuve. J'ai eu le temps d'en choper une avant que tu te fasses attaquer, expliqua-t-il. (Il me désigna une grosse Escalade noire garée non loin de là.) Votre carrosse, ma dame !

J'observai le véhicule. Il ne devait pas être en service depuis plus d'un an et son précédent propriétaire avait dû en prendre soin comme de la prunelle de ses yeux. La peinture était nickel, sans la moindre éraflure. Et il y avait assez de place à l'intérieur pour tout notre matos, voire deux ou trois passagers supplémentaires si nous trouvions des survivants prêts à joindre leurs forces aux nôtres. Mais surtout, il pourrait facilement pousser des voitures plus petites hors de notre chemin en cas de nécessité.

— Parfait, soufflai-je. C'est exactement ce qu'il nous fallait.

— Tant mieux ! se réjouit Dave en ouvrant la portière passager et en me faisant signe de monter. Alors, allons jusqu'à notre ancienne voiture pour transbahuter nos affaires.

Notre vieille bagnole nous parut encore plus minable lorsque nous arrêtâmes l'Escalade rutilante à côté. Le moteur fumait toujours légèrement, et lorsque je sautai à terre, l'odeur âcre me fit froncer le nez.

— Tu t'occupes du coffre ; je prends les flingues sur la banquette arrière.

David acquiesça. Il contourna l'épave pendant que j'ouvrais la portière et me figeais.

Bien entendu, je savais qu'Amanda était toujours là. Mais la voir affalée dans une position si peu naturelle, avec un gros trou à l'arrière du crâne, me souleva de nouveau l'estomac. Incapable de bouger, je regardai fixement son corps sans vie. Comment diable en étions-nous arrivés là ?

Dave me rejoignit. Nous restâmes un long moment côte à côte, immobiles et silencieux.

— Allez, on y va, dit-il enfin en saisissant une des caisses de flingues posées sur la banquette arrière – éclaboussées par le sang d'Amanda, mais intactes.

Hochant la tête, je pris l'autre caisse et deux des sacs qui contenaient le butin de notre funeste descente à la station-service. Il n'était pas question que je les laisse là… Amanda serait morte en vain.

Nous transférâmes toutes nos affaires dans notre nouvelle voiture, puis nous nous tournâmes d'un même mouvement vers l'ancienne.

— Je ne veux pas la laisser là-dedans, dis-je doucement.

Dave me dévisagea.

— Tu parles de Mandy ?

J'acquiesçai.

— Ce ne serait pas bien. Il faudrait l'enterrer, non ? Au final, elle a fait preuve de beaucoup de courage et elle nous a sauvé la vie plus d'une fois. Elle nous a même donné la permission de la tuer pour éviter de nous faire du mal.

Dave contempla longuement l'épave.

— On n'a pas le temps de l'enterrer, dit-il tout bas. Mais on pourrait brûler la voiture.

Je réfléchis.

— Une crémation.

— Oui. Ce serait mieux que rien, non ?

— Tu as raison.

Dave siphonna un peu d'essence du réservoir de ce qui allait devenir le cercueil d'Amanda. Il la répandit solennellement sur la banquette arrière, les sièges avant et la carrosserie. Je ressortis le Zippo que j'avais caché sous le tapis de sol à l'époque où j'avais arrêté de fumer – en me disant que si je devais recommencer un jour, autant être parée. Dave éloigna l'Escalade du pot de yaourt à roulettes que nous avions conduit pendant quatre ans et j'allumai le briquet.

— Bye, Amanda…, chuchotai-je en le lançant vers la voiture arrosée d'essence. Je suis vraiment désolée.

La voiture s'embrasa immédiatement. Les flammes s'élevèrent assez haut pour noircir les branches à trois mètres au-dessus du sol. La chaleur soudaine me fit reculer très vite. Je poussai un soupir tandis que Dave descendait de l'Escalade et me rejoignait. Perdus dans nos pensées, nous regardâmes brûler la voiture pendant deux ou trois minutes.

Puis j'entendis un son désormais familier : un grondement sourd, mais beaucoup plus fort que les bruits de gorges isolés des zombies que nous avions rencontrés jusque-là. Je pivotai et sursautai en poussant un petit cri.

Des zombies contournaient le garage. Ils étaient peut-être deux cents, qui grognaient et vomissaient du fluide noir. Une horde : il n'y avait pas d'autre terme pour les décrire. Une horde qui s'apprêtait à charger en piétinant tout sur son passage – nous y compris, si nous ne fichions pas le camp très vite.

— Ils ont vu la fumée ! criai-je tout en attrapant le bras de Dave pour l'entraîner vers l'Escalade.

Je plongeai par la portière conducteur ouverte et rampai précipitamment jusqu'au siège passager. Dave s'installa derrière le volant et claqua la portière à l'instant où une dizaine des zombies les plus rapides atteignaient la voiture en feu.

Les zombies sont idiots. Désolée, mais c'est la pure vérité. Leur cerveau est mort – ou du moins, tout ce qui, dans leur cerveau, les rendait humains et intelligents. Voilà pourquoi si un zombie voit un feu, il ne le contourne pas : il le traverse. Et c'est ce que firent cinq des plus véloces.

Comme Dave enfonçait l'accélérateur et fonçait hors du parking dans un crissement de pneus, j'observai avec horreur les zombies titubants qui passaient près de notre ancienne voiture et se lançaient à notre poursuite, sans se soucier de leurs vêtements en feu ni de leur chair calcinée.

Puis l'Escalade jaillit dans la rue entre le parking du marchand de voitures et l'arrière des restaurants. Je levai les yeux. Le visage de Lisa était collé à la vitre de l'appartement où nous avions mangé. L'air minuscule dans son refuge situé au premier étage, la jeune fille nous regardait nous éloigner.

J'espérais que nous ne regretterions pas de l'avoir laissée là. Dave avait raison : nous n'aurions pas pu la forcer à nous accompagner. Pourtant, je me disais que ses chances de survie étaient comprises entre zéro et pas grand-chose. Alors, je fermai les yeux et ne les rouvris que lorsque nous eûmes regagné l'autoroute.

# CHAPITRE 14

ÉCOUTEZ : TUER DES ZOMBIES, CE N'EST PAS FACILE.
ÇA ENTRAÎNE FORCÉMENT DES RÉPERCUSSIONS.

Même si l'autoroute était toujours encombrée et que nous roulions au pas en direction de l'aéroport, distant de vingt-deux kilomètres, nous gardâmes le silence un long moment. Je crois qu'après ce que Lisa nous avait dit au sujet de la vitesse de propagation de l'épidémie, nous avions tous les deux trop peur pour allumer la radio. Mon esprit avait déjà eu sa dose d'horreur ; à mon avis, il ne pourrait pas en supporter davantage.

Parler ne figurait pas non plus très haut dans la liste de nos priorités. Nous avions tous deux la tête pleine de choses atroces et aucun de nous n'avait envie de les partager avec l'autre. Pour ma part, je ne cessais de repenser à Amanda : à son innocence, à son courage inattendu. Je revoyais les moments horribles qui avaient précédé sa mort. À la façon dont David serrait les dents, l'air sinistre, je devinais qu'il pensait à la même chose – et, peut-être, qu'il regrettait d'avoir été aussi dur avec elle.

Une fois, le docteur Kelly avait traité David de « ruminant ». Elle lui avait expliqué qu'il gardait toujours ses sentiments pour lui et que, parfois, il valait mieux les exprimer. Sur le coup, j'avais levé les yeux au ciel. Mais à présent, je ne pouvais m'empêcher d'y repenser en dévisageant Dave.

Finalement, je lâchai :

— Il fallait la tuer. Nous n'avions pas le choix.

Dave frémit. Pendant un long moment, il ne dit rien. Lorsqu'il parla enfin, ce fut d'une voix tendue.

— *Nous* n'avons pas été deux à presser la détente. C'est moi qui l'ai tuée.

— David…, commençai-je, vaguement effrayée par le ton lugubre qu'il avait employé.

Il avait l'air vraiment perturbé, comme le jour où il m'avait annoncé qu'il arrêtait ses études et où nous nous étions disputés pendant trois heures.

— Non ! aboya-t-il si sèchement que je m'interrompis. J'aurais dû regarder dans les toilettes. Pourquoi je n'ai pas pensé à regarder dans les toilettes, putain ?

Avec un cri étranglé, il frappa le volant de ses deux paumes. La voiture fit une légère embardée et nous faillîmes heurter un vieux camion immobilisé de travers sur la bande d'arrêt d'urgence. Mais Dave réussit à reprendre le contrôle de l'Escalade et à redresser avant la collision, ce qui prouve qu'il était plus doué que moi.

Il continua à rouler, haletant. Je tendis prudemment la main pour lui toucher le bras. Comme il ne se dérobait pas, je le tapotai d'une manière que j'espérais réconfortante. Je repensai à ce qu'il m'avait dit le matin même, dans le parking de notre immeuble : que nous faisions de notre mieux dans une situation pourrie.

— Nous n'avons pas pensé à regarder parce que tout ça est encore nouveau pour nous, dis-je, lui renvoyant un écho de ses propres paroles.

Du coin de l'œil, il me jeta un regard noir.

— Quoi ?

— Tout ça est nouveau pour nous, répétai-je. Ce n'est pas comme si on nous avait appris à l'école à survivre à une attaque de zombies. (Je frissonnai. À l'avenir, ce serait peut-être le cas.) Nous découvrons au fur et à mesure ce que nous devons faire pour nous protéger et pour protéger les gens qui nous accompagnent. La prochaine fois qu'une situation similaire se présentera, nous saurons comment procéder. Nous regarderons systématiquement dans les toilettes.

— La prochaine fois, dit Dave avec un rire amer. Tu ne trouves pas ça déprimant de savoir déjà qu'il y aura une prochaine fois ?

Je ne répondis pas. J'avais accepté le fait que c'était inéluctable.

Dave se frotta le menton.

— Mais notre expérience ne profitera guère à Amanda.

— Je sais, chuchotai-je en clignant des yeux pour chasser mes larmes.

— Elle se comportait une gamine, marmonna-t-il.

Je le dévisageai.

— Ça non plus, c'était pas ta faute.

— Mais j'aurais dû…

Je lui pressai la main.

— David, Amanda était majeure. Elle était assez grande pour veiller sur elle-même, assez grande pour se rendre compte qu'elle devait faire preuve de prudence dans une telle situation. Tu n'as pas à t'attribuer le mérite de sa survie, ni la culpabilité de sa mort. Nous avons fait de notre mieux. Et ça craint qu'elle se soit fait mordre, mais nous ne pouvons pas ressasser ça éternellement. Nous avons déjà tué plein de gens que nous connaissions.

Dave garda le silence une minute. Puis il se mit à rire. J'espérai qu'il n'avait pas perdu la tête, vu qu'il conduisait et que je n'avais aucune envie de me mettre à la recherche d'une nouvelle voiture s'il bousillait celle-là. D'autant que cette fois, nous nous trouvions sur une autoroute infestée de zombies.

— Je parie que jamais tu n'aurais imaginé dire une chose pareille un jour, gloussa David.

Malgré moi, je souris.

— Non, en effet.

— « Nous avons déjà tué plein de gens que nous connaissions », dit-il en singeant ma voix.

D'habitude, je déteste quand il fait ça, mais ce jour-là, je ne le pris pas comme un affront personnel. Au contraire, je ris avec lui.

— Mais c'est vrai ! Voyons… Pour commencer, il y a eu le docteur Kelly.

— Qui nous réclamait cent cinquante dollars de l'heure pour nous donner le genre de conseils que j'aurais pu trouver dans un biscuit chinois, grimaça Dave.

Je pouffai.

— C'était une très bonne raison pour la tuer – je veux dire, en plus du fait qu'elle s'apprêtait à nous bouffer.

— Ensuite, il y a eu les Merveilleux-Wilson, dit Dave.

— Techniquement, nous ne les avons pas tués, lui rappelai-je. Mais c'était des poseurs et je crois qu'ils aimaient nous jeter leur bonheur à la figure chaque semaine quand ils sortaient du bureau du docteur Kelly. Je n'arrive pas à me sentir désolée pour eux.

— Des poseurs complets, ajouta Dave. Et Jack ?

J'hésitai. Même si je le méprisais, Jack était l'ami de David. Peut-être que je ne devrais pas plaisanter à son propos. Peut-être était-ce un sujet plus délicat que mon mari voulait bien le faire croire.

— Allez, ne t'arrête pas en si bon chemin, m'encouragea Dave avec un petit sourire provocateur. Je sais que ça t'a fait plaisir de lui éclater la tête avec le siège des toilettes, et pas seulement parce qu'il venait de t'attaquer.

— Beeeeeeen…

— D'accord, je vais commencer. (Il prit une grande inspiration comme s'il s'apprêtait à confesser quelque chose de vraiment terrible.) Jack trichait à Halo. En fait, il trichait à tous les jeux vidéo.

— Quoi ? m'exclamai-je en me tournant vers lui. Non !

— Si ! Je l'ai pris sur le fait une centaine de fois. (Il m'adressa un clin d'œil.) À toi, maintenant.

— D'accord. Il mettait sa musique beaucoup trop fort les soirs de semaine et il puait la saucisse, dis-je en me couvrant la bouche.

— Sentence : la mort ! ricana Dave. Bon, pour M. Gonzales, c'est assez évident.

Je levai les yeux au ciel.

— Trop facile. Il était désagréable, il louchait sur mes nichons, il refusait de réparer quoi que ce soit. Un vrai connard.

— Et je suppose que ça nous ramène à Amanda, soupira Dave.

Je le dévisageai. Malgré tous nos efforts pour alléger l'atmosphère, je me sentais toujours mal.

— Une pom-pom girl a été méchante avec moi au lycée, suggérai-je au bout d'un long moment. Et Amanda m'a toujours fait penser à elle. Je suppose que c'était une raison suffisante pour la tuer. En réalité, tu défendais mon honneur.

Dave sourit.

— Admettons.

— Alors, c'est bon ? On a confessé nos péchés, récité nos « Je vous salue Marie » et on peut continuer à tuer la conscience tranquille ?

Il acquiesça.

— Mais maintenant, je crois qu'il est temps d'affronter la réalité et d'écouter les nouvelles. Mieux vaut savoir quelle est la situation dans le reste du monde.

J'appuyai sur le bouton du poste et la voix d'une femme s'éleva des haut-parleurs dernier cri. Je détaillai le petit écran et souris.

— Hé, une radio satellite ! J'ai toujours voulu en avoir une !

— Je sais. C'est l'une des raisons pour lesquelles j'ai choisi cette bagnole. Franchement : la station Playboy, Howard Stern…

Dave remua les sourcils d'un air suggestif et une vague de soulagement me submergea. Il allait s'en remettre. Je lui donnai une tape sur le bras.

— Espèce de pervers !

Je tournai le bouton jusqu'à ce que MSNBC s'affiche à l'écran, puis montai le son. Une présentatrice à l'accent anglais annonçait calmement et sur un ton égal :

*« Les dirigeants ont abandonné la ville qui, selon une source anonyme, est désormais "entre les mains de Dieu". Mais tandis que l'épidémie continue à se propager sans rencontrer de résistance et que des morts-vivants font leur apparition dans presque toutes les grandes villes de la côte ouest, une question se pose, de plus en plus urgente : les autorités locales et fédérales sont-elles capables de circonvenir ce qui sera bientôt une pandémie, à en croire les scientifiques ? »*

— Merde, elle avait raison ! murmurai-je en repensant à Lisa, barricadée dans sa tour comme si ça pouvait suffire à éloigner les zombies.

Même si je l'avais trouvée désagréable, j'espérais qu'elle s'en sortirait.

*« Bien que les autorités maintiennent leur consigne de rester chez soi, elles conseillent également à ceux qui décideraient de s'aventurer à l'extérieur de prendre des armes et de viser la tête au cas où ils entreraient en contact avec des personnes infectées. Il semblerait que les victimes bénéficient, avant la transformation complète, d'une période de latence de dix à vingt-cinq minutes*

*selon leur métabolisme et l'emplacement de la morsure. Il n'existe aucun remède connu…* »

Je baissai le son. Ça suffirait pour le moment.

— Lisa avait peut-être raison, en fin de compte, admit Dave d'une voix basse et triste. À l'heure qu'il est, Longview n'est probablement pas plus sûr que Seattle.

Je haussai les épaules.

— Peu m'importe. C'était notre plan et je suggère qu'on s'y tienne. Au moins, ça nous donne un but. Une fois sur place, on décidera ce qu'on fait ensuite.

Dave acquiesça et nous continuâmes à rouler en silence, essayant de comprendre dans quel pétrin nous nous étions fourrés.

# CHAPITRE 15

ENCOURAGEZ VOTRE PARTENAIRE DANS LA PRATIQUE DE SES HOBBIES. VOUS NE POUVEZ PAS SAVOIR SI SES ENTRAÎNEMENTS DE BASE-BALL, SES FILMS DE KUNG-FU OU MÊME SES PARTIES DE POKER NE SE RÉVÉLERONT PAS UTILES EN CAS D'APOCALYPSE-ZOMBIES.

Nous n'avions même pas atteint l'aéroport quand le soleil se coucha. Nous l'avions regardé décliner sur l'horizon pendant des heures, pendant que nous évitions des voitures arrêtées et écrabouillions des zombies contre les rails de sécurité. Tout l'après-midi, j'avais espéré que quelque miracle se produirait, que la route se dégagerait et que nous pourrions foncer jusqu'à Longview. Ce qui, bien évidemment, ne fut pas le cas.

— Nous n'arriverons pas avant la tombée de la nuit, soupira David.

J'acquiesçai sans le regarder.

— J'imagine qu'il faudra s'arrêter quelque part.

En lui jetant un bref coup d'œil, je vis qu'il avait les lèvres pincées et l'air mécontent. Cette perspective ne l'enchantait pas plus que moi.

— À moins que tu veuilles prendre le risque de continuer à rouler dans le noir, ajoutai-je.

Il secoua immédiatement la tête.

— J'y ai pensé, mais il y a trop d'obstacles et trop de zombies. Ce serait du suicide.

Sans répondre, je me mis à scruter les environs. Nous étions désormais sortis de Seattle proprement dit et plus aucun gratte-ciel ne se dressait à l'horizon, mais les maisons de banlieue se pressaient si étroitement les unes contre les autres que ça ne changeait pas grand-chose : il y avait toujours une multitude de gens dehors, une multitude de voitures et de risques de mourir… ou de non-mourir.

Parmi les collines grouillantes de vie, je cherchai un endroit qui ait l'air sûr. Bizarre comme on tient la notion de sécurité pour acquise jusqu'à ce qu'elle s'envole. Combien de fois, durant un voyage en voiture, nous étions-nous arrêtés au premier motel venu pour y passer la nuit ? Je me plaignais toujours des serviettes minuscules et des draps rêches, ce qui rendait David dingue. Mais j'aurais tué désormais pour ces serviettes et ces draps si j'avais pu les atteindre sans devoir combattre d'autres zombies.

— Mmmmh, marmonnai-je comme l'autoroute longeait une petite vallée au fond de laquelle demeures et magasins étaient serrés comme des sardines dans une boîte. Une maison, ce serait peut-être bien si on arrivait à forcer la porte d'entrée…

— Non, coupa Dave en se dirigeant vers la bretelle de sortie suivante. Je sais exactement où on va passer la nuit.

Je fronçai les sourcils. Comment pouvait-il savoir mieux que moi quel endroit était le plus sûr pour s'arrêter ? Nous ne passions ici que deux ou trois fois par an, lorsque ses parents ou les miens nous rendaient visite et que nous allions les chercher à l'aéroport.

— Où ça ? demandai-je, incrédule.

— Tu verras ! répondit Dave d'un ton taquin.

Il s'engagea dans une avenue à demi bloquée par des véhicules abandonnés. Sur la droite, une laverie automatique brûlait ; les produits chimiques rendaient les flammes bleues et violettes. Sur la gauche, la vitrine d'un magasin d'antiquités avait été brisée de l'intérieur. Les éclats de verre qui dépassaient encore du châssis étincelaient dans la lumière du couchant. Ils étaient couverts de sang et de fluide noir. En gros, nous venions de pénétrer dans une ville fantôme.

Soudain, j'aperçus du côté de David l'éclat criard d'une enseigne au néon : « HÔTEL-CASINO SEA KING ». L'ampoule du « K » était grillée, de sorte qu'il se contentait de bourdonner faiblement. Lorsque David entra dans le parking à moitié vide et se gara, je me tournai vers lui.

— Tu as perdu la tête, ou quoi ?

Il se rembrunit.

— Pas du tout. On a toujours dit en plaisantant qu'un jour, on devrait venir ici et mettre toutes nos économies sur le rouge. Le moment ne me paraît pas plus mal choisi qu'un autre.

— D'accord. Visiblement, cette histoire de zombies a eu raison de ta santé mentale ! m'exclamai-je en croisant les bras. Oui, on en a parlé, mais premièrement, c'était une blague, et deuxièmement, c'était avant que le monde devienne fou et que des monstres commencent à se relever d'entre les morts.

Dave pencha la tête sur le côté.

— Mais puisqu'on est là, ça ne peut pas faire de mal de jeter un coup d'œil ! insista-t-il.

— Tu es sérieux ? (Je désignai le bâtiment situé une centaine de mètres plus loin, au fond du parking.) Voyons voir... C'est un endroit public où des tas de gens ont dû être transformés en zombies. C'est aussi un endroit où il y avait beaucoup d'argent et qui a très bien pu être pris d'assaut par des pillards. S'ils nous considèrent comme une menace... (Je passai mon pouce en travers de ma gorge, en un geste qui me parut assez éloquent.) Tu as pris tes jambes à ton cou devant Lisa pour beaucoup moins que ça !

Dave se renfrogna.

— Sarah…, commença-t-il sur un ton d'avertissement.

Mais je n'en avais pas fini. Loin de là.

— En plus, c'est immense. Plus d'une centaine de chambres, d'après le panneau. Nous ne pourrons pas vérifier qu'elles sont toutes vides. Ça te suffit, ou tu veux que je continue ?

Dave secoua la tête.

— Je sais tout ça. Mais notre rencontre avec cette fille, à Seattle, m'a fait réfléchir. Il y a sûrement d'autres gens comme elle, quelque part là-dehors. Et tous ne seront pas trop terrifiés pour s'enfuir. Avec deux personnes de plus pour nous aider à conduire et à tirer, nous aurions de meilleures chances de survie.

Je secouai la tête.

— C'est vrai qu'il reste peut-être des gens à l'intérieur, mais…

— Putain, Sarah ! s'exclama Dave en agrippant le volant si fort que ses jointures blanchirent. Pourquoi faut-il systématiquement que tu me contredises ?

— Je ne te…

— Si ! (Il me fit face.) Depuis six mois, tu me répètes en boucle la liste de toutes les choses que je fais de travers et de toutes les façons dont je gâche ma vie. Et moi, j'encaisse sans rien dire.

Je frémis, parce que le portrait qu'il dressait de moi n'était pas très flatteur. D'un autre côté, c'était moi qui devais subir les conséquences de ses choix mal inspirés. J'avais bien le droit de protester, non ?

Dave posa son front sur le volant et prit quelques grandes inspirations avant de me regarder.

— Écoute, si tu penses vraiment que je suis un imbécile fini, si tu ne me fais pas confiance et que tu ne veux pas entrer là-dedans avec moi… Il vaudrait peut-être mieux que tu prennes la voiture et que tu partes.

— C'est ça, prenons la voiture et partons, dis-je avec un soupir de soulagement.

Enfin, il revenait à la raison.

Mais Dave secoua la tête.

— Non, Sarah. J'ai dit « tu », pas « nous ».

Il y eut un long silence pendant que je digérais la nouvelle. David ne parlait pas de faire une pause. Il ne suggérait pas non plus que je trouve un autre endroit où passer la nuit et que je revienne le chercher quand il aurait son compte de parties de poker et de serveuses zombies. Il parlait de séparation définitive.

— T-tu veux que je m'en aille ? balbutiai-je d'une voix blanche, à peine audible.

Il tendit les bras vers moi et me prit par les épaules.

— Non, chérie. Je veux que tu restes. Mais pas si c'est pour continuer comme ça.

Je le dévisageai. Jamais encore je ne l'avais vu se montrer si franc, pas même quand le docteur Kelly lui rebattait les oreilles avec la nécessité d'être honnête dans un couple.

— Je sais que j'ai merdé, chuchota-t-il. Quand j'ai laissé tomber mes études, ça a bousillé nos projets d'avenir et tu t'es retrouvée seule à supporter toute la pression parce que je ne savais plus qui j'étais ni ce que je devais faire. Crois-moi, j'ai conscience de tout ce que j'ai fait de travers et je me déteste presque autant que tu me détestes. Mais tu ne pourras pas continuer à me punir éternellement, pas vrai ?

Choquée, je clignai des yeux. Dave me lâcha et, avec un soupir, défit sa ceinture de sécurité. J'observai chacun de ses gestes tandis qu'il descendait de voiture et refermait sa portière. Il contourna le capot un flingue à la main, en regardant autour de lui pour guetter d'éventuels agresseurs. Arrivé de mon côté, il ouvrit ma portière.

— Alors : tu viens avec moi, ou tu t'en vas ? demanda-t-il.

Sa question brisa le sort qui me tenait pétrifiée. Hochant la tête, je saisis mon fusil à pompe, fourrai un revolver dans la ceinture de mon pantalon et descendis.

— Je viens avec toi, dis-je en refermant la portière derrière moi.

Dave appuya sur le bouton de fermeture automatique, puis me prit la main en souriant.

— Tant mieux ! Parce que ça ne va sans doute pas être une partie de plaisir.

C'était un doux euphémisme. En poussant la porte d'entrée, nous fronçâmes tous deux le nez et écarquillâmes des yeux stupéfaits.

Le casino avait dû être construit dans les années 1960 ou 1970, du temps où Sinatra et sa bande swinguaient à Las Vegas et où tous les branchés voulaient miser gros à la roulette en sirotant des Martini et en draguant les filles. Mais depuis lors, il n'avait pas du tout été entretenu, et au lieu d'avoir l'air cool ou simplement kitsch, il était carrément décrépit. Le tapis élimé, autrefois rouge, avait viré au rose saumon… sauf aux endroits où il était couvert de sang séché. Ça, c'était une modification récente – mais pas franchement une amélioration.

Les murs présentaient des traces sombres de frottement accumulées au fil des ans. En plus de la poussière et de la moisissure omniprésentes, des taches de fluide noir très éloquentes, ainsi que des éclaboussures de chair et de cervelle, maculaient la peinture blanche jaunissante.

Le comptoir d'accueil se dressait sur la gauche. Il n'avait visiblement pas été épargné par les zombies : du sang balafrait le mur et le poste de télévision obsolète, fendu dans un coin, que quelqu'un avait tenté de désencastrer. L'appareil ne tenait plus que par un point de fixation, tandis que son câble électrique arraché crépitait et fumait légèrement.

Dave et moi échangeâmes un bref coup d'œil et levâmes nos flingues en même temps avant de nous avancer dans la grande salle pleine de machines à sous colorées et de grandes tables de jeu désertées.

À ma grande surprise, des tas de gens étaient encore assis devant les bandits manchots dont ils tiraient la poignée méthodiquement. La plupart d'entre eux étaient de vieilles dames aux cheveux bleus qui dilapidaient leur retraite, mais j'aperçus aussi quelques magnifiques spécimens de vulgarité humaine : des types en gilet de cuir, avec un bide énorme et un catogan long de soixante centimètres, des femmes d'âge mûr avec un piercing dans le nombril et des tatouages monstrueux sur les seins.

J'imagine que cet endroit attirait les gens les plus pathétiques, ceux qui ignoraient que leur monde touchait à sa fin derrière ces murs crasseux et déprimants – ou qui s'en fichaient. Du moins, ce fut ce que j'imaginai jusqu'à ce que nous nous approchions. Alors, je vis que les petites vieilles n'étaient plus humaines. Elles avaient la peau grise ; du fluide noir barbouillait l'écran face à elles et elles marmonnaient entre leurs dents tout en tirant inlassablement sur la poignée de leur machine.

— Merde ! soufflai-je en agrippant le bras de Dave et en désignant la plus proche, qui devait avoir dépassé les quatre-vingt-dix ans quand elle avait reçu la morsure qui se détachait sur son cou à la peau fripée.

Dave la dévisagea, puis scruta ses voisines avec des yeux grands comme des soucoupes.

— Eh bien, chuchota-t-il, nous savons maintenant que jouer aux machines à sous ne sollicite aucune fonction cérébrale supérieure. Je me demande quelles autres activités les zombies peuvent pratiquer pendant leur temps libre.

— Je m'en fiche complètement, sifflai-je à son oreille sans lui lâcher le bras. Qu'est-ce qu'on fait ? On se bat contre eux ?

Il jeta un coup d'œil à la ronde en réfléchissant et finit par secouer la tête.

— Non, vaut mieux éviter. Regarde combien ils sont, dit-il avec geste ample.

Je comptai plus d'une vingtaine de personnes assises devant les bandits manchots.

— Nous devons supposer que ce sont tous des zombies.

— Peut-être pas, dis-je sans conviction mais avec espoir.

Dave me transperça du regard.

— Ne dis pas de bêtises, Sarah. Même le pire accro au jeu aurait remarqué quelque chose si un zombie avait attaqué son voisin. Et s'ils étaient absorbés par leur machine au point de ne pas réagir, ça a fait d'eux des cibles encore plus faciles pour les personnes infectées.

J'acquiesçai.

— C'est logique, admis-je. Donc, ce sont tous des zombies.

— Et si on tire sur l'un d'eux, je crains que les autres s'arrachent à leur hébétude et qu'on se fasse charger par je ne sais combien de morts-vivants. (Dave secoua la tête.) On n'est que deux et on n'a pas beaucoup d'armes. S'ils nous cernent, on est fichus.

— Alors, qu'est-ce qu'on fait ? demandai-je en m'écartant pendant que la machine à sous la plus proche se mettait à sonner et à vomir une pluie de jetons.

Mémé zombie poussa un gémissement et baissa les yeux vers son seau qui se remplissait à toute allure. Elle hésita, puis préleva un jeton de son butin et l'introduisit dans la fente pour continuer à jouer. Même si elle touchait le jackpot, à quoi cela lui servirait-il ?

Dave haussa les épaules.

— Ils sont tellement absorbés par ce qu'ils font… On pourrait passer sans se faire remarquer. Celle-ci ne réagit même pas à notre présence.

J'aurais dû écouter mon instinct, qui me hurlait de prendre mes jambes à mon cou et de regagner la voiture. Mais Dave m'avait foutu la trouille en suggérant qu'on ferait peut-être mieux de se séparer et je voulais lui prouver que j'étais capable de ne pas contester systématiquement ses décisions. Alors, au lieu de battre en retraite vers la sortie, je lançai :

— Il pourrait y avoir des gens dans les pièces du fond – la cuisine, par exemple. Il reste des tas d'autres endroits à fouiller.

Dave acquiesça et je crois qu'il fut soulagé qu'on soit dans le même camp pour une fois.

— Si on réussissait à trouver des survivants, ce serait plus sûr. Chaque fois que tu descends de voiture pour déplacer un obstacle, j'ai tellement peur qu'il t'arrive quelque chose ! Avec une ou deux personnes pour te couvrir, ce serait différent.

Je le dévisageai, incrédule. Donc, tout ça, c'était pour moi ? Pour me protéger ? Un tas de sentiments positifs que je n'avais pas éprouvés pour lui depuis belle lurette me réchauffèrent brusquement le cœur. De la fierté. De la confiance. De l'amour. C'était bon et je voulais qu'il le sache.

— Tu es très courageux, chuchotai-je.

Il haussa les épaules. Mais à son air gêné et à la façon dont il vira au rouge betterave, je devinai qu'il était touché par le compliment.

— Il faut bien qu'il y ait un héros, comme dans ces livres que tu aimes tant, dit-il avec un geste faussement désinvolte.

Souriant, je le suivis vers une porte qui donnait sur la cuisine du rez-de-chaussée. Je ne crois pas qu'il m'entendit quand je murmurai :

— Ce héros, c'est toi.

# CHAPITRE 16

PARLEZ OUVERTEMENT DE SUJETS IMPORTANTS TELS QUE L'ARGENT, LE SEXE ET LA RELIGION. ILS PEUVENT AVOIR UN GROS IMPACT SUR VOTRE VIE DE COUPLE. SURTOUT AU SEIN D'UNE SECTE.

La cuisine était pourvue d'une de ces portes battantes qui se referment toutes seules. David la poussa et la rattrapa d'une main avant qu'elle revienne vers lui.

Nous jetâmes un coup d'œil à l'intérieur. C'était une grande pièce équipée dans le style industriel, avec des placards et des plans de travail en acier inoxydable. Mais elle était tout sauf propre. Une légère odeur de pourriture s'élevait des monticules de viande et de légumes que le personnel devait être en train de préparer lorsque l'épidémie avait frappé cette partie de la ville. Je vis des mouches bourdonner autour d'un morceau de bœuf et mon cœur se souleva. Ça me rappelait trop la chair putréfiée des zombies. Bizarre, parce que les zombies eux-mêmes avaient cessé de m'inspirer des haut-le-cœur au bout de quelques heures.

— La voie semble libre, chuchota David en se glissant à l'intérieur et en me faisant signe de le suivre.

J'obtempérai et voulus le contourner, mais il tendit un bras pour m'empêcher de passer.

— Juste au cas où, chuchota-t-il. Appelle d'abord.

Perplexe, je penchai la tête sur le côté.

— Appelle ? répétai-je sans comprendre.

Dave hocha la tête d'un air convaincu.

— Si quelqu'un se cache là-dedans, il aura moins peur d'une femme que d'un homme.

Je levai les yeux au ciel, mais comme le moment me semblait mal choisi pour discuter de féminisme avec mon mari, je me raclai la gorge.

— Il y a quelqu'un ? Si vous êtes un survivant de l'épidémie, sortez, s'il vous plaît. Nous pourrons peut-être vous aider.

Pas de réponse. Je regardai Dave en haussant les épaules, mais il me fit un signe du menton pour m'encourager à essayer encore.

— Coucou ! lançai-je un peu plus fort, même si je pensais que ça ne servirait à rien. Il y a quelqu'un ?

— D'accord, capitula Dave, j'imagine que…

Avant qu'il puisse finir sa phrase, je lui agrippai le bras. Je venais d'entendre un glissement étouffé. Tandis que nous nous tenions figés à l'entrée de la cuisine, le bruit se répéta. Il semblait provenir de la chambre réfrigérée située tout au fond de la pièce.

— Tu as entendu ça ? demandai-je en désignant la porte.

Dave acquiesça et nous nous avançâmes ensemble, regardant autour de nous en quête de gens ou de zombies tapis entre les plans de travail et les rayonnages métalliques. Mais nous ne vîmes rien ni personne avant d'atteindre la porte de la chambre réfrigérée.

Je tendis mon flingue devant moi pendant que Dave actionnait prudemment la poignée. Il ouvrit lentement la porte. Une bouffée d'air glacé nous frappa en pleine figure ; nous frémîmes et reculâmes d'un même mouvement.

Il faisait noir dans la chambre froide. Grâce à la lumière qui filtrait depuis la cuisine, je distinguai les contours d'une ampoule au plafond, mais elle était cassée.

Cassée…

— David, je crois qu'il y a…, commençai-je.

Avant que je puisse terminer, un zombie se rua hors de la pièce. S'il n'avait pas été si terrifiant, j'aurais peut-être éclaté de rire à sa vue. Il portait une blouse de chef qui avait dû être d'un blanc immaculé autrefois, mais qui était désormais couverte de vomi noir. Sa peau avait viré au gris-bleu sous l'effet du froid et ses cheveux bruns étaient constellés de particules de glace. Il avait même de petites stalactites dans les cils, qui faisaient ressortir le rouge de ses pupilles.

Toutes ces choses lui donnaient une apparence ridicule, mais je n'eus pas le temps de me marrer parce qu'il plongea si vite qu'il fut sur David avant que je puisse tirer. Tous deux basculèrent en arrière et s'écroulèrent sur le linoléum blanc.

Le zombie mordit Dave. Si mon mari n'avait pas tourné brusquement la tête sur le côté, il aurait été changé en mort-vivant, lui aussi. Je saisis mon flingue dans l'autre sens et assenai un coup de crosse sur la tempe de l'agresseur. Celui-ci s'affaissa sur le côté dans un grognement de douleur et de rage mêlées.

Épaulant le fusil, je m'apprêtai à presser sur la détente. Mais avant que je puisse tirer, une machette culbuta dans les airs et atteignit le zombie à l'arrière du crâne. La créature poussa un gémissement ; puis la lumière s'éteignit dans ses yeux rouges.

Je pivotai dans la direction d'où la machette était venue. Un homme se tenait sur le seuil de la cuisine. Il avait environ trente-cinq ans, des cheveux blonds longs jusqu'aux épaules et une expression étonnamment sereine… comme si rien de tout cela ne le perturbait vraiment. J'ignorais si c'était un choc traumatique, mais ça ne me semblait pas normal.

—À votre place, j'éviterais d'utiliser une arme à feu là-dedans, dit-il d'une voix calme et fluide comme de la soie. La détonation ferait accourir les autres.

—Attention! criai-je au lieu de lui répondre – car deux autres zombies venaient de sortir de la chambre réfrigérée et, de leur démarche saccadée, se dirigeaient vers notre sauveur à présent désarmé.

De nouveau, j'empoignai mon fusil à pompe dans l'autre sens, pour tenir compte de la mise en garde de l'inconnu, et j'abattis la crosse sur le crâne du zombie le plus proche. L'impact produisit un son mat, comme pendant les combats dans les vieux dessins animés de *Batman*… mais dans ma version, la tête de ma cible explosa tel un melon trop mûr, projetant de la cervelle, du sang et de la chair dans toutes les directions.

Pendant que je m'occupais du premier zombie, Dave s'était redressé. Il arracha la machette du crâne du chef qui l'avait attaqué et, avec un grand geste digne d'un jeu vidéo, décapita le second zombie. La tête de la créature rebondit sur le linoléum comme un ballon de basket avant d'aller rouler sous une étagère métallique.

Le nouveau venu nous adressa un signe de tête et un sourire paisible.

—Je suis votre obligé, dit-il poliment.

Je hoquetai de surprise à la vue des trois autres personnes qui venaient d'apparaître derrière lui. Des humains! Des humains non infectés! Un homme et deux femmes. Ils me dévisagèrent avant de tourner un regard étrangement morne vers David. Apparemment, notre sauveur disposait de renforts depuis le début. Il n'avait pas vraiment besoin de notre aide.

—Je vais la récupérer, dit-il en tendant la main à David qui observait le petit groupe, bouche bée, en brandissant toujours la machette dégoulinante.

— Quoi ? (Dave sursauta. L'homme lui désigna l'arme couverte de sang et il acquiesça.) Ah ! Oui, bien sûr !

L'inconnu prit l'arme, l'essuya d'un geste désinvolte sur la blouse déchirée du zombie le plus proche et la glissa dans un gros fourreau attaché à sa ceinture.

— M-merci, balbutia enfin David en lui tendant la main. Vous nous avez sauvé la vie.

Contrairement à Lisa, qui avait refusé notre offre d'amitié, l'homme serra la main de David avec chaleur.

— Pas du tout. Nous nous sommes sauvés les uns les autres. Et nous sommes toujours ravis d'enrôler davantage de soldats de Dieu pour faire la guerre aux impurs.

Je fronçai les sourcils. D'accord, David et moi ne sommes pas du genre religieux : depuis le temps, vous l'aviez sans doute remarqué. Le dimanche était mon seul jour de repos ; je préférais de loin faire la grasse matinée et préparer des pancakes à mon réveil plutôt que de passer deux heures sur un banc d'église à écouter un tas d'hypocrites prêcher la bonne parole. Mais je respecte les croyances d'autrui. Et dans des circonstances pareilles, il me semblait logique que certaines personnes cherchent le réconfort dans la foi. Songeant que ce type devait en faire partie, je lui tendis la main et me présentai.

— Je m'appelle Sarah.

— Sarah, répéta-t-il en souriant.

Il prit ma main et, au lieu de la serrer, la pressa dans les deux siennes. Ses paumes étaient chaudes et légèrement moites.

— Je suis William Blackwell.

Je hochai la tête tout essayant de dégager ma main. Il finit par me lâcher, mais après m'avoir forcée à tirer un peu.

— Et vous êtes quatre, commentai-je en me rapprochant de David et en glissant un bras autour de sa taille sans savoir pourquoi. C'est merveilleux. Nous n'avons pas rencontré autant de survivants depuis le début de l'épidémie, hier.

William sourit, mais j'eus l'impression qu'il me regardait comme une gamine qui a besoin qu'on lui explique quelque chose de compliqué. Il y avait dans son expression une pointe de condescendance qui m'irrita.

— Oh ! Nous sommes beaucoup plus de quatre, dit-il de la même voix douce et monocorde qu'il avait employée pour me déconseiller d'utiliser mon fusil.

David me pressa la hanche et je sentis l'excitation le parcourir comme une décharge électrique.

— Beaucoup plus ? C'est génial ! s'exclama-t-il. Nous sommes vraiment ravis de vous avoir rencontrés. Tu vois, Sarah : je t'avais bien dit qu'il restait sans doute des gens ici !

Je hochai la tête, incapable de détacher mon regard de l'homme qui se tenait devant nous.

— Oui, tu avais raison sur ce coup-là.

— Venez avec nous, proposa William en souriant. Nous allons vous présenter aux autres.

Submergée par l'incrédulité, je clignai des yeux.

— Vous voulez dire qu'ils sont ici ? Tout près ?

Il acquiesça.

— Des tas d'autres gens, à quelques pas d'ici.

Pour la première fois depuis deux jours, l'espoir gonfla mon cœur. Des tas d'autres gens – un camp de réfugiés, en quelque sorte ! Étaient-ils venus ici après que l'épidémie se fut déclarée, ou s'étaient-ils seulement regroupés quand les zombies avaient envahi le casino ?

*Oh ! Et puis peu importe !* Le seul fait d'apprendre qu'il existait un groupe de survivants, après tant de mauvaises nouvelles et de déceptions, m'incitait à penser que nous parviendrions à atteindre Longview en fin de compte. Je commençais même à penser que nous pourrions rejoindre mes parents ou ceux de David.

— Venez, dit William en nous désignant la porte par laquelle nous étions entrés.

Dave et moi nous dirigeâmes vers le reste du groupe. Je jetai un coup d'œil par-dessus mon épaule. William marchait derrière moi, d'un pas lent et régulier, tandis que ses compagnons nous précédaient. J'eus l'impression qu'ils nous guidaient ainsi qu'un troupeau. Et c'était une impression qui aurait dû m'alarmer, mais la perspective de rencontrer d'autres survivants m'avait tourné la tête et je ne tins pas compte de mon intuition.

Nous longeâmes plusieurs couloirs derrière le casino et finîmes par atteindre une salle de réunion. Une pancarte était accrochée sur la porte – vous savez, le genre que les hôtels impriment pour signaler les conférences et autres rassemblements. Celle-ci disait : « FRATERNITÉ BLACKWELL POUR LA VÉRITÉ DE DIEU ». Je fronçai les sourcils alors qu'une des femmes poussait la porte et nous faisait signe d'entrer.

J'ai une très mauvaise mémoire des noms, mais il me semblait bien que Blackwell était celui sous lequel William s'était présenté quelques minutes plus tôt. Quant à l'idée d'une « Fraternité pour la Vérité de Dieu »… Ça ressemblait à ces groupes de télévangélistes qui vous réclament de l'argent en échange de votre salut éternel.

Avant que je puisse poser davantage de questions, nous entrâmes et le spectacle qui s'offrit à nous me fit chanceler. Une trentaine de personnes se tenaient au fond de la salle de réunion. Il y avait là des femmes vêtues de robes qui leur descendaient jusqu'à mi-mollet, une poignée d'hommes livides au menton tremblotant et même quelques enfants – certains dans les bras de leur mère, d'autres assez grands pour tenir debout tout seuls. La peur et le doute se lisaient sur leur visage.

Lorsque nous entrâmes, ils pivotèrent vers nous d'un seul mouvement, comme un troupeau de bétail. Ils avaient la même expression figée que les trois compagnons de William

– l'homme et les deux femmes qui se tenaient désormais entre nous et la porte, mais je ne savais plus si c'était pour empêcher les zombies d'entrer ou tous ces gens de sortir.

William fit un pas en avant et lança :

— Mes frères et mes sœurs, nous avons eu le privilège de trouver d'autres brebis pour venir grossir notre troupeau, d'autres fidèles qui ont survécu à la colère de Dieu et combattu les impurs tapis en embuscade telle une meute de loups au-delà de ces portes.

Un murmure parcourut la foule et William sourit comme s'il était ravi de se donner en spectacle.

— Faites bon accueil à Sarah et à David, acheva-t-il.

— Ah ! dit une femme en s'avançant.

Elle portait une robe longue et ses cheveux bruns étaient rassemblés en chignon. À en juger par la taille de ce dernier, sa chevelure devait tomber plus bas que ses fesses quand elle la laissait libre. Cette femme n'avait pas l'air légèrement hagard des autres : au contraire, elle semblait avoir l'esprit affûté comme une lame. Jetant un regard entendu à William, elle écarta les mains.

— Nous sommes toujours ravis d'accueillir de nouveaux soldats dans nos rangs, surtout s'ils portent des noms aussi chrétiens. Je suis Melissa Blackwell, l'épouse de William.

Je clignai des yeux. Le mauvais pressentiment qui avait commencé à me tordre le ventre avant que nous entrions dans la cuisine et qui s'était amplifié quand William avait commencé à parler de Dieu hurlait maintenant dans ma tête.

— Euh, « soldats », je ne suis pas sûr, murmura Dave sur un ton qui m'indiqua qu'il flippait autant que moi. Nous sommes juste des gens ordinaires qui ont eu la chance de survivre à cette tragédie.

— Nous ne croyons pas à la chance, déclara William en passant son bras autour de la taille de sa femme. Melissa et moi croyons au destin – la voie que Notre Seigneur trace pour nous. Après tout, si notre groupe avait décidé de se réunir ici à ce moment précis, c'était pour une bonne raison.

Je le dévisageai. Ainsi, ils se trouvaient déjà là quand l'épidémie s'était déclarée. Ça semblait pourtant étrange qu'un groupe religieux choisisse de se réunir dans un endroit comme celui-ci, suintant le vice sous toutes ses formes. Je regardai autour de moi.

— Laissez-moi deviner : c'était les tarifs imbattables ou les machines à sous ?

Le sourire perpétuellement serein de William, si bien assorti au ton de sa voix, se flétrit légèrement en réaction à mon sarcasme.

— Non, mon enfant. Nous sommes venus ici parce que… Quel meilleur endroit pour combattre les pécheurs que leur propre terrain ?

— Un casino, dit lentement David.

William acquiesça.

— Oui, mon frère. Cet endroit était déjà la cour de récréation du démon. Et le courroux du Seigneur s'est abattu sur lui avec une précision implacable. Il a transformé en impurs – les monstres que vous avez rencontrés dans la cuisine – tous ceux qui marchaient dans l'ombre de Satan.

Je secouai la tête.

— N-non. Vous ne comprenez pas. Ce n'est pas arrivé seulement ici, monsieur Blackwell.

— Père William, corrigea-t-il en se tournant vers moi. S'il vous plaît.

Il n'était pas question que je l'appelle ainsi.

— Nous venons de Seattle, poursuivis-je sans tenir compte de sa requête. À en croire les informations, l'épidémie est partie de là-bas ; elle a déjà ravagé toute la ville et continue à s'étendre.

Le visage de William s'illumina et je me raidis. Il semblait ravi par cette nouvelle. Se tournant vers le reste du groupe, il s'exclama :

— Vous avez entendu ça, mes frères et mes sœurs ? La vengeance de Dieu s'est abattue sur Seattle, cette ville du péché !

Incrédule, j'écoutai les fidèles chanter les louanges du Seigneur. L'idée que presque toute la population de la ville ait été éradiquée par cette horrible infection les excitait bel et bien. Levant les mains au ciel, ils commencèrent à se balancer.

Je pris doucement le bras de David pour attirer son attention, car il semblait aussi fasciné que moi par ce qui était en train de se produire sous nos yeux. Lentement, il baissa la tête et nos regards se croisèrent. Dans le sien, je vis le même dégoût et la même horreur abjecte que j'éprouvais à cet instant.

— David, chuchotai-je alors que les fidèles entamaient une prière. Euh, je crois que c'est une secte.

Il ne répondit pas.

— Nous sommes si heureux de vous accueillir parmi nous, dit Melissa quand William eut fini de remercier Dieu pour avoir exercé sa vengeance. Je suis persuadée que d'ici à quelques jours, vous vous sentirez comme chez vous parmi nous.

Elle me saisit le bras. Son geste était sans doute destiné à me réconforter, mais ses ongles s'enfoncèrent dans ma peau et j'eus plutôt l'impression qu'elle cherchait à m'empêcher de fuir.

— Je crains que vous vous mépreniez, lança David en prenant mon autre bras. (À présent, j'étais coincée entre eux, et ni l'un ni l'autre ne semblaient décidés à me lâcher.) Nous n'avons pas l'intention de rester. Sarah et moi nous rendons à Longview pour rejoindre notre famille. Nous ne comptions passer qu'une nuit ici.

Je remarquai qu'il n'invitait aucun de ces cinglés à se joindre à nous, même si c'était son intention quand il était parti en quête d'autres survivants.

William se tourna vers nous et les prières murmurées par ses fidèles moururent dans un hoquet de stupeur collective.

— Oh ! non ! Vous ne pouvez pas partir. Dieu vous a conduits à nous pour une raison.

— Écoutez, sans vouloir manquer de respect à votre foi, c'est l'enseigne du casino qui nous a conduits ici, pas le Seigneur, répliqua David.

Il essayait de masquer sa trouille et son irritation, et il s'en sortait bien. Je ne devinais ce qui se passait dans sa tête que parce que nous étions ensemble depuis très longtemps.

William, en revanche, ne put dissimuler sa fureur lorsqu'il se tourna vers lui, crachant les flammes et le soufre tel un prêcheur atteint de la rage.

— Ne blasphémez pas, aboya-t-il en écarquillant les yeux et en serrant les poings. Et ne tentez pas de vous dérober à la volonté de Dieu, sans quoi, vous aussi serez victimes de cette épidémie !

David et moi eûmes un même mouvement de recul. Les paroles de William avaient sonné comme une menace plutôt qu'une déclaration. Des tas de possibilités horribles se bousculèrent dans ma tête. D'autres personnes avaient-elles refusé son « offre » ? Les avait-il jetées aux zombies dehors ? Ces pauvres gens dans la cuisine…

Dave se pencha en avant.

— Avec votre aide, je suppose, siffla-t-il, les dents serrées.

Je m'interposai entre les deux hommes et me tournai vers William, tout en passant un bras derrière moi pour prendre la main de David et la presser doucement.

— Jamais nous n'aurions l'impudence de remettre en cause votre foi, dis-je d'une voix égale pour ne pas provoquer une émeute. (Ces gens étaient à bout de nerfs et susceptibles de craquer à tout instant ; je le voyais à leur expression.) Mais mon mari et moi avons traversé de nombreuses épreuves ces deux derniers jours et nous entendons nous rendre à

Longview pour vérifier que notre famille va bien. Nous apprécions votre hospitalité pour la nuit, mais demain matin, nous reprendrons notre route.

— Oh non ! dit Melissa avec un sourire qui n'atteignit pas ses yeux. Vous devez rester avec nous. Nous avons été épargnés par cette épidémie, et maintenant, Dieu nous ordonne de rassembler tous les survivants. Désormais, vous faites partie de notre famille.

J'ouvris la bouche pour protester, mais William m'en empêcha.

— Il est de notre devoir de repeupler la Terre.

Je déglutis. Tout en disant cela, il m'avait détaillée de la tête aux pieds, comme il aurait évalué la qualité d'une côte de bœuf. Je repensai à toutes les émissions consacrées aux sectes que j'avais regardées au fil des ans. Leurs dirigeants copulaient toujours avec les fidèles de sexe féminin, pas vrai ? Ils voulaient que tous les enfants soient les leurs.

— Maintenant, poursuivit William sur un ton de plus en plus menaçant, vous allez nous remettre vos armes.

David se raidit à côté de moi.

— Quoi ? C'est hors de question.

Les fidèles qui, jusque-là, étaient restés massés au fond de la pièce sans intervenir s'avancèrent soudain. Je les observai. Cette façon de se déplacer tous ensemble, cette expression figée… Ils ressemblaient presque à des zombies. Mais ils étaient humains – juste possédés par l'esprit du troupeau. Qui n'était ni moins dangereux ni moins terrifiant que les zombies.

— David, chuchotai-je.

Il jeta un coup d'œil au groupe et blêmit.

— Vous ne pouvez pas nous laisser sans défense.

William sourit.

— Oh ! Vous ne serez pas sans défense. Vous serez avec nous – donc, sous la protection de Dieu. Mais souvenez-vous, David : le Seigneur donne et le Seigneur peut aussi reprendre.

# CHAPITRE 17

## PRÉVOYEZ DES ESCAPADES EN AMOUREUX. OU DES ESCAPADES TOUT COURT.

À la décharge du *Sea King*, ses chambres étaient bien plus agréables que je ne l'imaginais lorsque nous avions franchi la porte d'entrée quelques heures auparavant. Ne vous méprenez pas : elles n'avaient rien de mirobolant, mais à voir l'état du rez-de-chaussée, je m'étais attendue à quelque chose de franchement plus glauque. Alors qu'en fait, il n'y avait pas de quoi se plaindre. La chambre que David et moi occupions était propre, meublée de deux lits *queen size* et d'un petit bureau situé près de la fenêtre. Malheureusement, cette chambre était aussi notre prison, ce qui m'empêchait de l'apprécier autant que si nous étions descendus au *Sea King* pour un week-end en amoureux.

Dave me tendit un cracker et une tranche de fromage qu'il avait dû couper avec un couteau en plastique. Oui, nos geôliers nous avaient donné à manger, mais ils ne nous faisaient pas suffisamment confiance pour nous attribuer des couverts en métal. C'était comme à bord d'un avion, les instructions pour les situations d'urgence en moins. Pourtant, nous en aurions eu bien besoin.

Je mordis dans le cracker en jetant un coup d'œil à la porte. J'avais déjà regardé plusieurs fois par le judas depuis que les larbins de William et de Melissa nous avaient jetés dans cette chambre (et même pas dans une suite, espèce de radins !). Chaque fois, j'avais vu des gardes en faction dans le couloir – et pas n'importe quels gardes : deux des fidèles les plus costauds, armés de machettes bien aiguisées qu'ils tenaient comme s'ils s'étaient entraînés à les manier. Le plus flippant, c'est que tel était peut-être le cas. Bref, je n'avais aucune intention de me colleter avec eux, d'autant que nous n'avions plus le moindre flingue pour nous défendre… et pas même un couteau à steak.

— Tu ne veux pas qu'on en discute ? finit par soupirer David.

— Qu'on discute de quoi ? demandai-je en buvant au goulot d'une petite bouteille d'eau minérale prélevée dans le minibar. Les sujets de conversation ne manquent pas.

Il rit doucement.

— Je voulais parler d'*eux*.

— Tu veux dire, M. et Mme Illuminés ? (Il acquiesça et je secouai la tête.) On n'aurait jamais dû sauver ce connard. On aurait dû laisser les zombies de la cuisine le choper.

Dave grimaça.

— J'admets que là, tout de suite, ça ne me déplairait pas de le voir se faire bouffer tout cru, mais sur le coup, on ne pouvait pas savoir.

Je haussai les épaules.

— Oui, c'est rare de tomber face à face avec un authentique…

Je baissai la voix, au cas où les gardes écouteraient à la porte pour rapporter ce que nous disions à William et à Mélissa.

— … gourou.

— Ouais, approuva David, les sourcils froncés.

— Même si j'aimerais faire comme si rien de tout ceci n'était réel, je suppose qu'il faut mettre un plan au point.

Que ça nous plaise ou non, il y a bel et bien une épidémie de zombies ; nous avons encore plus de cent cinquante kilomètres à faire pour arriver chez ta sœur… et nous venons d'être pris en otage par un ramassis de malades mentaux qui pensent que cette pandémie a été envoyée par Dieu. Ignorer le problème – ou les problèmes – ne va pas suffire à les faire disparaître.

— Bien résumé. (Dave se leva en époussetant les miettes de cracker de son pantalon.) Pour le moment, je crois que les zombies sont le dernier de nos soucis.

— Jamais je n'aurais cru que nous dirions ça un jour, acquiesçai-je en soupirant. Mais tu as raison.

Je frissonnai en repensant aux yeux morts des fidèles de Blackwell : ils contrastaient tant avec l'intelligence qui brillait dans ceux du gourou et de sa femme ! Contrairement aux zombies, ces deux-là savaient exactement ce qu'ils faisaient. Et si on se mettait en travers de leur chemin, on ne s'en tirerait pas. Ils feraient le nécessaire pour ça.

— Il faut sortir d'ici. (Je me frottai les yeux.) Le plus vite possible.

— À mon avis, c'est ce soir que nous avons le plus de chances de réussir.

Dave se mit à faire les cent pas dans la chambre. Arrivé à la fenêtre, il fit demi-tour, les poings serrés.

— J'ai vu de quelle façon il t'a regardée quand il a parlé de repeupler la Terre.

Je haussai les épaules.

— C'est typique des sectes, non ? D'après tous les documentaires que j'ai vus sur le sujet, les gourous manipulent systématiquement les femmes pour qu'elles les épousent ou couchent avec eux.

Dave fit volte-face. La crispation de ses épaules et de son cou montrait à quel point il était énervé. Je dois admettre que je ne détestais pas cette attitude de mâle viril qui se frappe la poitrine en clamant : « Cette femelle est à moi ! » C'était très nouveau de la part d'un type qui, d'habitude, ne s'intéressait guère qu'à ses jeux vidéo.

— Peu importe. Je ne le laisserai pas te faire ça, promit-il sans me regarder.

Je secouai la tête.

— Ce que je ne comprends pas, c'est comment ces gens ont pu péter les plombs aussi vite. L'épidémie ne s'est déclarée qu'hier.

Dave haussa les épaules en regardant par la fenêtre.

— J'imagine que ça remonte à beaucoup plus tôt. Tu as bien vu la pancarte sur la porte de la salle de réunion : « Fraternité Blackwell pour la Vérité de Dieu »... Ces gens étaient déjà cinglés. La situation leur fournit juste l'excuse qu'ils attendaient pour appliquer leurs préceptes. Un peu comme à Jonestown ou avec la comète, il y a quelques années [1].

Je déglutis. Tous les membres des sectes auxquelles il faisait allusion avaient fini par mourir, alors qu'il n'y avait même pas de horde de zombies devant leur porte pour aiguillonner leur hystérie de masse.

— Alors, comment on fait ? demandai-je. Il y a des gardes devant la porte. Et il est impossible de faire entendre raison à ces chers Bill et Mel.

Dave pivota lentement vers moi.

— Nous n'allons même pas essayer de discuter. Nous allons juste nous enfuir.

— Comment ? répétai-je en jetant un coup d'œil vers la porte et en baissant de nouveau la voix.

---

1. En 1978, plus de neuf cents adeptes de la secte « Le Temple du Peuple » se suicidèrent collectivement à Jonestown (ainsi baptisée d'après son gourou Jim Jones) ; en 1997, à l'apparition de la comète Hale-Bopp, une quarantaine d'adeptes de la secte « La Porte du Paradis » firent de même dans l'espoir de rejoindre un vaisseau spatial transportant Jésus qu'ils pensaient caché derrière la comète. (*NdT*)

Du pouce, David désigna la fenêtre en haussant un sourcil. Je le rejoignis très vite et regardai dehors. Le soleil était couché depuis belle lurette à présent et une obscurité effrayante s'était abattue sur la ville; mais il restait encore quelques lumières allumées à l'entrée du *Sea King* et dans le parking – ce qui me permit de voir que notre chambre surplombait l'auvent tendu au-dessus de l'entrée du casino.

Je me redressai et me tournai vers David, les yeux écarquillés. Pour la première fois depuis notre capture, je me surpris à espérer.

— Putain de merde, Dave! Il y a, quoi? Trois mètres maximum à sauter?

Il acquiesça.

— Et un peu moins que ça ensuite pour atteindre le sol. Je crois qu'on peut y arriver. William nous a pris les clés de l'Escalade, mais je te parie qu'il y en a sur le contact de certaines des voitures. Avec un peu de chance, nous en repérerons une tout de suite et nous pourrons nous barrer.

Je frissonnai.

— Mais… il y a des zombies là-dehors, chuchotai-je en scrutant les ténèbres que de véritables monstres arpentaient en quête de chair fraîche.

David passa un bras autour de mes épaules tandis que nous sondions l'abysse du regard.

— C'est vrai. Et je ne vais pas te mentir: ce sera dangereux. Mais je suis à peu près certain que si nous restons ici, ces dingues finiront par nous faire autant de mal que les zombies, voire pire. Je préfère tenter ma chance dehors.

J'acquiesçai. Ses paroles rampaient à travers le barrage de mes peurs et s'insinuaient dans mon esprit. Je l'avais beaucoup contredit et j'avais discuté bon nombre de ses décisions, mais cette fois, il n'y avait rien à dire. Il avait raison.

— Tu sais quoi? J'ai presque pitié des zombies, murmurai-je en observant le parking qui nous rendrait peut-être notre liberté. Ils tuent pour se nourrir, pour satisfaire leurs besoins les plus basiques. Comme des animaux. Ils n'ont pas le choix.

Dave haussa les épaules.

— Je n'irais peut-être pas jusqu'à éprouver de la compassion pour eux, mais il est vrai qu'on ne peut pas leur en vouloir.

— Ce type, en revanche… Ce William et sa femme… Ils savent ce qu'ils font. Ils mesurent les conséquences de leurs actes, de leurs menaces et de leurs enseignements. Mais ça ne les empêche pas de continuer. Et tu as raison : c'est plus effrayant que l'obscurité, plus effrayant que n'importe quel zombie.

— Alors, tu veux bien essayer ? demanda-t-il en me dévisageant.

Je me tournai vers lui et opinai.

— Je veux bien essayer.

Il me toucha la joue et, un instant, je crois que nous oubliâmes tout le reste alors que la tendresse l'emportait sur l'horreur de ce que nous avions vécu depuis la veille. Mais il fallait bien que la réalité reprenne le dessus à un moment donné. Ce fut moi qui finis par rompre le contact.

— D'accord, dis-je en reculant. Il nous faut une corde ou quelque chose de ce genre pour atteindre l'auvent.

Je promenai un coup d'œil inquisiteur à la ronde et mon regard se posa sur les deux lits.

— Pourquoi pas les draps ?

Mon idée parut inquiéter Dave.

— Hum, *Mythbusters* [1] n'avait pas consacré tout un épisode à démontrer qu'on ne peut pas utiliser des draps pour s'évader de prison ?

Je ris.

---

1. *Mythbusters* est une émission américaine durant laquelle deux spécialistes des effets spéciaux testent la validité de diverses rumeurs et légendes urbaines. (*NdT*)

— Je ne me souviens pas si l'expérience avait raté ou non. Mais je suppose qu'il va falloir la refaire pour eux. Nous n'avons rien d'autre sous la main, et si on saute sans rien pour ralentir notre chute, on risque de se blesser.

Dave haussa les épaules, mais je vis bien qu'il était nerveux. Ai-je mentionné que mon mari a le vertige ? Quand ma mère est venue nous rendre visite l'année dernière, nous l'avons emmenée à l'Aiguille spatiale. Dave a refusé de regarder par la baie vitrée. Il est resté dans la boutique au milieu du dôme, à faire semblant d'admirer les cartes postales. Pour qu'il suggère de nous évader par une fenêtre, il fallait vraiment que l'heure soit grave.

— Je passerai la première, promis-je en commençant à défaire le lit le plus proche. Et je te rattraperai si tu tombes.

— Génial ! répondit-il en riant tout en jetant les oreillers de l'autre côté du lit. Je m'en souviendrai quand je t'aplatirai comme une crêpe.

# CHAPITRE 18

PRODIGUEZ DES MARQUES D'AFFECTION PHYSIQUES À VOTRE PARTENAIRE. QUELLE MEILLEURE PREUVE D'AMOUR QUE DE PORTER TOUT SON POIDS EN PLUS DU VÔTRE ?

— Ça m'a l'air bien, commentai-je en regardant Dave s'affairer près du radiateur.

Il avait tressé les draps des deux lits pour en faire une corde robuste et les nœuds au moyen desquels il venait d'attacher cette dernière me paraissaient aussi solides que possible. C'est dans des moments comme celui-là que je me réjouissais d'avoir épousé un boy-scout. Ce n'était pas la première fois au cours de notre relation que ses talents se révélaient utiles.

… Ben quoi ? Tout le monde fait des expériences dans le secret de sa chambre à coucher. Merci de ne pas nous juger.

Bref. J'ouvris la fenêtre en grand et jetai la corde à l'extérieur. Elle se balança doucement dans la brise nocturne avant de s'immobiliser à l'aplomb de l'auvent en contrebas.

— Elle n'est pas tout à fait assez longue, constatai-je avec un soupir. Mais ça fera beaucoup moins haut à sauter.

Je reportai mon attention sur David qui me dévisageait, les yeux écarquillés. Il tentait de contrôler sa peur, mais maintenant que le moment était venu de se jeter littéralement dans le vide, il avait de plus en plus de mal. Je lui tapotai le bras.

— Ça va aller, promis-je. Je passe la première, d'accord ?

Dave se raidit. Avant qu'il puisse répondre, j'enjambai le rebord de la fenêtre et, m'agrippant à la corde de toutes mes forces, entamai ma descente.

Si vous décidez un jour de descendre une façade d'immeuble en rappel, un conseil : portez des gants. Le temps que j'atteigne le bout de la corde, mes paumes étaient meurtries et à vif à cause de la friction du coton contre ma peau. J'étais tellement impatiente de lâcher prise que je dus me concentrer sur la façon dont je voulais atterrir pour ne pas me laisser tomber comme un caillou. Je me reçus correctement, arrachant tout juste un craquement métallique à l'armature de l'auvent, et m'écartai pour faire de la place à mon mari.

Je levai les yeux. Dave m'observait toujours depuis la fenêtre grande ouverte.

— Tu peux y aller, lançai-je d'une voix aussi douce que possible et néanmoins assez forte pour qu'il m'entende. Ce n'est pas si terrible !

Bien entendu, je mentais. Dave était plus lourd que moi ; par conséquent, il allait trouver la descente plus difficile. Mais il ne me semblait guère judicieux de le lui faire remarquer alors qu'il était déjà si angoissé. Je me contentai donc de lever le pouce et de retenir mon souffle.

— Je ne peux pas le faire, Sarah, finit-il par chuchoter.

— Et merde ! jurai-je entre mes dents.

Je savais qu'il avait le vertige, mais je n'avais pas pensé que ça pourrait le paralyser. Et je n'étais plus en haut pour l'aider ou le pousser.

— David ! dis-je assez sèchement pour attirer son attention.

Il hocha la tête et je poursuivis :

— Tu peux le faire, bébé. Regarde-moi.

Il focalisa son regard sur moi. Il était blême dans la lumière des lampadaires.

— Tu peux le faire, répétai-je. Tu *dois* le faire. Pour moi.

À ma grande surprise, ces mots l'arrachèrent à sa torpeur. Saisissant la corde à deux mains, il enjamba l'appui de la fenêtre. Je vis qu'il haletait, mais, lentement, il commença à descendre. Plus il se rapprochait de moi, plus je lisais de la douleur sur son visage. Lui aussi, il avait la peau arrachée par la friction. Mais contrairement à moi, il n'arriva pas jusqu'au bout de la corde avant de lâcher un juron, de laisser le reste filer entre ses mains et de dégringoler dans le vide.

Il atterrit sur le dos. Au début, je crus qu'il allait se relever. Puis il se mit à se balancer en se tenant la jambe et en se mordant la lèvre pour ne pas crier, de peur d'attirer les zombies – ou les gourous – éventuellement tapis dans le parking.

Je m'agenouillai près de lui et lui pris le bras. Son visage se crispa de douleur et cela me donna envie de pleurer. Mais je ne pouvais pas me le permettre.

— Bébé, soufflai-je tout bas. Bébé, tu vas bien ?

Dave ferma les yeux et je le vis lutter pour se ressaisir. Il acquiesça.

— Oui, je vais bien, grogna-t-il. Allez, on continue.

Je doutais qu'il soit en état de poursuivre, mais il n'attendit pas que je donne mon avis. Avec un gémissement digne d'un zombie affamé, il se traîna jusqu'au bord de l'auvent et baissa les yeux. À peine plus de deux mètres nous séparaient du sol. C'était faisable, surtout en se suspendant au bord, mais avec une cheville déjà blessée… Disons que ça présentait une difficulté supplémentaire.

À sa décharge, David ne se plaignit pas. Il serra les dents, se mit en position, respira un bon coup et se laissa tomber. Je l'imitai aussi vite que je pus et atterris près de lui. L'impact fut brutal, mais je ne me fis pas mal. David, en revanche…

Assis par terre, il tenait sa jambe contre sa poitrine tandis que des larmes silencieuses coulaient sur ses joues.

— Merde ! chuchotai-je en passant un bras autour de lui pour l'aider à se mettre debout. Tu t'es cassé quelque chose, pas vrai ?

Il acquiesça.

— Peu importe. Il faut y aller.

Je le laissai s'appuyer sur moi. Moitié boitant moitié courant, nous nous élançâmes à travers le parking.

Au cours d'un mariage, il y a toujours un moment où un des membres du couple doit donner davantage. Je savais que c'était mon jour, et pour une fois, je ne rouspétai pas. Tandis que Dave se mordait la lèvre pour ne pas hurler de douleur, je cherchai du regard une voiture dont la clé serait toujours sur le contact. N'importe laquelle – n'importe quel tas de ferraille ferait l'affaire. Désormais, je me fichais bien de la radio satellite et des sièges baquets. Je voulais juste que Dave puisse s'asseoir, pour ne plus avoir à s'appuyer sur sa jambe blessée, et qu'on foute le camp de cet endroit maudit.

Nous étions à peu près au milieu du parking quand un rugissement s'éleva derrière nous. Sans m'arrêter, je jetai un coup d'œil par-dessus mon épaule et fus choquée de voir que ce son ne sortait pas de la gorge de zombies. Les fidèles venaient de surgir du casino et se ruaient vers nous. William conduisait leur charge féroce, ses cheveux blonds flottant dans son dos. La lumière qui se déversait par l'entrée du casino formait comme un halo autour de sa silhouette, lui donnant réellement l'apparence d'un messager de Dieu envoyé sur Terre pour éliminer les vilains pécheurs dans notre genre.

— Cours, bébé, chuchotai-je à David. Cours !

Il se mit à sautiller le plus vite possible, mais je le sentis ralentir à chaque pas comme il luttait contre la douleur de sa blessure.

Je regardai en arrière. Les fanatiques avaient déjà couvert la moitié de la distance qui nous séparait. Ils brandissaient des machettes et des couteaux ; l'un d'eux tenait même un sabre. Ils allaient nous rattraper et nous massacrer. Cette idée me terrifiait. Je l'avoue sans problème maintenant ; en fait, je l'aurais admis sans problème sur le coup. Suffoquant de panique, j'imaginai toutes les choses horribles qu'ils allaient nous faire avant de nous tuer. C'était affreux d'avoir survécu à tant d'attaques de zombies pour finir dépecés par un groupe de cinglés qui interprétaient la Bible de travers.

Mais alors qu'ils allaient nous rejoindre – ils étaient si près de nous que je voyais les yeux de William briller dans la lumière des lampadaires –, une horde de zombies surgit du couvert des arbres sur la gauche du parking. Je fus si choquée de les voir attaquer en groupe que je faillis m'arrêter net. Ils étaient trop nombreux pour que je puisse les compter, probablement plus nombreux que lorsque Dave et moi avions brûlé notre ancienne voiture dans le quartier international de Seattle. Grognant de faim et de douleur, ils se répandaient telle une flaque de boue grise et ondulante.

Jamais encore je n'avais été si heureuse de voir des zombies. Leur apparition détourna l'attention des membres de la secte, qui se tournèrent vers eux en poussant un cri de guerre.

— Éradiquez les impurs ! tonna William en chargeant dans leur direction.

— Cours ! me souffla Dave. Vite, vite, vite !

M'arrachant à ma surprise, je me remis à avancer.

Un des zombies se détacha de la horde pour se précipiter vers nous. Comme nous étions ralentis par la blessure de David, il nous rattrapa facilement. Je poussai mon mari derrière moi et fis ce que les héros finissent toujours par faire à un moment ou à un autre dans les films de zombies : je m'en remis à mes plus beaux mouvements de kung-fu.

Autant vous dire que ce ne fut pas joli-joli. Ce qu'on oublie de vous montrer au cinéma, c'est que les zombies sont un peu… spongieux. À bien y réfléchir, c'est assez logique : après tout, ce sont des morts-vivants et ils se décomposent lentement mais sûrement.

Quand le zombie nous atteignit, je lui lançai mon pied droit dans le ventre. Je m'attendais à ce qu'il vole en arrière façon *Matrix* ; au lieu de ça, mon pied s'enfonça dans sa chair comme dans des sables mouvants.

Un instant, le zombie et moi nous dévisageâmes avec la même mine perplexe, probablement très comique d'un certain point de vue. Puis il découvrit les dents et gronda d'un air menaçant. Du fluide noir dégoulina le long de son menton tandis que ses yeux rouges brillaient dans la lumière des lampadaires.

— Et merde ! grognai-je. Pas ça !

Dégageant mon pied droit, je le reposai par terre et lançai le gauche le plus haut possible. Touché au menton, le zombie tituba en arrière et heurta une voiture en stationnement. Je fus choquée de voir le rétroviseur latéral lui transpercer le dos et ressortir par son ventre, formant une bosse bien dessinée sous le tissu à carreaux de sa chemise. Dave et moi poussâmes la même exclamation.

— Huuuuuu !

Le zombie grogna et tenta de se dégager, mais il était coincé. Je m'arrachai à mon dégoût pour saisir cette occasion inespérée. Je pris la main de Dave et nous nous remîmes à courir. Derrière nous, le zombie poussa un rugissement. Je jetai un coup d'œil par-dessus mon épaule et vis d'autres créatures se détacher du groupe qui se battait contre les membres de la secte.

— Une voiture, il nous faut une voiture ! marmonnai-je.

Faute d'armes, c'était notre seul espoir de nous en sortir vivants.

— Là, dit Dave d'une voix tendue par la douleur, en désignant l'allée voisine.

Je hâtai le pas dans la direction indiquée jusqu'à ce que j'aperçoive une voiture avec un gros trousseau de clés suspendu au tableau de bord. Elle était arrêtée sous un lampadaire et le porte-clés était vert fluo, mais je tapotai tout de même l'épaule de Dave en ouvrant la portière et en le poussant sur le siège passager.

— Bien vu, Œil-de-Lynx !

Je contournai très vite la voiture, en m'efforçant de ne rien laisser paraître de ma consternation grandissante. Notre ancien pot de yaourt à roulettes était une berline datant du milieu des années 1990, sans autre option qu'un lecteur de CD. Elle était bruyante et elle empestait les chips au fromage quand nous mettions le chauffage en hiver. Mais comparée à la bagnole que David venait de nous dégotter, c'était un vrai carrosse !

Notre nouveau moyen de transport ressemblait à un paquebot du début des années 1980. Plus tard, David me révéla que c'était une Chevrolet Caprice. Elle était d'un bleu horrible… du moins, aux endroits où la poussière et la rouille laissaient voir la carrosserie. Tout en me glissant derrière le volant, je songeai que le précédent propriétaire devait toujours laisser la clé sur le contact. Franchement, qui volerait une horreur pareille ?

Je claquai la portière, qui se ferma avec un grincement métallique peu engageant. La seconde d'après, non pas un mais trois zombies percutèrent mon côté de la voiture en même temps. Je poussai un hurlement aigu de fille tandis qu'ils griffaient les vitres, les barbouillant de sang et de fluide noir dans leurs efforts pour nous atteindre.

Je tournai la clé de contact d'une main tremblante et le massif moteur V8 s'éveilla en rugissant. Je sortis de la place de parking en marche arrière, le pied au plancher. D'un brusque coup de volant, j'envoyai bouler les zombies agrippés au côté passager. Ce fut très satisfaisant de les voir projetés dans les airs et s'écraser contre les lampadaires ou d'autres voitures.

Dave et moi jetâmes un coup d'œil alentour. Le capot de notre voiture était tourné vers la bataille qui faisait toujours rage au milieu du parking. Pendant une minute, nous observâmes la scène en silence. Les fidèles brandissaient leurs lames, décapitant les zombies avec autant de facilité que dans un jeu vidéo. Mais de temps en temps, les créatures marquaient quelques points, elles aussi. Deux ou trois d'entre elles avaient planté leurs dents dans le cou d'un humain, qu'elles griffaient et dévoraient avec la frénésie d'un animal enragé.

En me tordant le cou, je parvins à repérer William au cœur de la mêlée. Il massacrait un groupe d'enfants zombies, qu'il taillait en pièces avec une joie effrayante. Soudain, il se tourna vers notre voiture et nous dévisagea avec une expression pleine de colère et d'amertume. Les sourcils froncés, il se dirigea vers nous.

J'étais sur le point d'enfoncer l'accélérateur pour ficher le camp de cet endroit maudit quand un zombie se dressa sur le toit d'une camionnette au passage du « prophète ». Avec un grognement, il bondit et atterrit pile sur William. Tous deux s'écroulèrent dans un enchevêtrement de bras, de jambes et de doigts recourbés comme des griffes.

Sans hésitation, le zombie planta ses dents dans la chair du gourou. Les cris de William nous parvinrent étouffés par les vitres de notre voiture. Je secouai la tête. En fin de compte, Dieu ne l'avait pas si bien protégé que ça.

— Regarde, dit Dave.

Il désignait l'entrée du casino.

Plantée sur le seuil, Melissa Blackwell observait toute la scène. Elle vit le zombie dévorer son époux, aspirer sa vie et le condamner à arpenter la Terre sous la forme d'un de ces morts-vivants qu'il haïssait tant. Mais avant que je puisse éprouver de la pitié pour elle, Melissa se détourna et rentra dans le bâtiment, poussant devant elle les femmes et les enfants qui l'entouraient.

— On dirait que la Fraternité Blackwell pour la Vérité de Dieu a un nouveau chef, commenta Dave en secouant la tête.

Je repensai au regard vif et intelligent de Melissa, à la façon dont elle m'avait agrippé le bras un peu plus tôt.

— Que Dieu leur vienne en aide, murmurai-je en faisant demi-tour avant de plonger dans la nuit et dans l'inconnu.

# Chapitre 19

Quand vous avez eu tort, admettez-le.
Ça ne soignera pas votre jambe cassée,
mais votre partenaire appréciera quand même.

En temps normal, le parc dans lequel nous nous étions arrêtés près de l'aéroport aurait été un endroit très dangereux la nuit. Pour commencer, il était mal éclairé. Le lampadaire sous lequel je m'étais garée clignotait à peine ; deux des autres ne fonctionnaient plus du tout. À cause de la proximité de Sea-Tac, le rugissement des avions résonnait nuit et jour ; du coup, le quartier n'était pas très prisé et attirait le genre d'individus louches qui faisaient grimper le taux de criminalité en flèche.

Mais ce soir-là, il n'y avait pas de dealers à éviter, pas de racaille tapie dans l'ombre attendant l'occasion de voler une bagnole – personne qui puisse être tenu pour responsable de ses mauvaises intentions. Je ne doutais pas que les zombies pullulent dans les environs, mais ce n'était pas leur faute s'ils avaient besoin d'attaquer des gens. Et de toute façon, mon problème le plus immédiat ne se situait pas à l'extérieur : il se trouvait dans notre propre voiture.

— Passe à l'arrière si tu peux, dis-je en coupant le moteur.

David frémit en défaisant sa ceinture de sécurité. Il pivota sur son siège avec une inspiration sifflante et observa le dossier. Par chance, comme la voiture était très basse, ce dernier l'était aussi. Dave ferma brièvement les yeux, puis l'escalada et se laissa retomber sur la banquette arrière. Il parvint à retenir la plupart de ses gémissements et de ses jurons, mais je me doutais que sa jambe devait lui faire affreusement mal.

Lorsqu'il fut allongé, je me glissai sur le siège passager et ouvris la boîte à gants. Nous n'avions rien pu emporter dans notre fuite ; je n'avais donc que l'espoir de trouver quelque chose d'utile dans la voiture.

La boîte à gants était assortie au reste du véhicule : grande, vieille et crasseuse, mais j'aperçus immédiatement un paquet de clopes bon marché et un briquet. J'empochai celui-ci pour un usage futur. En fouillant dans le reste du bordel, je dénichai une flasque de whisky que je passai à David sans un mot. Qu'il s'en serve d'anesthésiant ou que nous l'utilisions plus tard pour nettoyer nos plaies, c'était une trouvaille précieuse.

— Hé, regarde ça ! appela Dave depuis la banquette arrière.

En me retournant, je vis qu'il brandissait un GPS. Surprise, je secouai la tête.

— Dans une épave pareille… qui l'eût cru ?

Dave examina l'appareil. Celui-ci était déballé mais encore neuf, comme en témoignait le film plastique sur l'écran.

— Il était planqué sous le siège. Il a peut-être été volé. En tout cas, il pourra nous servir si les satellites émettent toujours.

Je gardai le silence. Si les satellites n'émettaient plus, ça signifiait qu'en moins de deux jours, une épidémie qui s'était déclarée à Seattle avait ravagé l'ensemble des États-Unis, et peut-être le reste du monde – une idée si monstrueuse qu'elle me comprima la poitrine et me coupa le souffle. Mais j'avais trop de choses à faire pour paniquer. Alors, je la mis de côté et poursuivis mes fouilles dans la caverneuse boîte à gants.

J'en retirai des papiers et autres cochonneries jusqu'à ce qu'elle soit presque complètement vide. Puis je touchai quelque chose de froid et de métallique qui m'arracha un sourire. Planqués au fond de la boîte à gants se trouvaient un pistolet de petit calibre et une boîte de balles à moitié pleine.

— Vise ça ! dis-je en les brandissant avec un sourire aussi large que celui d'une gamine le matin de Noël.

— Génial ! (Dave poussa un soupir de soulagement.) Au moins, on n'est pas complètement désarmés. Mais ce truc ne fera pas beaucoup d'effets aux zombies à moins qu'on réussisse à les toucher en pleine tête.

— Et il n'y a pas beaucoup de munitions, ajoutai-je en jetant le flingue sur la banquette arrière avant de me glisser entre les sièges avant pour rejoindre Dave. Mais c'est mieux que rien. Maintenant, fais-moi voir cette jambe.

Il hésita avant de poser sa jambe blessée sur mes genoux. Je relevai son pantalon et pris une inspiration sifflante. Son mollet droit était tout enflé et hideux.

— Merde ! murmura-t-il en laissant aller sa tête contre le dossier. C'est encore pire que ce que je croyais.

— C'est pas beau à voir, concédai-je, mais je ne suis pas sûre que ce soit cassé.

Je palpai son tibia. Dave frémit à chaque pression, mais je ne sentis pas de fracture.

— Ça pourrait n'être qu'un hématome osseux, suggérai-je.

Il acquiesça.

— Je regrette qu'on n'ait pas de glace pour faire dégonfler. (Avec un demi-sourire, il désigna la flasque de whisky.) Et pour mettre là-dedans.

Je me forçai à lui rendre son sourire, même si je n'étais pas franchement d'humeur joyeuse.

— S'il ne nous manquait que ça…

Dave ferma les yeux.

— Récapitulons. Nous avons un flingue de petit calibre avec, quoi ? Une vingtaine de balles ?

J'acquiesçai en posant moi aussi ma tête contre le dossier.

— Et rien d'autre niveau matos ou provisions.

— D'accord. (Dave baissa les yeux.) Et cassée ou pas, ma jambe est pratiquement inutilisable.

— Sans compter qu'il fait nuit et que nous ne pouvons pas regagner l'autoroute tant que nous n'y verrons pas assez pour éviter les obstacles. Et qu'il risque d'y avoir… non, qu'il y a sûrement des zombies dans les parages, même s'ils ne nous ont pas encore repérés.

Je frissonnai. J'essayais de rester calme, mais la situation ne semblait guère encourageante.

Dave garda le silence un long moment. Si long, en fait, que je crus qu'il s'était endormi ou évanoui à cause de la douleur. Mais il finit par tourner la tête vers moi pour me dévisager.

— Sarah, je suis désolé d'avoir merdé.

Le ton de sa voix autant que ses mots me firent froncer les sourcils.

— De quoi tu parles ? Tu n'as pas merdé. Je te trouve épatant depuis le début de cette histoire. Et tu m'as sauvé la vie plus d'une fois.

— Je l'ai aussi mise en danger, dit-il en frottant son menton couvert d'une barbe naissante.

— Ce n'est pas ta faute si une épidémie de zombies s'est déclarée dans notre ville, protestai-je.

— Peut-être pas, mais tout à l'heure, tu ne voulais pas rentrer dans ce casino. Tu avais un million de bonnes raisons de refuser, mais tu l'as fait quand même parce que j'ai insisté. Si je t'avais écoutée au lieu de m'obstiner à vouloir fouiller cet endroit, nous aurions toujours l'Escalade et toutes nos affaires, et je ne serais pas blessé.

Je haussai les épaules. Tout cela était vrai, mais les leçons du docteur Kelly au sujet du mariage devaient commencer à porter leurs fruits, parce que je ne fulminais pas. Six mois plus tôt, je serais tombée sur David à bras raccourcis et je l'aurais agoni de reproches. Désormais… je me réjouissais juste qu'on soit toujours vivants et ensemble.

— Ça, tu n'en sais rien, répliquai-je. Même si nous avions fait ce que je voulais et cherché une maison où passer la nuit, nous aurions pu tomber sur des dingues, nous faire attaquer par des zombies ou être blessés et perdre nos affaires d'une autre façon.

— Mais si…

Je l'interrompis en posant ma main sur la sienne.

— On peut faire des hypothèses jusqu'au lever du soleil : ça ne changera rien. Nous avons tous les deux fait des choix et nous avons pris la plupart de ces décisions ensemble. Souviens-toi de ce que je t'ai dit. Tout ça est encore nouveau pour nous. Nos mésaventures de ce soir nous auront au moins appris quelque chose.

Malgré sa douleur, Dave rit doucement.

— Plus de casinos !

Je gloussai avec lui.

— Une leçon valable en toutes circonstances. Je ne veux pas finir en mémé zombie, collée à sa machine à sous jusqu'à la fin des temps.

— Mais juste avant l'attaque…

Je secouai la tête.

— Non. Ce que tu m'as dit avant d'entrer dans le casino était très juste, même si je n'avais pas envie de l'entendre. Il est temps de cesser de regarder en arrière, de nous détester nous-mêmes et de nous punir mutuellement. À partir de maintenant, je te propose qu'on se contente d'avancer.

Je lui tendis ma main et il hésita un instant avant de la serrer pour sceller notre accord.

— Entendu.

Il me sourit et je fus prise d'une folle envie de l'embrasser, comme quand nous étions encore lycéens et que nous nous pelotions sur la banquette arrière de sa poubelle roulante dans un parc au milieu de nulle part. Je me penchai vers lui et il en fit autant, mais avant que nos lèvres se rencontrent, il se redressa brusquement et regarda par le pare-brise avant.

— Wouah, murmura-t-il. Un zombie joggeur.

Je me tordis le cou pour voir… et ne pus m'empêcher de glousser. Un zombie obèse trottinait maladroitement sur la piste de course qui longeait le parking. Il portait un jogging en velours vert pomme et un bandeau vert fluo en provenance directe de l'année 1985 – sans doute acheté à l'époque où notre nouvelle voiture avait quitté la chaîne de montage.

— Wouah, c'est le mot, acquiesçai-je en me radossant à la banquette. Apparemment, son sens de la mode est décédé longtemps avant lui.

— À sa décharge, au moins, il se bouge ! fit remarquer Dave.

Je ris tandis qu'il tendait la main pour verrouiller la portière de son côté. Bonne idée. J'en fis autant du mien.

— Tu devrais poser ta tête sur mon épaule et essayer de dormir, suggéra-t-il en me prenant le flingue. On montera la garde à tour de rôle. Cela dit, notre joggeur n'a pas l'air de beaucoup s'intéresser à nous.

Je voulais protester, dire que c'était à lui de se reposer le premier puisqu'il était blessé, mais je me retins. Quels que soient les arguments que j'avancerais, David se sentirait coupable de nous avoir mis dans cette situation. Monter la garde pendant quelques heures l'aiderait peut-être à s'en remettre. Et puis, j'étais tellement crevée que mes yeux se fermaient tout seuls. J'avais conduit une grande partie de la journée. Il fallait que je dorme pour récupérer.

Alors, je posai ma tête sur l'épaule de mon mari. Il passa un bras autour de moi et je me lovai contre lui. La banquette était large et étonnamment confortable. Très vite, je sombrai dans un profond sommeil. Mais je ne vous raconterai pas les rêves que je fis : ils étaient beaucoup trop impressionnants et terrifiants.

Et lorsque je me réveillai, je constatai que la réalité ne valait guère mieux.

# Chapitre 20

## Trouvez des moyens créatifs de vous amuser ensemble. Le pillage, par exemple, est une activité largement sous-estimée.

Les premiers rayons de soleil inondaient l'habitacle de notre voiture lorsque je m'étirai en scrutant le visage blême de David.

— Nous sommes toujours en vie, dis-je en lui souriant dans l'espoir qu'il me rende mon sourire. C'est un bon début.

Dave acquiesça, mais je vis à quel point il souffrait. Il n'avait pas pu surélever sa jambe pendant la nuit et je doutais qu'il ait réussi à dormir plus d'une heure ou deux. J'ajoutai mentalement à ma liste de choses à faire « trouver des sédatifs et des somnifères ».

— Oui, grâce à tes exploits au tir.

Je haussai les épaules. Même si la nuit avait été globalement calme, quelques incidents s'étaient produits – en attestait la demi-douzaine de zombies qui gisaient sur le parking autour de notre voiture. Niveau précision, je m'améliorais à la vitesse grand V.

— Quand même, c'était moins terrible que ce qu'on croyait, fis-je remarquer.

Dave se pencha en avant. Je tendis un bras pour lui frotter le dos. Il poussa un soupir de contentement et dit :

— Qui eût cru que nous faire attaquer six fois et devoir tuer des morts-vivants en pleine nuit serait « moins terrible que ce qu'on croyait » ?

— Le monde change, marmonnai-je.

Dave acquiesça, le regard lointain.

— Ouais. Tu sais, je crois qu'il va falloir trouver une armurerie et une épicerie avant de reprendre la route aujourd'hui.

Il se dandina et je le massai plus fort tout en tâtonnant sur la banquette avec ma main libre.

— Un magasin avec un rayon pharmacie, de préférence, ajoutai-je en trouvant le GPS.

Je le posai sur mes genoux et l'allumai. Dave et moi regardâmes attentivement l'écran au bas duquel s'inscrivaient les mots : « Recherche satellite ». Lentement, une barre rouge commença à se remplir tandis que le système cherchait à se connecter. Nous attendîmes en retenant notre souffle de découvrir si nous étions désormais seuls au monde ou s'il restait encore des gens là-dehors.

Quand l'écran vira au bleu et afficha : « Connexion établie. Où voulez-vous aller ? », j'aurais pu en pleurer de joie. Ce n'était qu'un espoir bien mince, mais il avait le mérite d'exister. En utilisant la fonction de recherche, je localisai rapidement tous les magasins de sport des environs. Il me semblait que nous aurions besoin d'armes bien avant d'avoir besoin de nourriture ou de toute autre chose.

— Le premier magasin sur la liste, c'est *Chez Bingo*, à moins d'un kilomètre et demi d'ici, annonçai-je.

— Ça me paraît bien, acquiesça Dave.

Je voulus passer entre les sièges de devant pour prendre le volant, mais il me retint par un passant de ma ceinture et me tira en arrière.

— Je ne veux pas recommencer ; ça fait trop mal. Je prends le risque de sortir.

— D'accord, mais laisse-moi sortir de l'autre côté pour te couvrir, dis-je en saisissant le flingue chargé.

À ma descente de voiture, je fus accueillie par une bouffée d'air matinal encore frisquet. Un léger brouillard planait au ras du sol, donnant un aspect étrange et beaucoup trop tranquille au parking désert.

Je jetai un rapide coup d'œil à la ronde et, n'apercevant pas de zombies, me dépêchai de contourner la voiture et d'aider Dave à en sortir. Il prit prudemment appui sur son pied droit et nous poussâmes tous deux un soupir de soulagement en voyant que sa jambe supportait son poids.

— Tu avais peut-être raison. Ce n'est sans doute qu'un hématome osseux, dit-il en boitillant jusqu'au siège passager, dans lequel je l'aidai à s'installer.

J'espérais bien que oui.

Quand il eut refermé sa portière, je me dirigeai vers le coffre de la voiture. La veille au soir, il faisait trop noir pour que je le fouille, mais puisque j'étais déjà dehors, autant y jeter un coup d'œil. Après avoir regardé des deux côtés au moins une centaine de fois, j'insérai la clé dans la serrure et tournai.

Le coffre contenait une batte de base-ball et un cric. Je les pris tous les deux dans ma main libre. Il y avait également quelques couvertures et une trousse de premiers secours, que je fourrai sous mon bras gauche avant de refermer le coffre.

Un bruissement s'éleva des fourrés sur ma droite. Je pivotai, brandissant mon flingue d'une main tremblante. Je vis remuer des feuilles ; puis un chat tigré surgit de la pénombre en feulant. Je me raidis en repensant à notre conversation du premier jour. Était-il possible que ce soit un chat zombie ? Nous n'avions pas vu beaucoup d'animaux depuis le début de l'épidémie ; ça ne signifiait pas qu'ils n'étaient pas cachés autour de nous, n'attendant qu'une occasion de bondir.

Mais le chat s'assit au milieu du parking et commença à se nettoyer à grands coups de langue, comme si rien n'avait changé pour lui depuis deux jours – comme s'il n'avait été poursuivi par aucun zombie. Ce qui signifiait sans doute que ces derniers ne s'intéressaient pas aux animaux. Quoi qu'ils puissent chercher, ils ne le trouvaient sans doute que chez les humains.

— Petit veinard ! murmurai-je à l'adresse du chat en poussant un gros soupir de soulagement.

Je remontai en voiture, claquai ma portière et la verrouillai. Dave me débarrassa du flingue et de ce que j'avais trouvé dans le coffre. Nous bouclâmes notre ceinture de sécurité et il tint le GPS pendant que je sortais du parking.

Suivre les indications fournies par l'appareil nous occupa un moment. Je devais zigzaguer entre les voitures arrêtées et les corps qui jonchaient le sol, si bien que le temps estimé jusqu'à destination ne cessait d'augmenter au lieu de diminuer, mais finalement, nous pénétrâmes dans un immense parking au fond duquel se dressait un magasin de sport. Il n'appartenait pas à l'une des enseignes les plus connues, mais du moment qu'il avait un rayon « chasse » ou « armurerie », je m'en fichais.

— Tu devrais peut-être rester dans la voiture, suggérai-je en regardant la grosse bâtisse qui se découpait contre le ciel pâlissant.

Dave se tourna vers moi en agrippant la batte de base-ball.

— Tu es folle ? Il n'est pas question que je te laisse y aller seule. Je pourrai au moins pousser le chariot pour que tu aies les mains libres.

Je le dévisageai. Il pouvait tenir debout et marcher lentement, mais en cas d'attaque de zombie, j'avais horriblement peur qu'il ne soit pas assez rapide. Et si je n'étais pas en position de l'aider… Mais la détermination de son regard et la façon dont il serrait les dents me disaient qu'il ne céderait pas. Et franchement, si nos positions avaient été inversées, j'aurais réagi de la même façon. Avec un soupir, je lui fis signe d'ouvrir sa portière.

Nous traversâmes le parking lentement, en prenant notre temps pour ménager la jambe de Dave et pour repérer d'éventuels agresseurs. Je vis bien quelques zombies en bordure du parking, mais ils erraient comme des enfants ou des chiens perdus, sans faire attention à nous.

Les portes d'entrée de *Chez Bingo* étaient automatiques, mais quelqu'un avait dû les désactiver. Je dus écarter les lourds battants de verre et de métal, me glisser entre eux et m'arc-bouter pour les ouvrir suffisamment. Nous pûmes enfin nous glisser à l'intérieur du magasin. Nous espérions bien y être davantage en sécurité que dans le parking où nous nous sentions affreusement vulnérables.

À peine entrée, je fus assaillie par la vision des rayonnages, si pleins et si rapprochés qu'il y avait à peine la place de marcher entre eux. Le magasin n'était pas immense ; pourtant, je ne savais déjà plus où donner de la tête.

— Ça ne me plaît pas, chuchotai-je. Si nous nous écartons de l'allée centrale, nous n'aurons qu'un champ de vision et de manœuvre très limité.

Dave acquiesça et leva la tête pour examiner les pancartes colorées pendues au plafond, qui indiquaient à quel sport était dédié chaque rayon : « Golf », « Basket-ball », « Football », « Volley-ball », « Pêche »… et dans le fond, « Chasse et Armurerie ».

Nous échangeâmes un sourire avant de prendre un chariot et de nous diriger vers les flingues qui n'attendaient que nous. Comme nous longions des rayons de vêtements, j'en profitai pour prendre quelques tee-shirts de rechange et une paire de boots de randonnée, le genre super cher que je n'aurais jamais pu m'offrir avant. À ma décharge, mes Keds étaient imbibées de sang et j'allais avoir besoin de chaussures plus solides si nous rencontrions d'autres barrages sur la route de Longview.

Enfin, nous arrivâmes au fond du magasin et pénétrâmes dans une zone partiellement fermée, une sorte de boutique à l'intérieur de la boutique – également connue sous le nom de « Mecque ». Derrière le comptoir, des fusils à pompe et des carabines s'alignaient sur des présentoirs, tandis que les armes de poing reposaient dans une vitrine en verre. Le métal brillait joliment dans la lumière fluorescente des néons, et pendant un long moment, nous contemplâmes ce trésor avec un sourire béat.

— Je m'occupe des munitions, proposa Dave.

Il se traîna vers les étagères en utilisant le chariot comme un déambulateur.

De mon côté, j'examinai l'artillerie proprement dire. Les fusils à pompe s'étaient déjà révélés très efficaces, mais à distance rapprochée, un 9 mm serait sûrement plus maniable. Je déposai quelques fusils sur le comptoir, puis me baissai pour ouvrir la vitrine qui contenait les armes de poing. Comme je le craignais, elle était verrouillée.

Avec un soupir, je saisis un des fusils et la brisai d'un coup de crosse. Une alarme se déclencha aussitôt. Je frémis et jetai un coup d'œil à David.

— Désolée, articulai-je.

Haussant les épaules, il revint vers moi et chargea dans le chariot les armes que j'avais déjà choisies.

— William avait peut-être raison sur un point, dit-il soudain.

Les sourcils froncés et la tête penchée sur le côté, je lui tendis un autre fusil.

— Lequel : les zombies, fléau envoyé par Dieu pour purifier le monde ? suggérai-je.

Dave grimaça un bref sourire.

— Ça reste à voir. Mais en l'occurrence, je pensais plutôt au fait que les bruits forts – une détonation, par exemple – sont susceptibles de les attirer. Il faudrait peut-être prendre des armes blanches ou contondantes pour les combats rapprochés et réserver les armes à feu au nettoyage de l'autoroute.

Je haussai les épaules.

— On a la place de stocker tout un arsenal dans notre paquebot. Pourquoi pas ?

Dave jeta un coup d'œil à la ronde.

— Nous n'avons vu personne depuis notre arrivée, ni humains, ni zombies. Tu veux qu'on se sépare ?

Je me raidis. Nous ne l'avions pas fait depuis le début de l'épidémie. Ma réticence dut se lire sur mon visage, car Dave me prit les mains.

— C'est juste pour gagner du temps, Sarah. Il faudra encore trouver une épicerie avant de reprendre la route.

C'était logique. Du coup, j'acquiesçai.

— Tu prends le chariot.

Dave sourit et s'éloigna. Je partis dans la direction opposée, vérifiant au passage que toutes les allées étaient bien désertes.

Au rayon « Golf », je pris un gros club que je fourrai sous mon bras. Puis au rayon « Base-ball », une seconde batte. Celle que Dave avait gardée était en aluminium ultraléger ; la mienne était en bois massif. Quand je la tapai contre ma paume, elle produisit un son mat très satisfaisant, que j'imaginai entendre en faisant éclater la tête pourrissante d'un zombie.

Je revins vers l'avant du magasin. À côté des caisses, il y avait une petite vitrine réfrigérée pleine de sodas, ainsi que des barres de céréales et autres en-cas. Je pris un sac en plastique et y fourrai une poignée de chaque.

Au moment où je finissais de remplir mon sac, j'entendis des pas derrière moi. Je pivotai, m'attendant à voir Dave et notre chariot.

Malheureusement, je me trompais. Ce n'était pas mon mari, mais une jeune femme au visage blême qui portait un badge marqué « CINDY ». Je devinai son prénom plus que je ne le lus, car le plastique était tout éclaboussé de sang. Oh ! Et elle n'avait qu'un bras.

— Merde ! jurai-je en lâchant tout ce que je tenais.

L'employée zombifiée se jeta sur moi avec un bruit de gorge à mi-chemin entre grognement et gémissement. Elle m'empoigna avant que je puisse brandir une de mes nombreuses armes et nous titubâmes ensemble vers la caisse la plus proche. Je tombai en travers du comptoir, dont ma hanche heurta le bord assez violemment pour récolter une belle ecchymose.

Cindy Zombie fit claquer ses dents. Je lui lançai mon pied dans l'entrejambe. Malheureusement, comme elle était morte, ça ne lui fit pas grand-chose. Elle se contenta de pencher la tête sur le côté et de grogner plus fort.

— David ! m'époumonai-je en la repoussant de toutes mes forces – qui n'étaient guère impressionnantes dans la position où je me trouvais.

Par chance pour moi, Cindy était déjà déséquilibrée par l'absence d'un de ses bras. Elle tomba et glissa sur le linoléum avec la version zombie d'un grognement de dépit. Mais très vite, elle revint à la charge, rampant vers moi en faisant claquer ses mâchoires.

Au loin, je vis Dave pousser son chariot dans notre direction. Il avait besoin de s'appuyer dessus pour avancer, mais il se déplaçait plutôt vite pour quelqu'un qui avait une jambe abîmée. Néanmoins, il ne me rejoindrait pas avant que Cindy m'attaque de nouveau. Alors, je bondis derrière la caisse comme si le comptoir était un bunker dans un jeu de simulation de la Seconde Guerre mondiale.

La créature plongea à ma suite. Étalée en travers du comptoir, elle se tortilla pour m'atteindre.

J'ignore ce qui me prit à ce moment-là. L'instinct, peut-être… ou le souvenir diffus mais franchement déplaisant de l'époque où je bossais dans la grande distribution et où, en période de fêtes de fin d'année, j'aurais voulu pouvoir buter les clients désagréables comme je butais désormais des zombies. Quoi qu'il en soit, j'appuyai sur la touche « Monnaie » de la vieille caisse enregistreuse, dont le tiroir s'ouvrit brusquement.

Il atteignit Cindy en pleine tempe, faisant éclater sa peau pourrie et projetant quelques légères éclaboussures de chair et de sang sur le comptoir. La créature rugit de douleur et me dévisagea d'un air suprêmement irrité. Oui, c'était aussi jouissif que je l'avais imaginé pendant toutes ces années.

Je n'attendis pas qu'elle se ressaisisse. Une tringle métallique était posée derrière le comptoir. Je l'empoignai à deux mains et la levai au-dessus de ma tête en marmonnant :

— Désolée, Cindy. À cette caisse, on n'accepte que le liquide. Mais pas le genre fluide corporel.

J'abattis mon arme improvisée sur la base de son crâne. La créature furieuse et désorientée poussa un gémissement, mais ses gestes ralentirent. Je dus la frapper plusieurs fois encore avant qu'un dernier frisson parcoure son corps et qu'elle s'immobilise.

Je venais juste de l'achever lorsque Dave me rejoignit. Il ralentit en me voyant lâcher la tringle ensanglantée et sortir de derrière la caisse. Je m'essuyai les mains sur mon tee-shirt et baissai les yeux pour m'examiner. Une fois de plus, j'étais couverte de sang, de cervelle et de tas de trucs dégoûtants que je préférais ne pas regarder de plus près. Avec un grognement, j'ôtai mon tee-shirt et le retournai pour m'essuyer du mieux possible.

Tendant la main vers le rayon le plus proche, je le remplaçai par un tee-shirt Nike « *Just Do It* ». Puis je ramassai tout ce que j'avais été forcée de lâcher pour me défendre. Curieusement, ce qui m'énervait le plus, c'est que les sodas bien frais avaient été secoués et qu'il faudrait faire attention en les ouvrant.

Pendant que je me réorganisais, Dave garda le silence et se contenta de m'observer.

— Sarah, tu vas bien ? finit-il par demander sur un ton soupçonneux.

Évidemment, normalement ce n'est pas tous les jours que votre femme éclate la tête d'un zombie sous vos yeux. Sauf que... si. Maintenant, c'était le cas.

Haussant les épaules, j'enjambai le corps de Cindy et me dirigeai vers la porte.

— Finalement, je crois que le docteur Kelly avait raison, déclarai-je en laissant tomber mon butin dans le chariot de David et en forçant de nouveau pour écarter les portes vitrées. Inutile de claquer beaucoup de fric pour passer de bons moments ensemble. Regarde comme on s'éclate depuis ce matin et on n'a pas encore dépensé un seul cent !

Dave secoua la tête.

— Techniquement, c'est parce qu'on vole.

— On va pas chipoter, rigolai-je en m'engageant dans le parking. On s'en fout : c'est gratuit !

# Chapitre 21

Ayez de petites attentions l'un pour l'autre.
Les antibiotiques constituent toujours
un cadeau appréciable et apprécié.

La supérette en face de *Chez Bingo* était justement dotée d'un rayon pharmacie. Nous franchîmes en voiture ce qui, trois jours plus tôt, devait encore être une voie rapide que jamais nous n'aurions osé traverser sans un feu vert. Mais je peux vous garantir une chose : il n'était pas question que nous nous séparions de nouveau une fois à l'intérieur.

Ce n'était pas un magasin appartenant à l'une de ces grosses chaînes qui imposent des rayons à la déco standardisée et des produits aux noms inventés par une équipe marketing. On aurait plutôt dit une vieille épicerie de quartier, le genre pas très moderne mais accueillant.

Le problème, c'est qu'elle avait déjà été nettoyée quand l'épidémie s'était déclarée. Les allées étaient jonchées de nourriture renversée pendant la mêlée survenue quarante-huit heures plus tôt. Mais très franchement, je ne m'inquiétais pas au sujet de nos réserves de bouffe. Nous avions des problèmes plus urgents à régler.

— La pharmacie est par là, dis-je en désignant le fond du magasin.

Dave s'empara d'un nouveau chariot et nous nous dirigeâmes vers la zone délimitée par des parois vitrées. Tout était calme ; les lumières et les réfrigérateurs fonctionnaient encore et, le désordre mis à part, il n'y avait guère de signes d'infestation. Je commençai à me détendre.

Du moins, jusqu'à ce que les portes battantes du fond s'ouvrent, livrant passage à un groupe de cinq zombies. Trois d'entre eux portaient une blouse d'employé et les deux autres devaient être d'anciennes clientes. La première avait la cinquantaine et des bigoudis dans les cheveux ; l'autre était habillée comme si elle se rendait à son bureau ou en revenait. À en juger par sa tenue élégante (taches de sang et de fluide noir exceptées), elle devait occuper un poste haut placé.

— Et merde ! geignis-je en bondissant derrière le comptoir de la pharmacie et en épaulant un fusil à pompe. On ne peut pas être tranquille cinq minutes !

Je tirai mon premier coup alors que le quintette se dirigeait vers nous et abattis proprement la quadrette. En s'éparpillant, les plombs atteignirent aussi Mme Bigoudis, qui frémit comme son bras tressautait sous l'impact. Dave prit appui sur une tête de gondole et tira rapidement, achevant un des employés et Mme Bigoudis que je n'avais fait qu'érafler. Je finis les deux autres et rechargeai mon arme avant de pivoter vers la pharmacie.

— J'en ai pour une minute, promis-je en espérant ne pas me tromper.

Derrière les parois vitrées se dressaient de petits rayonnages. Les médicaments semblaient rangés en fonction des maux qu'ils traitaient. Je commençai par le devant et progressai vers le fond. Je fus déçue de constater que la plupart des sédatifs avaient déjà disparu. J'imagine que les drogués et les gens qui redoutaient d'affronter la suite des événements avaient fait main basse sur tout le stock. Mais il restait encore des anti-inflammatoires, que je pris pendant que Dave vidait le rayon de Tylenol. En cas de problème, ce serait toujours mieux que rien.

Je venais de tourner dans la dernière allée quand je m'arrêtai net. Sur le sol gisaient deux personnes dont je m'approchai prudemment. Je poussai la première du pied. Elle ne bougea pas. C'était bien une femme morte, et pas une zombie.

Je me penchai pour mieux la détailler. Elle devait avoir mon âge. Ses cheveux étaient attachés en chignon, son badge indiquait « ANGELICA ». Sans l'écume autour de sa bouche et la grosse bouteille d'Oxycontin [1] qu'elle tenait, on aurait pu croire qu'elle faisait la sieste. Elle avait dû se retrouver coincée à son poste quand les zombies étaient entrés. J'imagine qu'elle avait vu ce qui arrivait à ses collègues à travers la paroi vitrée et qu'elle avait décidé de ne pas finir comme eux.

Soupirant, je reportai mon attention sur le deuxième corps. Mais comme je m'en approchai, il remua. Je me préparai à l'affronter tandis qu'il basculait sur le flanc pour me faire face. C'était l'autre pharmacien, âgé d'environ vingt ans de plus que sa collègue. Il avait des cheveux gris clairsemés assortis à son nouveau teint et un visage affable, bien que déformé par le désir de me tuer et de sucer la moelle de mes os.

Je reculai avec un hoquet que je n'aurais pas pu réprimer même si on m'avait payée des millions pour ça. Si Angelica s'était suicidée, cet homme avait apparemment décidé de se battre. Et il avait perdu parce qu'il n'avait plus de jambes. Il se traîna vers moi à plat ventre, sifflant et faisant claquer ses dents.

Mon estomac vide se souleva. J'espérai que le malheureux était déjà transformé quand il avait subi cette horrible mutilation. Apparemment, les zombies ne ressentaient pas la douleur comme les humains non infectés. Être blessés

1. Puissant analgésique. (*NdT*)

les irritait, mais ils continuaient à attaquer même amputé d'un bras ou d'une jambe.

— Désolée, mon pote ! murmurai-je en lui défonçant le crâne avec la crosse de mon fusil à pompe.

Il poussa comme un soupir de soulagement tandis que ses pupilles rouges redevenaient noires.

— Qu'est-ce qui se passe ? lança Dave.

Je me rendis compte que j'étais sortie de son champ de vision depuis un petit moment. J'empoignai d'autres articles, parmi lesquels des packs de glace instantanée, et ressortis de l'allée.

— Rien de spécial, dis-je en bondissant par-dessus le comptoir et en essayant de chasser de mon esprit l'image de la malheureuse créature privée de jambes. Je réglais juste un problème qui ne nécessitait pas de gaspiller des munitions.

— D'accord, répondit Dave lentement.

Tout en me déchargeant de mon fardeau pour le ranger dans le chariot, il m'observa attentivement.

— C'est bon, on a fait le tour ? demandai-je avec une gaieté forcée en jetant un coup d'œil à la ronde.

Dave acquiesça.

— J'ai trouvé un peu de bouffe en conserve dans les rayons voisins. Je ne crois pas qu'il reste grand-chose, mais si tu veux, on peut regarder de plus près.

Je scrutai notre chariot à moitié plein. Je ne voulais pas rester ici. Je voulais éviter de découvrir d'autres cadavres, de tomber sur d'autres zombies et de devoir me battre encore. J'étais fatiguée et je voulais juste que ça s'arrête. Bien sûr, je savais que c'était impossible, mais je secouai la tête comme si sortir du magasin pouvait tout arranger.

— Si on atteint Longview avant ce soir, on aura tout le temps de s'occuper du niveau de nos réserves une fois en sécurité. Connaissant ta sœur, elle doit avoir un bunker rempli de conserves maison qui nous permettront de survivre pendant plusieurs années.

Dave sourit.

— Tu vois, je t'avais bien dit qu'elle pourrait se révéler utile.

Je ris tout bas.

— Il était temps. Et même si nous n'arrivons pas avant ce soir, nous devrons nous arrêter quelque part. Avec un peu de chance, nous trouverons un endroit épargné par…

Sans achever ma phrase, j'agitai la main pour désigner le carnage qui nous entourait.

Dave ne répondit pas, mais je ne lui en voulus pas de son silence. À ce stade, après tout ce que nous avions vu, fait et entendu, nous nous doutions que l'épidémie s'était répandue comme une traînée de poudre et qu'il ne restait aucun endroit sûr, particulièrement dans l'ouest des États-Unis. Mais je crois que nous répugnions à l'admettre à voix haute, comme si ça risquait de nous porter la poisse.

— Alors, on reprend l'autoroute, finit-il par lancer avec la même gaieté forcée que moi quelques instants plus tôt.

Je passai devant lui, le laissant pousser notre chariot. Lorsque nous atteignîmes les caisses à l'avant du magasin, un autre zombie surgit de derrière le grand comptoir marqué « Service Clients ». David l'abattit sans ciller et la créature retomba hors de notre vue comme si elle n'avait jamais existé.

Une fois dehors, nous chargeâmes la voiture le plus vite possible, disposant notre butin de façon à pouvoir attraper les choses les plus importantes sans être forcés de nous arrêter. Tandis que je sortais du parking, Dave appliqua une compresse glacée sur sa jambe et avala quatre Tylenol, plus deux anti-inflammatoires. Puis il me tendit la brique de jus d'orange qu'il avait repérée dans une vitrine réfrigérée alors que nous sortions du magasin.

Tout en manœuvrant dans les rues encombrées en suivant les indications nasillardes du GPS qui nous indiquait où tourner, nous engloutîmes un petit déjeuner de muffins rassis, de jus d'orange et de Coca Light plein de bulles. J'ai toujours besoin de ma dose de caféine le matin.

J'ignore à quoi David pensa lorsque nous entrâmes de nouveau sur l'autoroute congestionnée. Je sais juste que, pour ma part, une petite phrase tournait en boucle dans ma tête, comme un mantra : « Et c'est reparti pour un tour. »

# CHAPITRE 22

## LES HOMMES VIENNENT DE MARS ; LES ZOMBIES VIENNENT DE L'ENFER.

Un peu plus d'une vingtaine de kilomètres après l'aéroport de Sea-Tac, l'autoroute se dégagea lentement. Je trouvai presque étrange de pouvoir rouler à une autre allure qu'au pas. Comme si personne n'avait réussi à pousser au-delà de cette limite et que, désormais, nous étions des pionniers entamant une nouvelle étape de notre voyage.

Profitant de n'avoir plus à zigzaguer entre les véhicules immobilisés, je jetai un coup d'œil à Dave. Ses lèvres pincées exprimaient une inquiétude identique à celle que j'éprouvais.

— Nous sommes tout près de Tacoma, murmura-t-il.

J'acquiesçai.

— Il devrait y avoir beaucoup de circulation.

Franchement, les routes autour de Seattle étaient toujours encombrées jusqu'à ce qu'on passe Olympia et qu'on s'enfonce entre les collines verdoyantes d'un paysage agricole bucolique.

Dave tendit la main et alluma la radio. Je dois préciser que le poste était un huit pistes – oui, notre paquebot était antique à ce point ! Mais la radio était réglée sur la FM. Dave tourna le bouton dans tous les sens en quête d'un signal… et ne trouva rien du tout. Mon cœur se mit à battre plus fort, presque douloureusement. C'était la première fois que nous étions confrontés à ce silence. Cela signifiait-il que plus aucune station n'émettait ?

— Essaie la bande AM, chuchotai-je d'une voix tremblante.

Dave obtempéra sans un mot et se remit à tourner le bouton fiévreusement. Mais seul un grésillement d'électricité statique continua à sortir du poste. Il alla jusqu'au bout de la bande dans un sens, puis dans l'autre.

— Attends ! m'écriai-je tout à coup. J'ai cru entendre une voix.

Dave revint un peu en arrière et, de fait, la voix d'une jeune femme, ténue et crachotante, s'éleva des haut-parleurs.

*« Le gouvernement essaie de nous faire taire, mais il ne peut pas nous bâillonner »*, dit-elle.

Elle semblait absolument épuisée.

*« Nous continuerons à parler de la propagation de l'épidémie. Nous continuerons à vous rapporter ce que nous voyons, que ça plaise aux autorités ou pas. »*

Je me raidis.

— Elle a bien dit que le gouvernement essayait de les faire taire ?

À ce stade, j'étais encore assez naïve. Je pensais que les gens qui nous dirigeaient cherchaient un moyen de partager l'information afin de sauver les survivants, pas qu'ils tentaient d'étouffer l'affaire.

— Je suppose que c'est un moyen comme un autre d'endiguer la panique, dit Dave en montant le son pour que nous parvenions à entendre malgré la mauvaise réception.

*« Ici, à… »*

Il y eut une coupure et je ne pus entendre d'où la station émettait, mais ça ne devait pas être bien loin : le signal n'était pas assez fort.

*« … Il y a désormais plus de gens infectés que de personnes encore indemnes. Nous avons vu des tanks rouler dans les rues et*

*raser des bâtiments sans même vérifier au préalable s'il restait des survivants à l'intérieur. Les soldats ont bombardé des quartiers entiers et abattu des gens qui les appelaient au secours.* »

Sans réfléchir, je portai une main à ma bouche. Heureusement que la route était dégagée à présent !

— Doux Jésus…, soufflai-je.

« *Les autorités viennent de couper le courant à…* »

De nouveau, un crépitement m'empêcha de découvrir où la présentatrice se trouvait.

« … *Nous continuerons à émettre grâce à notre générateur jusqu'à ce qu'il nous lâche… ou qu'ils nous trouvent. Les zombies ou les soldats. Je vous en supplie, faites circuler l'information. N'écoutez pas les annonces officielles qui prétendent que l'épidémie est jugulée et l'alerte passée. C'est un mensonge. Et si vous entendez ceci depuis l'extérieur de Portland… trouvez un moyen de prévenir le reste du pays avant qu'il soit trop tard.* »

Puis la voix tremblante de la jeune femme mourut. Dave tourna frénétiquement le bouton pour la retrouver, mais sans succès.

— Portland, répétai-je, hébétée. Portland. Elle doit être dans l'Oregon.

Dave acquiesça en éteignant la radio avec un soupir de frustration.

— Forcément. C'est le seul Portland qui se situe assez près pour qu'on capte un signal. Avec un transistor assez puissant et du courant à volonté, elle pourrait nous atteindre. Surtout qu'il ne reste pas d'autres stations pour interférer avec son signal.

Il reposa la tête contre le dossier de son siège et serra les poings sur ses cuisses. Des larmes me piquèrent les yeux et je dus faire un gros effort pour rester concentrée sur la route. Pour la première fois depuis le début de cette histoire, j'étais vraiment sur le point de craquer. Longview se trouvait à la frontière entre l'État de Washington et l'Oregon, à une heure environ au nord de Portland.

Je pris une inspiration sifflante.

—Si l'épidémie a atteint Portland et si la situation là-bas est assez grave pour que l'armée bombarde la ville… Ça signifie qu'elle a déjà dépassé Longview.

Dave acquiesça.

—Elle n'a pas pu sauter une ville, David, sanglotai-je. Lisa avait raison. Il ne doit plus rester aucun humain à Longview.

—Arrête, dit-il doucement.

—Je ne peux pas, il faut que je…

Il me toucha le bras en un geste doux et apaisant.

—Arrête-toi, répéta-t-il.

Par réflexe, je gagnai la bande d'arrêt d'urgence sur le côté droit de la route. Ce n'était pourtant pas comme si une autre voiture risquait de me percuter. Le monde que nous connaissions avait officiellement disparu.

Appuyant mon front sur le volant, je me mis à pleurer à chaudes larmes. Dave s'approcha de moi et passa un bras autour de mes épaules. Nous restâmes ainsi une bonne vingtaine de minutes pendant que je tentais de me ressaisir et échouais lamentablement. Mais je finis par épuiser toutes mes larmes. Je me redressai et m'essuyai le nez sur le bas de mon tee-shirt, propre jusqu'ici.

—Je suis désolée. Je n'aurais pas dû craquer comme ça.

—Tu n'as pas à t'excuser, m'assura David en écartant une mèche de cheveux de mon visage trempé. Si quelqu'un a mérité de craquer, c'est bien nous.

—Mais ce n'est pas *nous* qui avons craqué… juste moi, hoquetai-je.

—Eh bien, je te devrai une crise de larmes plus tard ! dit-il en se rasseyant dans son siège.

Nous restâmes assis là un petit moment encore. Je ravalais mes derniers sanglots tandis que Dave réfléchissait. Finalement, il lança :

—On ne devrait peut-être pas aller à Longview.

Je sursautai et lui fis face.

— Quoi ?

Il haussa les épaules.

— Nous savons que l'épidémie a déjà atteint Portland et qu'elle a peut-être progressé plus loin encore en direction du sud. Mais nous ignorons ce qu'il en est de l'est et du nord.

— Tu crois vraiment que les zombies se seront arrêtés à la frontière canadienne ? demandai-je, incrédule.

Dave me dévisagea.

— Les douaniers ne nous laissent même pas faire entrer des feux d'artifice sur leur territoire. Ces mecs sont coriaces !

Je ne pus m'empêcher de rire en imaginant un type en uniforme demander à un mort-vivant quel était le but de son séjour au Canada.

Mais avant que je puisse répondre, un petit groupe de zombies sortit des bois qui bordaient l'autoroute. Je les regardai s'avancer en titubant et en bavant du fluide noir. Ils avaient tué nos amis et foutu notre vie en l'air. À cet instant, la compassion qu'ils m'avaient inspirée jusque-là se mua en haine pure. Repassant la marche avant, j'enfonçai l'accélérateur et fonçai vers les créatures.

— Allez-vous faire foutre, bande de salopards ! hurlai-je en percutant le premier.

De manière assez comique, il fit la roue par-dessus le large capot de notre voiture – mais sans cesser de claquer des dents alors même qu'il volait dans les airs.

La Chevrolet se souleva, d'abord les roues avant, puis les roues arrière, alors que je renversais un deuxième zombie et lui roulais dessus.

— Qu'est-ce que tu fais ? protesta Dave en se dépêchant de boucler sa ceinture de sécurité et en agrippant la poignée de sa portière.

— Tu te souviens de la « thérapie du cri » prescrite par le docteur Kelly ?

— Gueuler dans le vide pour se purger de sa colère ? Tu as dit que c'était des conneries !

— Et je le pense toujours. En revanche, gueuler sur des zombies et les buter pour se purger de sa colère, je suis sûre que c'est efficace. Essaie, le pressai-je.

Dave me dévisagea quelques instants, puis reporta son attention sur le zombie en jean et en tee-shirt qui se précipitait vers nous depuis le bas-côté.

— Va en enfer, enfoiré ! s'exclama-t-il.

— Non, tu dois gueuler, dis-je alors que nous percutions la créature.

Celle-ci s'affaissa sur notre capot et son visage vint s'écraser contre le pare-brise comme celui d'un gamin contre la vitrine d'un magasin de jouets.

— VA EN ENFER ! rugit Dave avant de tendre la main pour actionner les essuie-glaces.

Giflé en pleine figure, le zombie poussa un grognement. Je donnai un brusque coup de volant qui le fit décoller et l'envoya s'écraser la tête la première dans le fossé.

La voie ainsi dégagée, j'arrêtai la voiture et fis face à Dave.

— Nous n'irons ni vers l'est ni vers le nord. Nous irons à Longview comme prévu pour chercher ta sœur. C'est vrai que je déteste cette garce, mais si elle n'a pas encore été changée en zombie, sa place est avec nous. Aucun homme… euh, aucune femme ne sera abandonnée, pigé, soldat ?

Dave me dévisagea.

— D'accord, capitula-t-il. D'accord, on va à Longview.

— On va à Longview, bordel, rectifiai-je.

# CHAPITRE 23

CHOISISSEZ LE BON MOMENT POUR ABORDER UN SUJET DÉLICAT. PARFOIS, LES PLOUCS PRENNENT LEUR TEMPS POUR VOUS RÉPONDRE.

Dès l'instant où nous quittâmes l'autoroute, quatre heures de torture mentale plus tard, il nous parut évident que Longview était devenue une ville fantôme. Les usines d'acier et de pétrochimie, qui en temps normal projetaient de gros nuages de fumée nauséabonde vers le ciel, étaient étrangement silencieuses et inactives. Arrivés au bout de la bretelle de sortie, nous tournâmes à droite et prîmes la direction de la grand-rue.

Longview était une petite ville typique de l'État de Washington. Entourés par une nature d'une beauté à couper le souffle, ses trente-cinq mille habitants travaillaient pour la plupart dans les usines ou pour les gens qui les faisaient fonctionner. L'économie ne marchait pas fort depuis quelques années, mais ils avaient réussi à s'en sortir en se serrant les coudes et en veillant les uns sur les autres.

La grand-rue archi-traditionnelle était bordée de boutiques et de restaurants – une des seules raisons pour lesquelles je laissais parfois Dave me traîner ici afin de rendre visite à sa sœur. Il y avait toujours quelque chose de nouveau à voir, le travail d'un nouvel artisan à admirer.

De toute façon, nous n'avions pas vraiment le choix. Gina refusait catégoriquement de venir à Seattle. Elle disait qu'elle avait peur de la circulation et de se faire violer. Aucun argument n'avait réussi à la convaincre. Quand elle se représentait Seattle, elle voyait des voitures pare-chocs contre pare-chocs et remplies de violeurs. Mais ça n'avait plus la moindre importance désormais. Si la jeune femme de la radio pirate avait dit vrai et que l'armée bombardait Portland pour enrayer l'épidémie, elle avait probablement déjà fait la même chose à Seattle.

— Wouah, souffla Dave, m'arrachant à mes pensées.

Je reportai mon attention sur la grand-rue. Les charmantes petites boutiques que j'aimais tant avaient visiblement subi les assauts des zombies – ou des pillards, voire des deux. Presque toutes les vitrines étaient cassées ; des bouts de verre ensanglantés restaient accrochés aux châssis, témoignage d'une bataille que nous n'avions apparemment aucun espoir de remporter.

Nous continuâmes à rouler. Plus loin, la carcasse fumante d'une voiture des années 1950 gisait à cheval sur le trottoir et sur la chaussée.

— Je me demande si le festival était cette semaine, murmura David.

Tous les ans en août, la municipalité de Longview organisait une grande fête. Normalement, nous venions exprès de Seattle, mais cette année-là, entre nos problèmes conjugaux et nos difficultés financières, nous n'avions même pas pensé à demander les dates. Cela dit, la voiture des années 1950 était un indice révélateur. Il y avait toujours une parade, suivie d'une exposition de voitures « classiques ».

— On dirait bien que oui, répondis-je en désignant les panneaux marqués « Fête du Comté de Cowlitz » qui pointaient en direction du centre des expositions. Tu veux jeter un coup d'œil ?

Dave ne réagit pas : il était trop occupé à scruter les corps qui jonchaient les trottoirs. Je suis certaine qu'il pensait à sa sœur. Gina ne manquait jamais la parade. Elle se trouvait sûrement dans les parages quand l'enfer s'était déchaîné sur son petit coin de Terre.

Moi aussi, je pensais à Gina, mais contrairement à David, je cherchais à repousser le moment où nous découvririons si elle était morte ou changée en zombie. À voir le chaos qui régnait à Longview, il ne semblait pas y avoir d'autre alternative.

Je suivis les panneaux jusqu'au champ de foire situé devant le centre des expositions. Nous n'étions pas encore arrivés que j'aperçus la grande roue dressée en son centre, prête à accueillir les enfants de la ville. Curieusement, elle tournait.

— Que diable… ? m'exclamai-je, les yeux levés vers l'attraction – la seule chose qui bougeait encore dans la ville déserte.

C'était vraiment un spectacle étrange. Dave déglutit.

— Elle devait être en marche quand la ville a été attaquée.

— Tu crois qu'il reste des gens là-haut ? chuchotai-je.

— Tu veux dire, des gens qui ont été coincés pendant leur tour de manège ? (Dave écarquilla les yeux.) Je n'y avais pas pensé, mais on devrait peut-être vérifier.

J'acquiesçai et m'arrêtai au milieu de la rue. Je saisis le cric à l'arrière tandis que Dave empoignait sa batte de base-ball. Nous prîmes encore un fusil à pompe chacun avant de descendre de la voiture. Je verrouillai celle-ci derrière nous et David rit tout bas.

— Tu as peur qu'un voyou parte avec ?

Je ne pus réprimer un sourire.

— À en croire les derniers films que nous avons vus, il ne se passe jamais rien de bon pendant un carnaval zombie !

— Ce n'est pas faux, gloussa-t-il. Et Gina approuverait ta prudence.

À la pensée de sa sœur, sa bonne humeur s'évapora d'un coup. Mais je n'eus pas le temps de le réconforter que, déjà, il s'éloignait en boitillant.

Je lui emboîtai le pas. Il marchait beaucoup mieux maintenant qu'il prenait les sédatifs en vente libre et les anti-inflammatoires vendus sur ordonnance que nous avions récupérés. J'espérais juste qu'une fois arrivés chez Gina, nous pourrions surélever sa jambe et lui laisser le temps de se remettre tout à fait.

Nous franchîmes le portique d'entrée de la fête foraine. La guérite où nous aurions dû acheter nos tickets était vide. Sur son bois peint de couleurs vives, du sang et du fluide noir avaient séché en formant une écœurante masse visqueuse.

— Ils sont passés par là, dis-je simplement.

Je n'eus pas besoin de préciser de qui je parlais. Dave jeta un bref coup d'œil aux traces que les zombies avaient laissées et, pour toute réponse, leva son flingue un peu plus haut.

Des odeurs gourmandes de pâte à beignets, de hot-dogs et de barbe à papa flottaient encore dans l'air, même si elles se mêlaient désormais à celles – beaucoup moins réconfortantes – de la fumée et du sang. Le Paradis et l'Enfer. La vie et la mort. Cette combinaison incongrue à la base devenait un peu trop banale à mon goût.

Nous nous dirigeâmes vers les attractions en longeant les baraques à friandises. J'entendais des grognements et des gémissements dans le lointain, mais je ne voyais aucun zombie. Pas encore. Au passage, je contemplai l'assortiment habituel de stands de jeux débiles, ceux qui offrent comme récompenses d'énormes peluches de mauvaise qualité fabriquées par des petits Asiatiques. Je me demandai si l'épidémie finirait par s'étendre jusqu'à leurs usines – ou si elle était déjà arrivée jusqu'à eux.

Perdue dans mes pensées, je ne vis pas le zombie avant qu'il surgisse devant les ballons à crever avec des fléchettes et entreprenne d'escalader maladroitement le comptoir qui le séparait de moi. Il portait un ridicule costume de crieur avec un polo rouge rayé et une casquette sur laquelle était épinglé un badge au nom de « HANK ».

— Tu t'occupes de lui ? demanda Dave sur ma gauche, sur un ton désinvolte comme s'il s'ennuyait presque.

Après tout ce que nous avions traversé, difficile de s'affoler pour un seul zombie. Hochant la tête, j'épaulai mon fusil.

J'étais sur le point de tirer quand une flèche siffla près de mon oreille et alla se planter dans le front de Hank. La lueur rouge s'éteignit immédiatement dans les yeux de ce dernier, qui bascula en avant et s'écrasa face contre terre.

Je fis volte-face en même temps que Dave. Un type vêtu d'un débardeur blanc qui avait connu de meilleurs jours, d'un short en jean et de santiags se précipita vers nous entre deux rangées de stands.

— Woohoo ! cria-t-il en crachant à mes pieds une répugnante chique. Tu as vu ça, petite ?

— Et comment ! Merci beaucoup, ânonnai-je en le dévisageant.

Ça, c'était une scène tout droit sortie d'un film de zombies. Un bouseux sauve un couple de jeunes citadins. Mais la suite allait-elle tourner façon *Délivrance* ?

Dave s'avança en traînant la patte, l'air aussi choqué que soulagé.

— Conrad ?

Je clignai des yeux en reconnaissant le visage finalement familier de l'homme qui se tenait devant nous. Conrad Hanvers était le voisin de Gina. Je lui aurais donné la cinquantaine, mais Gina disait qu'il était plus près des trente-cinq ans, qu'il avait juste eu une vie difficile. Si vous arriviez à voir au-delà de sa coupe de péquenaud (court devant, long derrière), de son bronzage de fermier et de son foutu tabac à priser, c'était un brave gars. Une fois, il nous avait aidés à changer notre roue alors que nous venions de crever, et il déblayait toujours l'allée de Gina quand il neigeait en hiver.

— Ça alors ! s'exclama-t-il joyeusement. Si c'est pas le P'tit Davy et Miss Sarah ! Vous êtes venus pour le festival ?

Je le dévisageai presque une minute entière avant de me tourner vers Dave – en espérant qu'il trouverait quelque chose à répondre, parce que moi, j'avais perdu l'usage de la parole.

— Euh, commença-t-il en se dandinant. Non, Conrad. En fait, on a été chassés de Seattle par la, euh, les…

Il désigna le zombie que Conrad venait d'abattre. Le paysan baissa les yeux et siffla entre ses dents.

— Alors, ils disaient vrai à la télé, hein ? C'est vraiment devenu l'Enfer sur Terre !

— Je crains que oui, parvins-je enfin à articuler. Toute la ville a été submergée en l'espace de vingt-quatre heures. À mon avis, le temps qu'on réussisse à filer, il ne devait pas rester beaucoup de survivants.

Conrad cligna des yeux.

— Que le diable me patafiole, jura-t-il. Alors, ces bons à rien de citadins n'ont même pas été fichus de se défendre ?

Un peu agacée, je haussai les épaules. C'est vrai que nous n'avions même pas essayé de pousser vers le nord. Mais c'était une épidémie de zombies, un phénomène sorti d'un film ou d'un cauchemar – pas le genre de situation face à laquelle on savait exactement de quelle manière se comporter.

— Je vois que l'infection est passée par ici, commenta Dave d'une voix tendue.

Et je devinai qu'il partageait mon irritation.

Conrad regarda autour de lui en soupirant.

— Hé ouais ! Tout a commencé hier matin. Un cinglé a foncé dans la parade sur la grand-rue au volant d'une de ces vieilles bagnoles. On a d'abord cru qu'il était soûl, mais quand il est descendu de voiture, il a essayé de bouffer des gens. C'était la chose la plus bizarre que j'avais jamais vue.

Il nous a fallu un moment pour réagir et nous organiser, mais nous avons fini par prendre le coup.

— Prendre le coup…, répéta David, perplexe.

Conrad acquiesça.

— Ouais ! On frappe ces pauvres bougres à la tête, puis on les traîne jusqu'au bûcher, là-bas.

Il désigna un endroit situé au-delà du champ de foire. Au loin, je vis une mince colonne de fumée noire s'élever vers le ciel en se tortillant. Je frissonnai. Un crématorium en plein air.

— On a organisé des patrouilles qui tournent vingt-quatre heures sur vingt-quatre, acheva Conrad en haussant les épaules. Je crois qu'on va s'en sortir.

Après ce que nous avions vécu ces derniers jours, je n'en étais pas si sûre, mais ma fatigue m'empêcha de le contredire.

— Nous avons vu que la grande roue tournait, c'est pour ça que nous sommes venus, expliquai-je en désignant l'attraction massive. Personne n'est coincé à bord, j'espère ?

Conrad jeta un coup d'œil à la grande roue par-dessus son épaule, puis parut se laisser distraire par autre chose.

— Oh ! non ! (Il pencha la tête sur le côté.) Une petite minute, ma belle.

Il sortit une flèche du carquois *Wal-Mart* flambant neuf attaché à sa ceinture, l'encocha dans son arc et tira. J'entendis un choc sourd, suivi par un grognement de douleur. Puis le silence revint.

— Y a pas à dire, j'ai la main ! se félicita Conrad en se tournant de nouveau vers nous. De quoi on parlait, déjà ?

J'échangeai un regard avec Dave. Comment ce type pouvait-il jubiler ainsi ? Sa ville était envahie par des monstres !

— Euh, des manèges. Je vous demandais s'il y avait des gens coincés à bord.

Conrad sortit une boîte de tabac à priser de la poche de son short.

— Ah oui ! C'est vrai. Vous inquiétez pas, on a fait descendre tous les vivants. La dernière fois que j'ai vérifié, certains des malades tournaient encore.

Je levai les yeux. Maintenant que nous étions plus près, je distinguais des gens dans les voitures du Salsa Dance – des zombies qui oscillaient au gré des rotations du manège. Je me demandai ce qu'ils en pensaient – s'ils pouvaient encore penser quoi que ce soit.

— Vous avez perdu combien de gens avant de reprendre le contrôle ? demandai-je.

Conrad ferma les yeux comme s'il effectuait un calcul mental compliqué.

— En tout, dans les sept ou huit mille personnes, finit-il par répondre.

Je titubai en arrière.

— Ça fait un quart de la population !

Il acquiesça et sa jovialité s'estompa quelque peu. Il faisait de son mieux pour garder le moral, mais il était quand même affecté par l'horreur d'avoir perdu des amis et des voisins.

— Mais maintenant que nous savons quoi faire, je doute que ce chiffre augmente beaucoup, dit-il doucement, comme s'il tentait de s'en convaincre.

Dave s'approcha. Il était blême.

— Et Gina, Conrad ? Qu'est-ce qu'elle est devenue ?

L'autre homme se tourna vers lui.

— Gina, bien sûr. C'est par là que j'aurais dû commencer. Je vous jure : parfois, j'ai moins de cervelle qu'une chèvre !

— Alors, qu'est-ce qu'elle est devenue ? insista Dave, les dents serrées.

— Elle va bien, se hâta de répondre Conrad. Elle était à la parade et elle a failli se faire avoir par la première vague de ces salopards. Mais je l'ai aidée à regagner son camion et à rentrer chez elle. Je suis passé la voir ce matin : elle allait bien. Elle attend que ça se passe, comme tout le monde.

Dave chancela et je le pris par le bras pour le retenir.

— Dieu merci ! marmonna-t-il.

— Vous comptez aller la voir ? s'enquit Conrad.

Je hochai la tête, infiniment soulagée, moi aussi. D'accord, je n'étais pas la plus grande fan de Gina, mais je ne voulais pas qu'elle meure et encore moins qu'elle se transforme en zombie. D'autant que je savais combien Dave tenait à elle.

— Maintenant, oui, répondit Dave en me faisant signe de rebrousser chemin vers notre paquebot.

— Je passerai voir comment vous allez un peu plus tard, promit Conrad avec un sourire grimaçant.

Nous agitâmes la main pour lui dire au revoir et regagnâmes notre voiture. Dave se laissa tomber sur le siège passager, appuya sa tête contre le dossier et poussa un gros soupir.

— Je n'arrive pas à croire qu'ils aient perdu autant de monde.

J'acquiesçai en m'efforçant de ne pas penser à tous ces hommes, toutes ces femmes et tous ces enfants que nous avions croisés au festival au fil des ans. C'était trop affreux d'imaginer les zombies débarquant au milieu de la parade pour les attaquer et les transformer en l'espace de quelques minutes, sous les yeux de leur famille et de leurs amis. Frissonnant, je secouai la tête pour m'éclaircir les idées et souris à David.

— La bonne nouvelle, c'est que Gina va bien. Dépêchons-nous d'aller lui faire savoir que son petit frère est indemne, lui aussi.

# Chapitre 24

ENTRETENEZ DE BONS RAPPORTS AVEC VOTRE BELLE-FAMILLE. VOUS NE POUVEZ PAS SAVOIR SI UN JOUR, VOUS N'AUREZ PAS BESOIN D'ÊTRE HÉBERGÉS PENDANT UNE ATTAQUE DE ZOMBIES.

Gina habitait à la lisière de la ville, dans une petite maison à trois chambres située sur un hectare de bonne terre agricole qu'elle louait aux fermiers du coin. Elle l'avait récupérée quelques années plus tôt, quand elle avait divorcé de son petit ami du lycée. Je crois qu'elle avait réussi à faire main basse sur pratiquement tout ce qu'il possédait. Le temps qu'elle en ait fini avec lui, le pauvre bougre avait dû retourner chez ses parents. Franchement, je le plaignais. Mais j'étais sans doute la seule.

Lorsque nous arrivâmes chez ma belle-sœur, l'après-midi touchait à sa fin et le soleil commençait à se coucher. En descendant de voiture, je regardai autour de moi. Mais dans cet endroit isolé, il n'y avait aucun signe d'infection – à moins qu'ils aient été trop bien cachés pour que je les voie. La maison était intacte, sans aucune vitre brisée ni la moindre tache de sang ou de fluide noir dans l'herbe, sur les murs ou la porte d'entrée.

— Ça a l'air d'aller, commenta Dave avec un soupir de soulagement.

Mais ses épaules étaient toujours crispées. J'imaginai qu'elles le resteraient jusqu'à ce que nous ayons vu Gina de nos propres yeux.

Je hochai la tête. Nous nous approchâmes de la porte d'entrée. Je frappai et reculai d'un pas. Bonne initiative – parce que l'instant d'après, la porte intérieure s'ouvrit à la volée et la détonation d'un fusil à pompe fit voler en éclats la quiétude environnante. L'écran vitré antitempête se brisa en mille morceaux tandis que Dave et moi plongions chacun de notre côté pour éviter la dispersion des plombs.

— Putain, Gina ! rugit David en roulant derrière une jardinière sous le porche encombré. C'est nous ! Seigneur !

Lentement, une silhouette apparut derrière la vitre brisée. Son flingue dans les mains, Gina nous détailla comme si elle ne nous reconnaissait pas.

— David ? chuchota-t-elle enfin.

— C'est nous, répéta-t-il en sortant la tête de sa cachette. Pose ce fusil, Gina.

Sa sœur obtempéra et poussa l'écran antitempête. Des débris de verre se détachèrent du châssis et tintèrent en touchant le sol.

— C'est vraiment toi ? demanda-t-elle en s'avançant dans la lumière du soleil.

Dave se releva prudemment et je l'imitai. À cause de sa blessure, il lui fallut plus longtemps pour se mettre debout, et quand il se dirigea vers Gina, je vis qu'il boitait de plus belle. Je jurai intérieurement. Pourvu qu'il n'ait pas aggravé son état !

— Oui, c'est vraiment moi, dit-il en enlaçant sa sœur.

Celle-ci le serra très fort dans ses bras pendant une minute et ma gorge se noua. Toutes les mauvaises pensées que je nourrissais à l'égard de Gina s'envolèrent…

… Jusqu'à ce qu'elle se dégage et lance :

— Tu es trop maigre. *Elle* ne te nourrit pas, ou quoi ?

Je me raclai la gorge et haussai un sourcil. Le frère et la sœur se tournèrent vers moi d'un même mouvement. Le visage de Gina se décomposa, mais très vite, elle se ressaisit. Elle espérait sans doute que David en ait eu assez de moi et ait fini par m'abandonner à la horde affamée.

— *Elle* le nourrit au moins trois fois par jour, répliquai-je avec un sourire forcé. Et à vrai dire, il est assez grand pour se nourrir tout seul. Salut, Gina !

Ma belle-sœur me rendit un sourire tout aussi faux que le mien. Comme je l'ai déjà mentionné, nous ne nous étions jamais entendues.

— Sarah, dit-elle en s'avançant vers moi pour me donner une accolade si brève que ce fut à peine si elle me toucha. Je suis si contente que vous soyez là tous les deux.

Je jetai un coup d'œil éloquent à l'écran antitempête brisé.

— Ouais, moi aussi.

Elle haussa les épaules.

— Que pouvais-je faire d'autre ? Je n'ai pas reconnu votre voiture et je ne vous ai pas vus sous le porche.

J'attendis qu'elle s'excuse de nous avoir pratiquement changés en passoires, son petit frère et moi, mais elle se contenta de se détourner et de nous faire signe de la suivre à l'intérieur.

— Venez.

Nous entrâmes et je promenai un regard surpris à la ronde. Contrairement à moi, Gina était une vraie fée du logis. Elle rangeait tout proprement ; elle fabriquait elle-même ses cadeaux et des tas de ravissantes décorations de Noël. Bien que petite, sa maison m'avait toujours paru aussi impeccable qu'une salle d'exposition. La seule fois où elle était venue chez nous, elle avait reniflé en détaillant notre appartement. Oui : « reniflé ». Vous comprenez maintenant pourquoi je ne pouvais pas la sentir ?

Du coup, je fus assez choquée de découvrir le bordel qui régnait chez elle. Des vêtements s'entassaient partout ; des bibelots jonchaient le sol. On aurait pu croire que les zombies étaient passés là – à ceci près qu'il n'y avait aucune trace de sang ni de l'habituel fluide noir.

Gina referma la porte d'entrée et tira rapidement les trois verrous. Quand elle se tourna vers nous, elle arborait son expression de parfaite hôtesse.

— Je vous offre quelque chose à boire ou à manger ?

Je regardai de nouveau autour de moi.

— Tout va bien, Gina ? Personne ne s'est introduit ici, pas vrai ?

Elle me dévisagea, les yeux plissés et l'air colérique.

— De quoi tu parles ?

Je jetai un coup d'œil à David pour réclamer son aide. Ne voyait-il pas à quel point cette situation était bizarre ?

Nos regards se croisèrent. Je m'attendais à ce qu'il hausse les épaules et me laisse me débrouiller seule avec sa sœur, comme il l'avait toujours fait jusque-là. Mais pas cette fois. À mon grand soulagement, il s'avança et prit Gina par les épaules.

— Je crois que Sarah s'inquiète parce que d'habitude, ta maison est toujours nickel. Tu te sens bien ?

Sa sœur cligna des yeux.

— Mais oui. C'est juste que vous me surprenez un jour de ménage. Si j'avais su que vous veniez, la maison aurait été rangée. C'est le problème des visites à l'improviste : on ne peut pas se préparer à recevoir les gens. Vous auriez dû me prévenir.

— Les téléphones ne fonctionnent plus, dis-je doucement.

Je me demandai si Gina avait Internet et si je pourrais utiliser sa connexion pour joindre mes parents. Je lui poserais la question plus tard.

Sans me prêter la moindre attention, elle se dégagea.

— Laissez-moi vous apporter des rafraîchissements.

Pendant qu'elle s'agitait dans la cuisine, je fis signe à Dave. Nous nous assîmes ensemble sur le canapé et je chuchotai :

— C'est dingue, non ? Elle a failli nous tuer en tirant à travers la porte sans même regarder, et maintenant, elle se comporte comme si nous la dérangions.

Dave acquiesça.

— C'est bizarre, même pour elle.

Je sursautai. Dave ne m'avait jamais laissée soupçonner qu'il trouvait sa sœur étrange et il me tombait toujours dessus quand j'osais insinuer que tout ne tournait pas très rond dans sa tête.

— Tu crois qu'elle est en état de choc ? suggérai-je. Elle était à la parade quand les zombies ont attaqué Longview. Conrad nous a dit qu'elle leur avait échappé de peu. J'imagine qu'elle a vu des horreurs et qu'elle doit se débrouiller seule depuis.

— Notre présence l'aidera peut-être à se ressaisir, dit Dave.

Il sourit à Gina, qui revenait avec des sandwichs et des canettes de Coca Light. Malgré mon inquiétude, je me jetai dessus. Gina me regarda dévorer avec un autre de ses détestables reniflements, puis elle reporta son attention sur David.

— Alors, comment vas-tu ?

Il me jeta un regard en biais.

— Pour tout dire, je suis blessé.

Posant son assiette sur la table basse, il releva sa jambe de pantalon. Sans lâcher le Coca que j'étais en train d'engloutir, je me penchai pour mieux voir. Ses hématomes restaient hideux et il avait l'air de souffrir comme un damné, mais son mollet avait dégonflé, ce qui confirmait mon hypothèse.

— Qu'est-ce qui s'est passé ? couina Gina en se laissant tomber à genoux près de lui.

— Tant de choses que je ne sais pas par où commencer ! (Dave secoua la tête.) En venant ici, nous avons été capturés par des gens dangereux. Je me suis fait mal pendant notre fuite.

— Des gens dangereux ? (Gina me foudroya du regard comme si c'était de moi qu'il parlait.) Je t'ai dit et répété que Seattle n'était pas un endroit convenable et que vous feriez mieux de vous installer en banlieue. Mais non : Sarah tenait absolument à rester là-bas pour sa « carrière » !

Je serrai les dents parce que rien de tout ça n'était vrai. Franchement, elle n'aurait pas pu être davantage à côté de la plaque. Je brûlais d'envie de le remettre à sa place. Et par le passé, c'est exactement ce que j'aurais fait. Mais je repensai à quelque chose que le docteur Kelly nous avait dit pendant une séance, à propos du fait que chacun de nous devait respecter la famille de l'autre.

Dave pencha la tête sur le côté.

— Gina, le problème, ce n'est pas le taux de criminalité à Seattle. Et ce n'est pas non plus Sarah. Tu t'en rends compte, n'est-ce pas ?

— Je vais te chercher de la glace, aboya sa sœur en se levant et en repartant vers la cuisine, vexée.

Quand elle claqua la porte du frigo, David et moi sursautâmes tous les deux. Elle revint et lui tendit une poche de glace, qu'il posa sur sa jambe blessée avec un soupir de soulagement. Puis il se pencha vers elle. Comme elle n'avait pas réagi à sa première tentative, il opta pour une autre approche.

— Nous avons vu Conrad tout à l'heure. Il nous a dit que tu étais à la parade quand la ville a été attaquée.

Il y eut un long silence durant lequel Gina dévisagea Dave sans ciller. Puis elle chuchota :

— C'était probablement des voyous de Portland.

Je plissai le front. J'avais du mal à croire qu'elle refuse à ce point de voir la réalité en face. Elle s'était inventé un conte de fées et elle avait fini par se convaincre que c'était la vérité.

— Tu as raison sur un point : ils venaient sans doute de Portland, dis-je lentement. Mais, Gina… Tu as bien dû te rendre compte que ce n'était pas seulement des voyous en quête de distractions ! Ils ont mordu des gens, pas vrai ? Ils les ont mangés. Puis ces gens sont devenus exactement comme eux.

Gina tourna son regard vers moi et plissa les yeux.

— Toi et tes idées farfelues, Sarah ! Franchement, c'est le scénario d'un film d'horreur que tu me décris. Je sais ce que racontent la radio et la télévision, mais les journalistes se trompent. Ce n'est qu'un gang qui cherche à nous faire peur, à nous…

David frappa violemment la table basse du plat de la paume, et Gina et moi sursautâmes toutes les deux. Je connaissais mon mari depuis un bail, et jamais encore je ne l'avais vu faire ce genre de geste. Et jamais je ne l'avais entendu parler sur un ton aussi autoritaire que lorsqu'il dit :

— Gina, secoue-toi, bordel ! Ce n'est pas un jeu ; ce n'est pas l'œuvre d'un gang et ce n'est pas non plus une vague de crimes inexpliqués comme tu pourrais le croire à force de trop regarder *Les Experts* et les rediffusions d'*Arabesque*.

Il lui prit les mains et Gina hoqueta.

— Une sorte d'épidémie s'est déclarée dans un laboratoire, à Seattle, poursuivit-il lentement, comme s'il essayait d'expliquer la situation à quelqu'un de trop jeune ou de trop stupide pour comprendre. Quand une personne infectée en mord une autre, celle-ci se transforme en monstre. En « zombie », faute d'un terme plus approprié. Tu dois l'accepter.

— David…

Gina se dégagea et, sans le regarder, entreprit de débarrasser les assiettes vides. Mais Dave lui saisit de nouveau les mains et la força à s'asseoir face à lui dans un fauteuil.

— Putain, Gina ! Dis-moi que tu comprends ce que je viens de te dire ! C'est une question de vie ou de mort !

Sa sœur le dévisagea et je vis ses yeux s'emplir de larmes. J'eus du mal à y croire. Ça faisait des années que je disais à David de cesser de se comporter comme le petit dernier et d'adopter une attitude adulte vis-à-vis du reste de sa famille. Nous nous disputions à ce sujet chaque fois que nous rendions visite à Gina ou à ses parents.

Et voilà qu'il se décidait à le faire. En cet instant, il n'était plus le petit frère de Gina ni le benjamin et le chouchou de ses parents. Il était un homme qui prenait les choses en main dans une situation alarmante. Si je vous disais que j'eus envie d'envoyer Gina faire un tour ailleurs pour pouvoir lui sauter dessus, vous trouveriez que j'abuse ? Oui ? Ben… nul n'est responsable de ses pulsions.

Le visage de Gina se chiffonna.

— Je les ai vus faire des choses…, commença-t-elle tandis que ses mains se mettaient à trembler. Des gens que je connaissais, des voisins, les parents de certains de mes élèves… David, ils se sont transformés en monstres et ils se sont mis à tuer des gens. Si Conrad ne m'avait pas entraînée…

Elle s'interrompit et Dave la prit dans ses bras pendant qu'elle s'effondrait. Il lui caressa gentiment les cheveux tandis qu'elle sanglotait sur son épaule.

— Ça va aller. Ça va aller, lui promit-il.

Il me regarda par-dessus la tête de sa sœur. Nous savions tous deux que ça n'irait probablement pas. Après tout ce que nous avions vu, nous pouvions presque le garantir. Rien ne serait plus jamais pareil, nous en avions la certitude. Mais Gina avait besoin d'entendre le contraire et je crois que David avait besoin de le dire.

Elle finit par s'écarter de lui. Il lui tapota la main.

— Je vais te faire du thé, d'accord ?

Je me raidis comme il se levait et se dirigeait vers la cuisine en traînant sa jambe blessée. Merde, il allait me laisser seul avec elle ! Gina me regarda en se laissant retomber dans son fauteuil et je m'efforçai de lui sourire.

— J'imagine que ça a été dur, compatis-je. Surtout que tu étais seule ici.

Elle acquiesça lentement et je devinai qu'elle repensait à des choses qu'elle ne nous avait pas encore racontées.

— Les deux derniers jours ont été effrayants, admit-elle. Mais Conrad est venu voir plusieurs fois comment j'allais. C'est gentil de sa part.

Je penchai la tête sur le côté en la dévisageant. Mmmh. La façon dont elle avait souri en prononçant le nom de Conrad était quelque peu… inattendue. Franchement, je n'aurais pas cru que c'était son genre. Martha Stewart et, euh… Jeff Foxworthy [1] ? Drôle de couple. Mais je lui souris.

— C'est lui qui nous a dit que tu allais bien. Il passera plus tard.

Le regard de Gina s'illumina et elle leva machinalement la main pour lisser ses cheveux.

— Tant mieux.

Puis elle se tut. Pour être honnête, Gina et moi n'avions jamais eu grand-chose à nous dire. Nous étions trop différentes et, comme je l'ai déjà mentionné, nous ne nous entendions pas très bien. Nous restâmes assises en silence pendant un long moment. Je cherchais désespérément quelque chose à raconter, mais ne trouvais rien de rien. En fin de compte, ce fut Gina qui reprit la parole.

— J'imagine que vous avez vu des horreurs en venant de Seattle, hein ?

Je repensai à tout ce qui nous était arrivé ces trois derniers jours et hochai la tête. Gina avait baissé les yeux. À mon avis, elle n'avait pas plus envie d'entendre ça que je n'avais envie de le raconter. Aussi me contentai-je de chuchoter :

— Tellement qu'il me faudrait une année entière pour tout te raconter.

---

1. Jeff Foxworthy est un comique américain principalement connu pour ses blagues sur les « ploucs ». (*NdT*)

Avant qu'elle puisse répondre, David revint au salon avec deux tasses de thé. Il en posa une devant chacune de nous et se rassit sur le canapé à côté de moi.

— Bon. Maintenant que nous sommes là et que tout le monde est bien conscient de la situation, dit-il en appliquant de nouveau la poche de glace sur sa jambe et en étendant celle-ci sur la table basse avec un soupir de bien-être, il nous reste à choisir notre prochaine destination.

Gina, qui avait commencé à siroter son thé, s'étrangla en dévisageant son frère.

— Notre prochaine destination ? Quelle prochaine destination ? Je ne vais nulle part.

Dave et moi échangeâmes un regard.

— Cet endroit n'est pas sûr, argua Dave avec la patience d'un saint. La maison est trop isolée et tellement de gens ont été changés en zombies…

— Je ne veux pas partir ! aboya Gina. C'est dangereux dehors. C'était déjà dangereux avant, mais maintenant, avec les zombies – ou les personnes infectées, peu importe comment tu les appelles –, sortir serait une très mauvaise idée. Il suffit d'attendre que le gouvernement…

— Il paraît que l'armée bombarde les villes touchées, coupai-je, cherchant un moyen de lui faire comprendre la situation. Qui te dit qu'elle ne viendra pas ici ? Que les autorités ne décideront pas de raser toute la côte Ouest pour tenter d'enrayer l'épidémie ?

Gina cligna des yeux.

— L'armée… bombarde… ? répéta-t-elle lentement.

Dave acquiesça.

— Oui.

Je déglutis.

— Et moi aussi, j'ai de la famille dans le coin. Mon père vit à San Diego et je n'ai pas réussi à le joindre depuis le début de cette histoire – j'ai juste reçu un e-mail de lui le premier jour. Tu voudrais que je l'abandonne ? Que je fasse comme s'il n'existait pas ?

Une larme glissa le long de ma joue. Surprise, je l'essuyai. Je n'avais parlé de mon père que pour manipuler Gina et la pousser à venir avec nous, mais je prenais conscience désormais que ça allait plus loin que ça. Comme toutes les petites filles du monde, en cas de crise, je voulais mon papa.

— Non, chuchota Gina. (Et pour la première fois depuis que je la connaissais, son expression se radoucit tandis qu'elle me dévisageait.) Bien sûr que tu ne peux pas abandonner ton père. J'ai un ordinateur portable, tu veux regarder s'il t'a écrit ?

Mon cœur se gonfla d'espoir comme elle désignait la table de la salle à manger.

— Je peux ?

— Évidemment.

Je me précipitai et ouvris l'ordinateur. Celui-ci, qui était en veille, se ralluma aussitôt. Je tapai précipitamment l'adresse de ma boîte e-mail. Pendant que le petit sablier tournait dans un coin, je priai. Priai pour réussir à me connecter et pour avoir reçu des nouvelles de mon père.

Enfin, la page finit de s'ouvrir.

— Et merde ! marmonnai-je en faisant défiler la liste des nouveaux messages. Foutu spam ! Ce n'est vraiment pas le moment de me proposer un plus gros pénis !

— Il n'y a pas de mauvais moment pour dire « oui » à un plus gros pénis ! gloussa David en me rejoignant.

Il posa une main sur mon épaule. Plus que jamais, ce contact me réconforta.

— Là ! hoquetai-je soudain en voyant le nom de mon père.

Je cliquai dessus et l'e-mail s'ouvrit. Comme mon père n'était pas du genre à noircir une page entière quand trois lignes pouvaient suffire, son message était bref, mais il me fit chaud au cœur : « Ville envahie. Entendu dire que Chicago ne serait pas encore infectée. Fais attention à toi. Je t'aime. »

Je lus et relus ces dix-huit petits mots, peut-être les derniers que mon père m'adresserait jamais.

— Il est parti, murmurai-je. Il a dû fuir.

Gina se leva.

— Je suis désolée.

Et pour une fois, elle paraissait sincère.

David me prit le menton et tourna mon visage vers lui.

— Ton père est coriace et il est malin. Il a fait le Vietnam, pour l'amour de Dieu ! Il s'en sortira.

J'acquiesçai. Au fond, je le croyais. Mon père était le type le plus débrouillard que je connaissais. Si quelqu'un pouvait survivre à cette apocalypse, c'était bien lui.

— Et d'après lui, il se pourrait que le Midwest soit encore sûr, ajouta David en se tournant vers sa sœur, dont le refus de partir risquait de nous coûter la vie à tous les trois. Raison de plus pour ne pas rester ici.

Gina déglutit péniblement, mais finit par acquiescer à contrecœur.

— Nous ne sommes pas obligés de partir aujourd'hui, tempéra David. Mais ne nous voilons pas la face : à un moment où à un autre, nous devrons le faire. Alors, pourquoi ne pas préparer le dîner et chercher un moyen de fuir sans être changés en zombies ?

Gina et moi dévisageâmes ce nouveau David qui prenait les choses en main et acquiesçâmes en même temps. Le début d'un plan commençait à prendre forme, et pour l'instant, nous n'avions rien d'autre à quoi nous raccrocher.

# CHAPITRE 25

FRÉQUENTEZ D'AUTRES COUPLES. ÇA VOUS RAPPELLERA À QUEL POINT VOUS ÊTES CHANCEUX DE NE PAS AVOIR ÉTÉ CHANGÉS EN ZOMBIES.

Nous avions presque fini de préparer le dîner quand tout s'éteignit dans la maison.

— Ça doit être un fusible qui a sauté, lança gaiement Gina en se détournant de la cuisinière aux plaques encore rougeoyantes.

— Je ne crois pas, répondit David d'une voix atone.

Il scruta la pénombre en quête d'une lampe torche ou d'une bougie. Quand il l'eut trouvée, je frissonnai à la vue du faisceau de lumière jaunâtre.

— Ils ont coupé l'électricité ! dis-je d'une voix éraillée.

David acquiesça pendant que Gina allumait des bougies.

— Ouais. À moins que les employés de la centrale aient été… (Sans achever sa phrase, il sourit à Gina.) Mais je vais quand même jeter un coup d'œil au disjoncteur. Ça ne peut pas faire de mal ! Il est dans la cave, c'est bien ça ?

Sa sœur opina, les sourcils froncés, en le dévisageant avec une inquiétude palpable. David quitta la cuisine muni de la lampe torche et d'un fusil à pompe.

Après avoir adressé un bref sourire à Gina, je reportai mon attention sur les blancs de poulet qui étaient en train de cuire. Je le fis pour elle, mais aussi pour moi. Malgré tous les zombies que David et moi avions combattus ensemble, ça me rendait nerveuse de l'imaginer seul à la cave. Ralenti par sa blessure, cerné par l'obscurité… Je préférais ne pas y penser.

Et je n'eus pas à m'en empêcher longtemps, parce que Dave était parti depuis moins de cinq minutes lorsque quelqu'un frappa à la porte d'entrée. Je sursautai et me tournai vers Gina.

— C'est sans doute Conrad, dit-elle en s'écartant du plan de travail et en se dirigeant vers le salon. Je suis contente qu'il arrive à temps pour le dîner.

Avant qu'elle puisse s'éloigner, je lui saisis le bras.

— Non, chuchotai-je. Je m'en occupe. Toi, reste ici.

Je pris le pistolet posé sur la table de la cuisine et me faufilai dans le couloir comme j'avais toujours vu les héros le faire dans *New York Unité Spéciale* et un milliard d'autres séries et films policiers. En atteignant la porte, je me dressai sur la pointe des pieds pour regarder par le judas et poussai un soupir de soulagement.

— Conrad, dis-je en lui ouvrant. Salut !

Le voisin de Gina me sourit en s'essuyant les pieds sur le paillasson toujours couvert de débris de verre – ce dont il ne parut pas s'émouvoir. Quand il entra, je vis qu'il avait l'air fatigué, mais cela me parut normal : il venait de passer la journée à patrouiller en quête de zombies.

— Je vois que vous êtes bien arrivés, dit-il.

— Oui. Merci beaucoup pour votre aide. Nous sommes en train de préparer le dîner ; ensuite, nous discuterons de la suite des événements. Vous voulez manger avec nous ? Vous avez bien mérité un repas chaud et un peu de compagnie !

Il hésita avant d'acquiescer.

— D-d'accord, ça ne peut pas faire de mal. (Il regarda autour de lui.) Ils ont fini par couper l'électricité, hein ?

Je hochai la tête.

— Oui. Dave est descendu à la cave pour vérifier le disjoncteur, mais nous savons tous que le problème ne vient pas de là. Je vais aller le chercher. Gina est toujours dans la cuisine ; je suis sûre qu'elle sera ravie de vous voir.

Il hésita de nouveau et je me rembrunis. L'attirance que Gina éprouvait pour lui n'était peut-être pas réciproque. Mais comme c'était le dernier de nos soucis, et qu'en outre ça ne me regardait pas, je me détournai pour me diriger vers l'escalier de la cave.

— Dave ? appelai-je du haut des marches. Je descends. Ce n'est que moi, alors, ne tire pas. D'accord ?

Sa voix s'éleva de l'obscurité.

— Bien reçu. Je suis dans le fond. Le disjoncteur fonctionne parfaitement, même si ce n'est pas une surprise.

Je me dirigeai prudemment vers la lumière diffuse de sa lampe torche. Il fixait toujours les fusibles du regard, comme s'il pouvait rétablir le courant par la seule force de sa volonté.

— Ils ont bel et bien coupé l'électricité, hein ? soupirai-je en le rejoignant.

Dave acquiesça.

— Oui. Mais on savait que ça finirait par arriver. Je suis presque surpris qu'on ait tenu… quoi, trois jours ?

Parce que c'était un sujet trop sensible, je décidai d'en changer.

— Conrad est là.

— Ah ouais ? lança Dave sur un ton distrait en me tendant la lampe torche et en refermant la porte du disjoncteur.

— J'ai voulu le laisser un peu seul avec Gina.

Il se tourna vers moi, perplexe.

— Pourquoi ?

Je ris.

— Parce qu'elle a le béguin pour lui, andouille !

Il me dévisagea fixement et je vous jure que je vis un point d'interrogation apparaître dans une bulle de bande dessinée au-dessus de sa tête.

— Tu déconnes.

— Je ne déconne pas du tout. Conrad plaît à ta sœur.

Je jetai un coup d'œil vers le haut de l'escalier. Il n'y avait pas beaucoup de lumière au rez-de-chaussée, juste la lueur vacillante des bougies que Gina avait allumées.

— Mais je ne suis pas sûre que ce soit réciproque, ajoutai-je. Je pense quand même qu'on devrait proposer de l'emmener quand on partira.

— Pourquoi Gina ne lui plairait pas ? s'offusqua David, incrédule. Et pourquoi elle s'intéresserait à lui ?

Je ris de plus belle tandis que nous rebroussions chemin vers l'escalier.

— C'est la vie, bébé ! Même dans ces circonstances tragiques. Conrad est un bon tireur et il s'y connaît en mécanique. Il pourra nous être utile. Tâche juste de ne pas nous faire le coup de l'homme des cavernes qui se sent tenu de protéger sa sœur, d'accord ? C'est un brave type. Gina aurait pu tomber beaucoup plus mal.

Nous arrivâmes en haut des marches et, dans la lumière plus vive des bougies, je vis la mine renfrognée de Dave.

— Vilain garçon, le taquinai-je. Tu devrais rester ici le temps de te calmer. Je vais séparer les amoureux ; ensuite, on dînera.

Il haussa les épaules.

— D'accord. Mais envoie-moi Conrad que je lui dise deux mots.

Je le dévisageai. Je trouvais ça mignon qu'il joue les bouledogues, même si je ne pensais pas que Gina ait besoin d'être protégée. Hochant la tête, je passai dans la cuisine… et me figeai en découvrant la preuve que mes soupçons étaient fondés : debout devant l'évier, pressés l'un contre l'autre, Conrad et Gina s'embrassaient.

Je réprimai un sourire. Dave allait bien être obligé de s'y faire.

Je me raclai la gorge, mais les deux tourtereaux ne se séparèrent pas pour autant. En d'autres circonstances, je me serais éloignée pour leur laisser une minute, mais nous devions discuter de beaucoup de choses et je craignais que Dave charge tel un buffle enragé s'il se rendait compte qu'un type lambda pelotait sa précieuse frangine.

— Hé, Conrad ? appelai-je.

Le voisin de Gina leva la tête et pivota lentement vers moi. Je fus horrifiée de voir que sa bouche était couverte de sang et que la flamme des bougies se reflétait dans ses yeux rouges.

— Et merde ! hurlai-je. Dave !

Je l'entendis accourir, mais Conrad me fonçait déjà dessus. Je n'avais aucune chance de réussir à dégainer assez vite le flingue passé sous ma ceinture ; alors, je saisis l'arme la plus proche : la poêle à frire posée sur le feu. En temps normal, je me serais brûlée, mais bien entendu, Gina avait mis un petit manchon autour de la poignée – je me demandai brièvement si elle l'avait crocheté elle-même.

Mais cette pensée s'envola très vite comme Conrad se jetait sur moi. Je lui assenai un coup de poêle en pleine tempe. De l'huile bouillante lui coula sur le visage, brûlant une partie de sa joue. Il grogna et tenta de m'empoigner. Je le frappai une seconde fois avec mon arme improvisée et il vola en arrière. Avant qu'il puisse se relever, je me laissai tomber sur lui et abattis ma poêle encore et encore jusqu'à ce qu'il ne lui reste plus qu'un tas de bouillie sanguinolente à la place de la tête.

Je me redressai en me débarrassant de la poêle dégoulinante et en détaillant le corps désormais sans tête de Conrad.

— Oh ! non ! chuchota David derrière moi.

Je fis volte-face. Planté sur le seuil de la cuisine, mon mari regardait sa sœur. Celle-ci s'était affaissée par terre quand Conrad l'avait lâchée et du sang jaillissait joyeusement de la morsure toute fraîche sur son épaule.

— Oh ! non ! soufflai-je tel un écho, tandis que nous nous précipitions vers elle d'un même mouvement.

Dave se laissa tomber sur le sol et la prit dans ses bras. Je m'agenouillai près d'eux pour examiner la blessure de Gina. Déjà, sa chair virait au gris autour des traces de dents de Conrad et elle commençait à suinter un fluide noir.

— Merde, merde, merde ! chuchotai-je, au désespoir. Dave…

Il secoua la tête comme pour nier. Ses yeux se remplirent de larmes.

— Non. Non, Gina. Écoute-moi. Ça va aller.

Sa sœur leva la tête vers lui.

— David ?

Il acquiesça.

— Oui, Gin, c'est moi. Je suis là. On va tout arranger. On va trouver un moyen de te guérir.

Elle fit un signe de dénégation.

— Oh ! Mon chou, tu sais bien que c'est impossible.

Il tourna son regard vers moi.

— Pourquoi tu l'as laissé entrer ? Pourquoi tu n'as pas vérifié ?

J'aurais frémi si sa voix n'avait pas exprimé bien plus de chagrin que de colère. De toute façon, je me posais la même question. Je passais en revue tous les indices qui auraient dû me mettre la puce à l'oreille, tous les signes indiquant que Conrad n'était plus lui-même.

— Je suis désolée, gémis-je. Oh ! Gina, je suis désolée !

Elle se tourna vers moi et j'attendis qu'elle m'accuse de l'avoir fait exprès. Au lieu de ça, elle chuchota :

— Tu n'avais pas de raison de te méfier. Il avait l'air normal. Parfaitement normal. Nous avons commencé à discuter, puis il m'a plaquée contre l'évier et il m'a embrassée en disant : « Je suis désolé, chérie. » Au début, j'ai cru qu'il s'excusait pour son audace, mais... (Elle s'interrompit et un grand frisson la parcourut.) La transformation a déjà commencé, je le sens. Je ne veux pas me changer en monstre.

Dave la serra plus fort contre lui.

— Tu ne vas pas te changer en monstre. Tu vas t'en sortir.

Gina secoua la tête.

— Tu sais bien que non, mon chou. Il ne reste qu'une seule chose à faire avant que je disparaisse pour toujours et que je ne puisse plus me contrôler.

Les mains de Dave se crispèrent dans le dos de sa sœur et son visage devint aussi cendreux que celui d'un zombie. Je devinai qu'il pensait à Amanda et à tous les autres gens que nous avions été forcés de tuer au cours des derniers jours. Mais cette fois, c'était différent. Il ne s'agissait pas juste d'une amie ou d'une vague connaissance. Il s'agissait d'un membre de sa famille.

— Gina...

La voix de David se brisa comme il chuchotait son nom.

Gina lui adressa un sourire plein d'amour et d'indulgence, le sourire d'une mère plutôt que d'une sœur aînée. Jusque-là, ce sourire m'avait toujours agacée, mais à présent, je l'appréciais bien davantage.

Elle tourna vers moi un regard doux et déjà légèrement flou.

— Sarah... Il faut que tu le fasses.

J'eus un mouvement de recul en comprenant ce qu'elle me demandait.

— Oh ! mon Dieu, Gina...

Elle toussa et un peu de fluide noir macula sa lèvre inférieure.

— On ne s'est jamais entendues, toi et moi, mais je suis persuadée que tu aimes Davy et que tu ferais n'importe quoi pour le protéger. Un frère ne devrait pas être obligé de tuer sa sœur.

Des larmes ruisselèrent sur mes joues. Bien entendu, elle avait raison.

— D'accord, je vais le faire.

Dave pivota vers moi.

— Sarah !

— Regarde-moi, chuchota Gina d'une voix déjà altérée. Serre-moi encore, puis sors de cette pièce. Laisse Sarah prendre soin de toi. Laisse-moi prendre soin de toi une dernière fois.

Dave se raidit et je crus qu'il allait refuser. Mais il devait savoir aussi bien que nous que ça ne servirait à rien. Dans quelques minutes, Gina aurait disparu, remplacée par un monstre qu'il n'oublierait jamais s'il ne s'en allait pas tout de suite.

— Je t'aime, chuchota-t-il en l'étreignant.

Puis il se leva avec un frémissement de douleur, physique aussi bien qu'émotionnelle. Je l'imitai et lui pressai la main avant de le laisser sortir en boitant, l'air hagard et les joues ruisselantes de larmes silencieuses.

Je baissai les yeux vers Gina et tirai mon flingue de ma ceinture. Les mains tremblantes, je le tendis à bout de bras et visai sa tête, mais ne pus me résoudre à appuyer sur la détente.

— Je ne sais pas si je vais y arriver, chuchotai-je. (Ma voix se brisa.) Gina…

Alors, elle m'adressa un sourire que je n'avais jamais vu sur son visage, un sourire plein de chaleur et d'émotion. Et je compris enfin pourquoi Dave l'aimait tant et quelle chose importante nous étions tous deux sur le point de perdre.

— Il le faut, mon chou, s'étrangla-t-elle. Fais-le, puis retourne t'occuper de Dave. Continuez à fuir, mais fuyez ensemble. Restez ensemble. Retrouvez le reste de votre famille et restez ensemble.

Je souris à travers mes larmes.

— C'est ce qu'on fera. Je te le promets. (Je levai de nouveau mon flingue.) Maintenant, ferme les yeux, Gina. Tu ne sentiras rien.

— Je t'aime, Sarah, chuchota-t-elle avant de fermer ses yeux si semblables à ceux de David, même s'ils commençaient à virer au rouge.

— Je t'aime aussi, Gina, sanglotai-je.

Et je tirai.

# CHAPITRE 26

## AIMEZ-VOUS. ÉPIDÉMIE DE ZOMBIES OU PAS, C'EST LA SEULE CHOSE QUI COMPTE AU FINAL.

Le lendemain matin, nous enterrâmes Gina sous un arbre, au sommet de la colline derrière sa maison.

Il me fallut un peu de temps pour convaincre David d'ensevelir Conrad près d'elle. Mais je fis valoir que le monstre qui avait attaqué sa sœur n'était pas l'homme qui avait vécu dans la propriété voisine pendant des années ; je lui rappelai que cet homme était un brave type et Dave finit par accepter.

Notre triste besogne terminée, nous observâmes les croix que nous avions fabriquées avec du bois trouvé dans la grange. Même Gina aurait apprécié le soin avec lequel j'avais gravé son nom sur la sienne, avant de la décorer avec du tissu et des fleurs. Bien sûr, le tissu se délaverait et les fleurs faneraient, mais ils étaient beaux pour le moment et c'était important au milieu de l'océan de laideur dans lequel nous nagions.

Je passai un bras autour de la taille de mon mari et levai les yeux vers lui dans la lumière éclatante du soleil.

— Tu me détestes ? demandai-je.

Nous n'avions pas parlé de ce que j'avais fait la veille. Après avoir tué Gina, je l'avais rejoint au salon. Il m'attendait assis sur le canapé, la tête dans les mains. Nous avions pleuré ensemble un long moment. Puis nous étions allés nous coucher et je m'étais levée bien avant lui afin de préparer les deux corps.

Il me dévisagea d'un air choqué, comme si une telle pensée ne l'avait pas effleuré. Je me sentis soulagée avant même qu'il dise :

— Bien sûr que non. Nous savions tous les deux… tous les trois qu'elle allait se transformer et que ce serait pire ensuite. Merci de l'avoir fait. Je ne crois pas que j'aurais pu. (Il hésita.) Tu crois que j'aurais dû ?

— Non, chuchotai-je. C'est trop demander à un frère. Souviens-toi d'elle comme elle était avant, quand vous étiez petits. C'est le mieux que tu puisses faire.

Il acquiesça.

— J'essaie, Sarah. Mais c'est dur. J'espère y arriver un jour.

Nous nous tûmes. Un moment, nous regardâmes les tombes en silence tandis qu'une douce brise de fin d'été faisait frissonner les feuilles de l'arbre au-dessus de nous. Nous n'avions pas vu de zombies à l'extérieur de la ville depuis la veille et il nous semblait presque que les choses étaient revenues à la normale.

— Tu sais ce qu'elle m'a dit ? demandai-je enfin.

Dave me regarda.

— Quoi ?

— Que nous devions rester ensemble. (Je lui souris.) Qu'est-ce que tu en penses, bébé ? On reste ensemble, ou pas ?

Il acquiesça sans l'ombre d'une hésitation.

— Bien sûr qu'on reste ensemble ! La question ne se pose même pas.

— Non, elle ne se pose plus, dis-je.

Et pour la première fois depuis longtemps, j'étais sincère.

— Alors, qu'est-ce qu'on fait ? interrogea Dave. On était venus ici pour Gina, mais maintenant…

Je souris.

— On sait que mon père a fui San Diego et que la ville est déjà contaminée. Donc, ce n'est pas la peine de poursuivre vers le sud.

Il acquiesça lentement.

— Dommage, j'aime bien le climat.

Je gloussai.

— Oui, on aurait pu bronzer tout en combattant les zombies. Dommage !

— Donc, tu veux qu'on continue vers Chicago – en espérant que ton père avait raison et que le coin est encore sûr ?

Je réfléchis longuement. Je ne voyais pas comment il pourrait rester un seul endroit vraiment sûr dans le monde. Mais je ne voulais pas perdre courage.

— C'est probablement la seule solution, finis-je par admettre. Même s'il va nous falloir un sacré bout de temps pour gagner l'Illinois.

— Tu as sans doute raison. Mais souviens-toi : nous deux, c'est du long terme.

Tandis que je pressais sa main, Dave baissa les yeux vers la tombe de Gina et lui souffla un baiser. Puis nous redescendîmes vers la maison, bras dessus bras dessous.

— Je ne sais pas si tu t'en rappelles, lança-t-il soudain, mais une fois, le docteur Kelly nous a dit qu'on devrait se trouver un objectif commun. Que ça nous rapprocherait et que ça nous aiderait à nous souvenir pourquoi on voulait être ensemble à la base.

J'acquiesçai.

— C'était sûrement un de ses meilleurs conseils. C'est ce que nous avons fait ces derniers jours et regarde comme notre couple est plus solide maintenant !

— Je pense que nous devrions pousser le concept encore plus loin. Puisqu'il va nous falloir des semaines, voire des mois pour atteindre notre destination, que dirais-tu de créer une entreprise avec moi en cours de route ?

Je le dévisageai. Était-il sérieux ? Nous n'avions rencontré pratiquement aucun survivant. Je ne voyais pas de quoi il voulait parler.

— Quel genre d'entreprise ? Tu veux qu'on fabrique des bougies parfumées ? Qu'on se lance dans l'immobilier ou la vente d'assurances ?

Je ris doucement.

— Je pensais plutôt à devenir exterminateurs, dit Dave en haussant un sourcil. On en a déjà parlé en plaisantant, mais je te parie qu'on pourrait mettre notre expérience à profit pour aider d'autres survivants – des gens qui se planquent en attendant une intervention gouvernementale qui n'aura peut-être jamais lieu.

Je réfléchis une minute. Il avait raison sur beaucoup de points. Nous étions sacrément doués pour nous battre contre les zombies. Et ce serait toujours mieux que de m'ennuyer mortellement dans mon boulot d'avant.

— *S&D, Extermination de Zombies*, suggéra-t-il. « Nous nous chargeons d'éliminer les morts-vivants qui vous pourrissent l'existence ! »

— *S.O.S. Zombies*. Ça me plaît, rigolai-je tandis que nous rentrions dans la maison de Gina pour récupérer nos affaires.

Il n'y a pas grand-chose de positif à dire au sujet de cette apocalypse. Beaucoup de gens étaient morts pendant les premiers jours et beaucoup d'autres allaient encore mourir avant que les choses se calment. Je ne vous parle même pas des savants fous et des rock-stars sur le retour auxquels nous aurions affaire par la suite. Mais je dois admettre une chose : cette épidémie de zombies a sauvé mon mariage. Et si vous respectez les règles, si chacun de vous surveille les arrières de l'autre et que vous restez ensemble… elle pourrait aussi sauver le vôtre.

# Entretien

Salut tout le monde ! Ici Zanderson Cooper, votre enquêteur sur le terrain en pleine apocalypse zombie. Je vous parle en direct d'un des camps improvisés qui ont fleuri tout le long de la côte Ouest afin d'accueillir les survivants de passage. Vous avez probablement vu les reportages grâce auxquels j'ai remporté un Emmy et lu les articles sur le sujet qui m'ont valu le prix Pulitzer.

Bref. Aujourd'hui, j'ai la chance de mener un entretien exclusif avec deux des rares survivants de Seattle, la ville où l'épidémie s'est déclarée cet été. Je vous présente Sarah et David, qui ont refusé de nous donner leur nom de famille. Ils vont vous dire toute la vérité sur les zombies, le mariage et ce que ça fait de tuer ses proches.

Zanderson : Merci d'avoir accepté notre invitation.

Sarah : Vous nous avez proposé du Coca Light et des munitions ; comment aurions-nous pu refuser ?

Zanderson : C'est toujours volontiers que nous apportons notre soutien à la cause. Vous vous êtes échappés de Seattle, pas vrai ? Le premier champ de bataille de cette guerre. Pouvez-vous nous raconter ce que vous étiez en train de faire quand vous avez découvert que la ville était attaquée par des zombies ?

David : En effet, nous venons de Seattle. Et selon vos confrères journalistes, c'est d'un des laboratoires de l'Université de Washington, situé dans notre ville, que proviennent les zombies à l'origine. Peut-être est-ce de cela que vous devriez parler aux gens. Quant à ce que nous faisions quand l'épidémie a éclaté, ça ne vous regarde pas.

Zanderson : Je vous trouve bien susceptible, David. Est-ce parce que Sarah et vous étiez chez votre thérapeute la première fois que vous avez rencontré des zombies ?

Sarah : Mais putain, comment il sait ça ? Comment vous savez ça ?

Zanderson : Un journaliste effectue toujours des recherches préalables et le public a le droit de savoir !

Sarah : Si ça peut vous faire plaisir, espèce de fouille-merde. Oui, nous étions chez notre conseiller conjugal.

David : Merde, Sarah ! Tu ne veux pas lui raconter notre vie sexuelle, pendant que tu y es ?

Zanderson : Elle pourrait !

Sarah : Une autre fois peut-être. Finalement, vous êtes plutôt mignon dans le genre homme mûr aux tempes argentées.

David : Sarah !

Sarah : Lâche-moi. Je t'ai vu mater les nichons des stripteaseuses zombies qu'on a butées. Pour en revenir à la question, nous avons découvert ce qui se passait parce que nous avons surpris notre conseiller conjugal en train de bouffer le couple qui avait rendez-vous juste avant nous. Nous l'avons tuée, fin de la discussion.

Zanderson : Ça ne semble pas vous avoir beaucoup affectés !

David : Elle nous escroquait. Nos rapports se sont immédiatement améliorés après sa mort.

Sarah : Oh ! Ne dis pas ça. Certains de ses conseils nous ont été très utiles quand nous avons essayé de quitter la ville. Nous avons mis en pratique la plupart de ses recommandations – et de celles que nous avions lues dans des bouquins de développement personnel sur les mariages en difficulté. Donc, ce n'était pas de l'argent et du temps gaspillés. Mais bon, à la fin, nous avons été obligés de la tuer. Ce sont des choses qui arrivent !

Zanderson : En plus de votre thérapie conjugale, vous dites avoir utilisé ce que vous aviez appris dans les films de zombies. Avez-vous des titres particuliers à recommander à mes lecteurs ?

Sarah : Bien sûr ! Pour survivre à une épidémie de zombies, je vous conseille de mettre les films suivants sur votre liste Netflix : *Shaun of the Dead*, *Bienvenue à Zombieland*, *Dawn of the Dead*, toute la série des *Resident Evil*, euh…

David : N'oublie pas *Scoubidou sur l'île aux zombies.*

Sarah : Quoi ?

Zanderson : QUOI ?

David : Hé, ça nous a aidés !

Sarah : C'est vrai qu'ils conduisent une camionnette, un véhicule idéal pour rouler sur une autoroute encombrée et résister à des attaques de morts-vivants. Et puis, ils ont toujours des tas de trucs à grignoter sous la main et je suis à peu près sûre que Sammy fumait du hasch, ce qui devrait être utile pour garder son calme ou anesthésier la douleur dans ce genre de situation. Mmmh, tu as raison !

Zanderson : Vous avez fini, tous les deux ? On s'éloigne du sujet.

David : Je ne trouve pas. Vous essayez d'expliquer aux gens comment survivre à une attaque de zombies. Eh bien, les choses les plus utiles sont la pensée créative, la thérapie conjugale et les films.

Sarah : Le tiercé dans l'ordre.

Zanderson : Et tuer sa famille et ses amis, ça se classe où dans votre tiercé ?

Sarah : Vous êtes peut-être mignon, mais vous êtes aussi un sacré connard.

David : Je ne trouve toujours pas qu'il soit mignon. Il a les cheveux blancs, pour l'amour de Dieu ! Vous êtes albinos, ou quoi ?

Zanderson : Répondez à la question.

David : C'est vrai qu'on a tué des tas de gens qu'on connaissait. Notre thérapeute…

Sarah : Plusieurs amis…

David : Et des membres de notre famille, ce qui craint vraiment. Mais quand vos proches se changent en zombies, vous devez être sans pitié si vous ne voulez pas suivre le même chemin qu'eux.

Sarah : En parlant de ça, Zanderson, je vous trouve le teint légèrement grisâtre. Vous ne seriez pas en train de vous transformer vous aussi, par hasard ?

Zanderson : Euh, cet entretien est terminé !

Sarah : C'est bien ce qu'il me semblait. Allez, on a des zombies à massacrer. À plus !

## EN AVANT-PREMIÈRE

Découvrez la suite des aventures de Sarah et David.

Traduit de l'anglais (États-Unis) par Pierre Pevel
(version non corrigée)

Bientôt disponible chez Milady

# Chapitre 1

## Trouvez votre voie et les zombies suivront

Quand l'épidémie zombies a commencé, j'étais la bonne poire du bureau où je travaillais. Vous voyez le topo. J'étais du genre à aller chercher les cafés, à trimer sans jamais récolter les lauriers et à me faire hurler dessus par les costards-cravate, si bien que je détestais la moindre minute que je consacrais à une carrière sans avenir. Bon, c'est vrai, mon nouveau métier n'a pas beaucoup plus d'avenir. Surtout pour les morts-vivants. Mais au lieu de suer pour un patron, je bosse pour moi. Alors s'il y a une leçon à tirer de tout ça, c'est que si vous trouvez un boulot qui vous plaît, un boulot dans lequel vous vous épanouissez, vous avez toutes les chances de réussir en vous mettant à votre compte.

Et c'est quoi, mon job ?

Zombiebusters Extermination, Inc pour vous servir.

C'est mon mari, David, qui a eu l'idée d'ajouter le « Inc », pour faire plus pro. Avant, on aurait eu un site Web et tout, mais plus rien de tout ça n'existe, en tout cas pas dans les badlands, là où les zombies se baladent.

Je dois reconnaître que j'aime être mon propre patron et avoir mon mari comme associé. Contre toute attente, l'apocalypse zombie a fait beaucoup de bien à notre mariage (ça a l'air bizarre, je sais, mais c'est l'exacte vérité), et depuis que nous nous sommes enfuis de Seattle, notre couple se porte à merveille.

Mais travailler pour soi ne présente pas que des avantages, ce dont nous parlions en roulant sur une autoroute déserte et poussiéreuse d'Arizona. Pourquoi l'Arizona ? Parce qu'on était en novembre et qu'on se pelait partout ailleurs. Nous avons donc fait ce que les vieux faisaient depuis la nuit des temps : nous avons migré au sud. Mon idée était d'attendre que le climat s'améliore au nord avant de décider de la marche à suivre.

— Pourquoi est-ce qu'on a accepté un boulot de Jimmy ? me demanda David d'un ton mécontent.

Je levai le nez du bouquin d'économie que j'étais en train de lire. Avec une vingtaine d'autres, il faisait partie du butin récolté dans le pillage d'une librairie quelques semaines auparavant. C'est que j'étais bien décidé à faire prospérer notre entreprise. Un jour, je serai le Donald Trump ou le Bill Gates de l'éradication des zombies. Mais en mieux coiffée, bien sûr.

— On a accepté un boulot de Jimmy parce qu'il paie, je répondis.

Dave me jeta un coup d'œil incrédule.

— Pas si bien que ça. Si je me souviens bien, la dernière fois ce trouillard nous a filé un pack de 6 alors qu'on avait tué trois zombies pour lui.

Je m'esclaffai.

— Hé ! Ça fait deux mousses par zombie. N'empêche, il est dur en affaire avec tout le monde et il nous fournit au moins un boulot par semaine. Alors peut-être qu'il paie moins bien que… euh… tout le monde, mais dis-toi que c'est histoire de se faire connaître.

— Mon cul. (Dave ne sourit même pas.) Je sais très bien qu'il a des tas de réserves dans sa cave. Cette fois, avant de partir, il faudra dire à ce connard qu'on veut être payés d'avance. En fournitures médicales et en boites de conserves.

Je jetai mon livre à l'arrière du van.

Oh, aurais-je oublié de le préciser ? Nous conduisons un van. Dave l'appelle le « Scooby Van » parce qu'il arrive tout droit du milieu des années 1970, mais il roule parfaitement et il est assez lourd pour forcer le passage si nécessaire. En plus, je me suis vraiment trop éclatée en peignant « Zombiebusters Exterminators, Inc » sur le côté et « Qui allez-vous appeler ? » à l'arrière.

Celle-là, elle fait toujours sourire, vu qu'il n'y a plus moyen d'appeler qui que ce soit. Si des gens veulent faire appel à nos services, ils doivent afficher des annonces dans les camps de survivants, là où nous les relevons. Malheureusement, il est parfois arrivé que le temps qu'on débarque, il n'y ait plus personne pour nous payer. Chaque fois, je me suis sentie un peu mal, mais sérieusement, si vous n'êtes toujours pas capable de vous défendre après trois mois d'enfer zombie… eh bien vous méritez quand même un peu ce qui vous arrive.

— Écoute, c'est toi le gros bras de cette opération, dis-je en me renfonçant dans mon siège et en croisant mes bottes sur le tableau bord.

Et tandis que, d'une chiquenaude, je débarrassai l'extrémité de l'une d'elles du bout de cervelle qui la maculait depuis un boulot précédent, j'ajoutai :

— Si tu veux forcer la main de ce type d'entrée de jeu, ce n'est pas moi qui t'en empêcherais.

Nous étions presque rendus et Dave nous fit lentement quitter l'autoroute pour entrer dans ce qui avait un jour été les quartiers sud de Phoenix. On voyait des traces d'activité zombie partout, certains datant du début de l'épidémie et d'autres plus récentes. De la bile noire s'accumulait dans les caniveaux et du sang maculait les murs des bâtiments. Pour nous, c'était à ce point banal que nous ne le remarquions même pas. Pas plus que nous n'avons tiqué quand un zombie esseulé s'est engagé sur un passage clouté devant nous.

Il avançait en titubant, amputé de la main droite et le bras droit bringuebalant à chaque pas. Son menton était maculé de sang frais, et il grognait, gémissait si fort que nous pouvions l'entendre alors que nos vitres étaient à moitié remontées.

C'est avec indifférence mêlée de lassitude que nous l'avons regardé traverser, avant que Dave fasse rugir le moteur.

Entendant ce bruit, le zombie pivota et tourna vers nous ses yeux vides, morts et rouges. Son regard resta vague, mais quelque chose dans les tréfonds de sa conscience primitive lui permit de reconnaître de la nourriture. Il poussa un rugissement.

Dave mit le pied au plancher en même temps que le zombie s'élançait vers nous à petites foulées malhabiles. Nous l'avons percuté au milieu du carrefour et le zombie, gluant et pourrissant, encaissa tout le choc. Sa peau se fendit, du sang coagulé et des entrailles jaillirent des coutures de ses vêtements déchirés pour éclabousser notre capot et le sol autour. Il resta agrippé à notre pare-chocs et nous regarda tout en couinant et en griffant le métal du capot, à croire qu'il espérait encore se hisser jusqu'à nous, alors qu'il ne lui restait sans doute plus grand-chose de la partie inférieure du corps.

— Tu veux que je m'en charge ? demandai-je en me retournant pour attraper une hache.

— Pour te laisser prendre la tête au score ? répondit Dave. Pas question.

J'éclatai de rire tandis qu'il changeait de vitesse et passait en marche arrière. Le zombie tomba à la renverse et sortit de notre champ de vision le temps que mon mari recule assez. Aucun doute, la partie inférieure de son corps avait disparu, arrachée par le premier impact de « l'accident ».

Dave remit le van dans l'axe et repassa en première. Il ne s'arrêta pas avant que nous sentions, avec un certain plaisir, le zombie passer sous nos roues et son crâne exploser comme un melon.

Après ça, Dave laissa tourner le moteur. Il tira le couteau qu'il avait à la ceinture et grava soigneusement une marque supplémentaire sur le volant, lequel était déjà recouvert des fentes et encoches témoignant de précédents cartons. On allait bientôt devoir entamer la portière.

— Et une de plus pour le Scooby Van. (Comme je riais, il se tourna vers moi.) Alors comme ça, je suis le gros bras ? dit-il en reprenant notre conversation. Et tu es quoi, toi, du coup ?

— Idiot, m'amusai-je. Je suis le ceeeerveauuu, bien sûr. Et l'atout charme.

Je fis gonfler mes cheveux tandis qu'il passait en première, et nous fonçâmes vers notre premier boulot de la semaine.

C'est à grands coups de bombes incendiaires que notre gouvernement avait choisi de combattre l'épidémie zombie. Des villes entières furent effacées de la carte sans avertissement et sans qu'on s'inquiète du sort d'éventuels survivants, l'armée préférant garder ses troupes dans les airs plutôt qu'au sol, où elles pouvaient se transformer en soldats morts-vivants.

Cette politique des terres brûlées n'avait pas plus épargné Phoenix que Seattle, L.A. ou San Diego. Si certains quartiers sud restaient relativement intacts, le centre-ville n'était plus qu'un amas de murs effondrés et de métal calciné et tordu.

Malgré ça, Jimmy Sans-Orteil vivait dans le centre. Pourquoi « Sans-Orteil ? » Je n'en sais foutre rien. Mais maintenant que j'y pense, ça avait sans doute un rapport avec le fait qu'il lui manquait tous les orteils au pied gauche.

— Fais gaffe, murmura David en coupant le moteur et observant l'immeuble calciné où notre employeur du jour avait élu domicile.

L'endroit avait abrité un salon de coiffure et Jimmy avait trouvé hilarant de peindre la traditionnelle enseigne cylindrique avec du sang noir et de la mélasse de zombies morts. Dont la plupart avaient été tués par nous, soit dit en passant.

Tout en ouvrant la porte passager, je saisis le pistolet que j'avais glissé dans ma ceinture contre mes reins, avant que Dave et moi examinions ensemble les environs. Les armes à feu sont efficaces pour se débarrasser des zombies, mais le bruit en attire d'autres qui viennent voir de quoi il retourne, si bien que nous préférons utiliser d'autres moyens autant que possible.

David ayant ouvert l'arrière du van, j'examinai l'arsenal que nous avions réuni au cours des derniers mois et que nous avions testé et éprouvé. Sérieusement, on aurait pu marquer « Approuvé par Sarah et David ! » sur ces trucs. Peut-être à la prochaine apocalypse, hein ?

— Qu'est-ce qui vous ferait plaisir, très chère ? demanda Dave en faisant un geste ample, comme une des potiches qui présentaient la vitrine du Juste Prix.

J'examinai le vaste choix d'objets empilés ou suspendus à l'arrière du van.

— Eh bien, la faux est toujours très distrayante, dis-je d'un air songeur. Mais peu commode dans les endroits confinés où Jimmy nous envoie toujours. Pareil pour la tronçonneuse, sans compter qu'elle a calé la dernière fois que je l'ai utilisée à Mesa Verde et que ça a failli très mal finir.

Ce mauvais souvenir troubla David.

— C'est pas faux. Et pourquoi pas une hache ?

J'inclinai la tête pour inspecter le tranchant étincelant de ma hache favorite.

— Non, pas aujourd'hui. Je ne suis pas d'humeur pour ça. Ni pour l'épée.

Une lueur s'alluma dans les yeux de Dave.

— Attends. Je sais ce qu'il te faut.

Je le vis disparaître par la portière arrière gauche du van, pour se redresser presque aussitôt avec la plus belle chose qu'il m'avait été donné de voir depuis ma naissance.

— Je l'ai appelée le « home-run dans ta tronche », dit-il en brandissant une lourde batte de base-ball en bois à l'extrémité de laquelle une longue et méchante pointe de lance était fixée avec du fil de fer. Et je dépose le concept dès qu'on trouve un bureau de brevet, alors ne rêve même pas de me spolier.

Je pris la batte en souriant. Elle était parfaitement équilibrée et s'avérerait aussi bonne à transpercer qu'à écraser des crânes zombies.

— Toi, on peut dire que tu sais parler aux femmes, murmurai-je en glissant mon pistolet à ma ceinture.

Puis je reculai pour donner quelques coups de taille et d'estoc dans l'air.

— Tu crois, chérie ? répondit Dave. (Il empoigna une machette et enfonça son fusil à pompe dans l'étui qui pendait dans son dos.) Alors attends de voir ce que je te réserve pour notre premier Noël zombie.

Je m'esclaffai, mais mon rire mourut tandis qu'il refermait les deux portières arrière du van. Nous étions face au salon de coiffure de Jimmy.

— On y va ?

Dave acquiesça et nous avançâmes lentement, toujours sur le qui-vive. La porte du salon était verrouillée, mais le verre qui l'entourait était cassé, ce qui rendait la serrure inutile même pour le plus crétin des zombies. Dave leva les yeux au ciel et passa la main à l'intérieur pour soulever le loquet et nous permettre d'entrer.

Jimmy avait perdu ses orteils, mais je dois également préciser qu'il n'avait pas beaucoup de cervelle non plus. Ce qui explique sans doute qu'il nous appelait tout le temps à l'aide. Il était plus doué que n'importe qui pour trouver un nid de zombies, mais il était soit trop paresseux, soit trop bête, soit les deux pour y faire quoi que ce soit.

— Jimmy ? lança Dave dans la pénombre poussiéreuse du salon. Hé ! C'est ZBE, Inc !

Je roulai des yeux.

— Bon sang ! murmurai-je. On ne s'appelle pas comme ça.

Il ne m'accorda pas un regard et se contenta d'avancer.

— Je ne vois vraiment pas quel mal il y a à utiliser nos initiales, et je trouve que ça sonne plutôt bien.

— Nous devons imposer le nom de notre boîte, David, insistai-je. Tous les livres de marketing affirment que…

Je n'achevai pas parce que je venais d'entendre un léger grincement sur ma droite. Un grincement auquel nous avons aussitôt fait face, armes brandies.

— Bordel, Jimmy ! Montre-toi si c'est toi, ou on te transforme en hachis dans moins de trois secondes, lâchai-je d'un ton sec.

On entendit un ricanement bas qui n'avait rien de zombiesque, avant que Jimmy se relève de derrière une rangée de fauteuils de coiffeur. Ses cheveux étaient longs et lâches, et je pouvais le sentir d'où j'étais. C'est sûr que plus personne ne pouvait s'offrir une longue et délicieuse douche chaude, avec du gel douche, du shampoing et de l'après-shampoing parfumé au lilas et… euh, désolée, me suis laissée aller, là… mais la plupart d'entre nous se débrouillaient quand même pour trouver le moyen de se rafraîchir, même dans les pires conditions.

Mais pas Jimmy qui, d'après moi, ne devait pas être un forcené de la savonnette quand tout allait bien.

— Rien ne m'excite plus que de vous entendre vous chamailler. C'est comment, quand vous vous réconciliez sur l'oreiller ? demanda-t-il en riant.

Je fronçai le nez.

— Tu es l'être humain le plus dégouttant que je connaisse.

Il esquissa une révérence, ses cheveux gras tombant brièvement devant son visage et dissimulant ses dents sales et irrégulières, ainsi que la barbe éparse qui complétait son portrait.

— Merci du compliment.

— Connard, grommela David.

Jimmy éclata d'un nouveau rire, lequel s'acheva en une quinte de toux grasse et maladive qui me fit froncer le sourcil. Même si je n'aimais pas ce type, le fait qu'il soit toujours au bord de clamser me tracassait. Nous n'étions plus que quelques humains dans les badlands. Nous devions tout faire pour rester en vie.

— Alors de quoi tu as besoin, Sans-Orteil, soupirai-je. On a vu ton mot au camp Sun Devil. Il était question d'un nid ?

Jimmy perdit son air jovial. Il écarquilla ses yeux injectés de sang qui, à ma grande surprise, s'emplirent de peur. Ses mains tremblaient lorsqu'il agrippa le dossier de l'un des fauteuils de coiffeur.

— Ou... Ouais. Mais c'est pas un nid ordinaire, Sarah, dit-il en secouant la tête. Celui-là est différent.

— Différent ? dit David en haussant les sourcils avec incrédulité. Comment ça, « différent ? » Les zombies sont déjà pas mal dans le genre différent, non ?

Jimmy fit rapidement non de la tête.

— Mais ceux-là sont... plus grands. Et plus rapides.

— Jimmy, dit Dave en poussant un soupir exaspéré. Mais qu'est-ce que t'avais bu, bordel ?

— Nan, c'est pas ça, affirma Jimmy.

Franchissant la rangée de fauteuils, il se précipita vers mon mari en tendant les bras. Dave et moi tiquèrent à l'approche de la puanteur qui le précédait.

— Je te jure, mec. Ces zombies, quand ils te regardent... c'est comme s'ils te voyaient.

— Oui, oui...

Dave me regarda comme s'il pensait que Jimmy était complètement barré, mais je n'en étais pas si sûre moi-même. Jimmy avait vraiment l'air effrayé, et pas du genre « J'ai vu un zombie et je suis trop flemmard pour le tuer moi-même » habituel.

— Tu les as vus où, ces… ces… zombies bioniques ? demandai-je ?

Jimmy se tourna et tendit le cou vers moi en acquiesçant rapidement à plusieurs reprises.

— Ouais. « Bioniques. » C'est exactement ça !

— Tu les as vus où ? répétai-je doucement.

— Dans le centre, près de cette église à côté de ce qui reste du palais des congrès, marmonna-t-il en frissonnant.

Je hochai la tête. Les bombardements avaient détruit la plupart des bâtiments du centre-ville mais cette église, à savoir la basilique Ste Mary, restait debout. Les religieux dingos y voyaient un signe divin et continuaient à vouloir s'y rendre pour prier ou je ne sais quoi, ce qui bien sûr attirait les zombies affamés. Au point qu'on aurait pu la rebaptiser St-Mary-du-Buffet-Gratuit et demander aux hordes zombies de réserver leurs tables.

Faudrait-il exiger une tenue correcte à l'entrée ?

Je soupirai.

— OK. On va aller jeter un œil.

Dave me dévisagea, mais mon expression le dissuada de dire quoi que ce soit.

Il secoua la tête.

— Ouais, mais cette fois, il va vraiment falloir nous payer.

Jimmy n'afficha plus la moindre peur et il regarda Dave en offrant le parfait portrait de l'innocence. Il eut même le toupet d'avoir l'air offensé en disant :

— Mais bien sûr. Comme toujours !

— Six bières pour trois zombies, ça n'a vraiment rien d'un marché équitable, Sans-Orteils, gronda Dave. Tout le monde nous paye en nourriture, en fournitures médicales, en munitions et j'en passe. Tout le monde sauf toi.

Je ne pouvais m'empêcher de sourire. Ouais, mon chéri était un dur. Ça a son charme, chez un mec. Même si Jimmy semblait être d'un avis contraire, en l'occurrence. La peur assombrissait de nouveau son visage, avec une pointe de colère.

— Il me reste plus rien, affirma-t-il.

Dave fit un pas en avant.

— Écoute, petite ordure de pillard, je sais que tu continues à trouver des nids parce que tu passes ton temps à marauder en quête de trucs à échanger dans les camps de survivants. Tu peux me dire tout ce que tu veux, tu ne me feras pas croire autre chose. Et cette fois, tu paies d'avance ou pas de zombies-pan-pan, mec.

Jimmy me jeta un coup d'œil espérant que je le soutienne dans cette épreuve, mais je me contentai de hausser les épaules et d'épousseter d'une chiquenaude la lame fixée à l'extrémité de ma batte. Ses épaules s'affaissèrent.

— D'accord, dit-il. Je vais vous donner du matos maintenant et vous en aurez plus quand vous reviendrez avec les têtes des zombies.

Dave sourit sans tenir compte du chapelet de jurons que Jimmy marmonna en tournant les talons. Il se dirigea vers la porte qui menait à la cave, là où il conservait son butin.

— Bien joué, murmurai-je dès qu'il fut hors de portée d'oreille. Tous dans les muscles, rien dans la tête.

— Il a fini par craquer, ce con, dit Dave en secouant la tête. (Il fit les cent pas dans le salon de coiffure.) Des zombies bioniques, hein ? Tant que j'y pense, merci de l'avoir encouragé dans son délire avec cette trouvaille.

— Tu as vu la tête qu'il faisait, dis-je en regardant par où notre cher ami avait disparu. Je crois qu'il a vraiment peur.

— Aucune chance, répondit Dave en secouant la tête. Si ça se trouve, il plane. Ou il est bourré. Ou les deux.

— C'est ce qu'on pourrait se dire vue son odeur, mais je le crois. Quoi qu'il ait vu, il y croit dur comme fer. Est-ce qu'on va aller vérifier ?

Dave gloussa alors qu'on entendait Jimmy qui revenait.

— Bien sûr qu'on va aller vérifier. On est les Zombiebusters ou pas ?

Achevé d'imprimer en juin 2011
Par CPI Brodard & Taupin - La Flèche (France)
N° d'impression : 64130
Dépôt légal : juillet 2011
Imprimé en France
81120533-1